D0832348

Arnaldur Indridason est né à Reykjavik en 1961, où il vit actuellement. Diplômé en histoire, il a été journaliste et critique de cinéma. Il est l'auteur de romans policiers, dont plusieurs best-sellers internationaux, parmi lesquels *La Cité des Jarres,* paru en Islande en 2000 et traduit dans plus de vingt langues (prix Clé de verre du roman noir scandinave, prix Mystère de la critique 2006 et prix Cœur noir), *La Femme en vert* (prix Clé de verre du roman noir scandinave, prix CWA Gold Dagger 2005 et Grand Prix des lectrices de « Elle » 2007), *La Voix*, *L'Homme du lac* (Prix du polar européen 2008), *Hiver arctique*, *Hypothermie* et *Opération Napoléon.*

Arnaldur Indridason

LE LAGON NOIR

ROMAN

Traduit de l'islandais
par Éric Boury

Éditions Métailié

TEXTE INTÉGRAL

TITRE ORIGINAL
Kamp Knox
Publié en accord avec Forlagid, www.forlagid.is

ISBN 978-2-7578-6272-8

« Ne sommes-nous pas tout bêtement à leurs yeux un gigantesque quartier de baraquements militaires ? Un immense… Camp Knox. »

Erlendur Sveinsson,
commissaire à la Criminelle

1

Un vent violent soufflait sur la lande de Midnesheidi. Venu du nord et des hautes terres désertes, il franchissait les eaux agitées du golfe de Faxafloi, puis se précipitait, glacial et mordant, sur les ondulations du paysage, saupoudrant d'une fine couche de neige les plantes rases, transies et prostrées, qui dépassaient à peine des roches et des blocs de pierre. La végétation à la merci de la mer et du vent du nord livrait une lutte incessante. Seules les plantes les plus endurcies parvenaient à survivre ici. La clôture dépassant de l'étendue désolée délimitait le périmètre de la base militaire américaine et sifflait sous l'effet des bourrasques qui s'abattaient sur les murs gigantesques du hangar à avions, au sommet de la lande. Le vent redoublait d'intensité aux abords du bâtiment, comme exaspéré par cet obstacle, puis continuait sa route à travers la nuit.

Ses hurlements résonnaient dans l'immense construction, l'une des plus grandes d'Islande. Cette dernière abritait les avions radar et d'autres avions militaires, des F-16 et des Hercules, ces gigantesques cargos. On y assurait la maintenance de la flotte aérienne des troupes affectées à l'aéroport de Keflavik. Des treuils fixés à des axes qui couraient le long du plafond servaient à déplacer les pièces détachées. Structure d'acier d'une superficie de 17 000 mètres carrés, le hangar tournait le dos au nord et ses deux portes, orientées à l'est et à l'ouest, avaient l'envergure des plus gros avions du monde. La hauteur de plafond était vertigineuse, équivalente à celle d'un bâtiment de huit étages. C'était la clef de voûte de l'activité de la 57e division aéroportée de l'armée américaine basée sur la lande de Midnesheidi.

En ce moment, le hangar fonctionnait au ralenti. On y installait un nouveau système anti-incendie. À l'extrémité nord, aussi gigantesque que tout le reste, un échafaudage spécialement renforcé atteignait le plafond où on installait le long des poutres d'acier des tuyaux équipés de puissants sprinklers à quelques mètres d'intervalle.

Placé sur des roues qui le rendaient mobile, c'était un assemblage de petites plateformes, équipé en son centre d'un escalier qui montait jusqu'au plafond où travaillaient les plombiers et leurs apprentis. Tuyaux, écrous et combinaisons de travail s'entassaient au sommet, ainsi que des caisses à outils, des pinces de toutes tailles et de toutes sortes, propriétés des artisans islandais venus travailler ici. La plupart des chantiers entrepris sur le périmètre de la base militaire étaient confiés à des locaux.

Le silence régnait à l'exception des lamentations du vent. Tout à coup, on entendit comme un souffle au sommet de l'échafaudage. Un tuyau atterrit en bas et rebondit avec fracas. Puis, un second souffle, plus mat, se fit entendre et un corps s'abattit sur le sol. L'impact s'accompagna d'un étrange bruit sourd et étouffé, comme si un gros sac de toile était tombé du plafond. Enfin, le silence revint et il n'y eut plus que les hurlements du vent.

2

Ces plaques la démangeaient si fort par moments qu'elle aurait voulu se les arracher avec ses ongles et se gratter jusqu'au sang.

Apparues à l'adolescence, elles ressemblaient à de l'eczéma en plus épais. Elle ignorait pour quelle raison elle souffrait de cette infirmité. Son médecin lui avait parlé de division plus rapide des cellules cutanées et de divers processus à l'origine de ces plaques rouges en relief et des écailles blanches qui se desquamaient. La maladie, principalement localisée sur les coudes, les bras et les jambes, s'attaquait également au cuir chevelu, ce qui était le pire. On lui avait prescrit toutes sortes de médicaments, de crèmes et d'onguents qui permettaient parfois d'atténuer les démangeaisons.

Son médecin lui avait récemment parlé d'un endroit situé sur la péninsule de Reykjanes. Ceux qui souffraient d'affections cutanées savaient qu'on trouvait là-bas, à proximité de la centrale géothermique, un petit lagon dont l'eau chargée de silicates possédait des vertus apaisantes. Les indications de son médecin lui avaient permis de trouver sans peine ce lagon aux eaux bleutées et laiteuses qui s'étendait sur le champ de lave tapissé de mousse. Il lui avait fallu un moment pour l'atteindre, mais dès qu'elle s'était allongée dans l'eau soyeuse et s'était appliqué la boue déposée au fond, elle avait ressenti un certain bien-être et les démangeaisons s'étaient estompées. Elle avait aimé s'enduire le corps, le visage, les cheveux et les membres avec cette boue d'un blanc grisâtre, persuadée qu'elle se sentirait mieux, et avait immédiatement su qu'elle reviendrait là.

Elle y était ensuite retournée régulièrement, chaque fois avec impatience. Elle posait ses vêtements sur la mousse. Comme il n'y avait aucune installation permettant de se changer, elle se tenait sur ses gardes, n'ayant pas envie d'être vue. Elle enfilait son maillot de bain sous ses vêtements avant de quitter son domicile et emportait une grande serviette pour se sécher.

Le jour où elle découvrit le cadavre, elle s'était allongée dans l'eau laiteuse, enveloppée par une délicieuse sensation de chaleur et de bien-être, et avait commencé à étaler la boue déposée au fond dans l'espoir que les silicates et ces autres choses mentionnées par son médecin, les minéraux et les algues présents dans l'eau, la soulageraient. Non seulement cette eau et la boue atténuaient les démangeaisons, mais l'endroit lui-même, niché au creux des champs de lave, était paisible et particulièrement beau. Elle prenait un plaisir intense à chaque instant passé ici. Le lagon n'était jamais très profond, elle s'y déplaçait en poussant sur ses jambes, heureuse dans sa parfaite solitude.

Elle s'apprêtait à rejoindre la rive quand elle aperçut à la surface une forme qu'elle prit d'abord pour une chaussure. Pensant que quelqu'un l'avait jetée là, elle fut envahie par une colère subite mais, quand elle s'approcha pour la sortir, elle découvrit avec terreur que cette chaussure qui flottait n'était que la partie émergée d'une masse bien plus importante.

La salle d'interrogatoire de la prison de Sidumuli était exiguë et déplaisante avec ses chaises inconfortables. Aucun des deux frères ne voulait coopérer : une fois encore, les choses s'éternisaient, ce qui ne surprenait pas Erlendur. Les deux frères, Ellert et Vignir, avaient été placés en détention préventive quelques jours plus tôt.

Ce n'était pas la première fois qu'ils avaient affaire à la police pour contrebande d'alcool et trafic de stupéfiants. Ils étaient sortis de la prison de Litla-Hraun deux ans plus tôt, mais leur période d'incarcération n'avait pas suffi à les remettre dans le droit chemin. Apparemment, ils avaient simplement repris leurs anciennes activités qu'on les soupçonnait d'ailleurs d'avoir poursuivi depuis leur cellule elle-même. Voilà pourquoi ils subissaient cet interrogatoire.

Une dénonciation anonyme avait mené la police à les placer à nouveau sous surveillance et, pour finir, on avait appréhendé Vignir avec vingt-quatre kilos de haschich dans une remise à pommes de terre, tout près de la ferme de Korpulfsstadir. On avait également trouvé dans la cache deux cents litres de vodka américaine en bidons d'un gallon, et un certain nombre de caisses contenant des cigarettes. Vignir niait connaître l'existence de ce magot, il affirmait qu'on lui avait tendu un piège pour l'attirer jusqu'à cette remise, une personne dont il refusait de dévoiler l'identité lui avait confié la clef en lui disant qu'il pouvait s'y approvisionner en pommes de terre.

La police les avait pris en filature pendant quelques jours avant d'agir. En fouillant leur domicile, on avait découvert des dérivés du cannabis destinés à la vente. Les frères n'avaient pas beaucoup affiné leurs méthodes, les conditions de leur précédente arrestation, quelques années plus tôt, étaient pour ainsi dire identiques. Ces deux hommes exaspéraient Marion, qui les trouvait aussi idiots que minables.

– Sur quel navire ces produits sont-ils arrivés en Islande ? demanda Marion d'un ton las.

Vignir entendait cette question pour la troisième fois, Erlendur la lui ayant déjà posée à deux reprises.

– Il n'y a pas de navire, dites-moi plutôt qui vous a raconté ces mensonges ? C'est ce connard d'Ellidi ?

– Et ces plaquettes de haschich, elles sont aussi arrivées par bateau, ou plutôt par avion ? poursuivit Erlendur.

– Je ne sais pas à qui appartiennent ces saletés ! Je ne comprends pas de quoi vous parlez. Je n'avais jamais mis les pieds dans cette remise. J'y suis juste allé pour prendre quelques patates. Qui vous raconte toutes ces âneries ?

– Cet endroit est fermé par deux cadenas dont vous aviez les clefs. Et vous voulez nous faire avaler que vous ne saviez rien ?

Vignir gardait le silence.

– On vous a pris la main dans le sac, reprit Marion. Vous êtes sans doute vexé, mais c'est comme ça. Vous n'avez qu'à l'accepter. Arrêtez votre cirque et nous pourrons rentrer chez nous.

– Ce n'est pas moi qui vous retiens ici, ironisa Vignir. Vous pouvez vous casser, ça ne me gênera pas !

– Vous avez raison, convint Marion. On ferait sans doute mieux de laisser tomber.

– Qu'est-ce qui vous fait croire qu'Ellidi vous veut du mal ? interrogea Erlendur.

Il savait qu'Ellidi avait parfois fait des coups avec les deux frères ou travaillé pour eux. Il revendait leur came, procédait aux encaissements et menaçait les mauvais payeurs. Cet homme violent avait été plusieurs fois condamné pour agression.

– Donc, c'est bien lui ? rétorqua Vignir.

– Non, nous ignorons qui vous a dénoncés.

– Ben voyons !

– Ellidi est votre ami, non ? demanda Erlendur.

– C'est un crétin.

La porte de la salle d'interrogatoire s'ouvrit tout à coup et un collègue de la Criminelle passa la tête dans l'embrasure, demandant à parler à Marion qui le suivit dans le couloir.

– Que se passe-t-il ?

– On a découvert un cadavre, répondit son collègue. Sur la péninsule de Reykjanes. À côté de la centrale géothermique de Svartsengi.

3

La jeune femme d'une trentaine d'années qui avait découvert le corps leur expliqua immédiatement qu'elle souffrait de psoriasis en leur dévoilant les plaques de peau desséchée sur son avant-bras et son coude pour confirmer ses dires. Quand elle voulut leur montrer les lésions sur son cuir chevelu, Marion l'arrêta, considérant qu'ils en avaient assez vu. Cette femme tenait beaucoup à ce que le rapport de police fasse état de sa maladie, qui justifiait sa présence en ce lieu isolé, improbable, où elle avait découvert le corps.

– Je suis toujours seule quand je viens ici, expliqua-t-elle à Marion. Certains connaissent cet endroit, on m'a dit que d'autres y venaient, mais je n'y ai jamais croisé personne. Il n'y a même pas une cabine où on pourrait se changer ni rien de ce genre. Mais l'eau est délicieuse, la température idéale et ça fait un bien fou de s'y plonger.

Assise avec Marion et Erlendur dans un véhicule de police, elle leur expliqua comment elle avait trouvé le cadavre. Marion était à côté d'elle sur la banquette arrière et Erlendur au volant. Le périmètre alentour était envahi par d'autres véhicules de police, une ambulance, des collègues de la Scientifique et deux photographes dépêchés par les journaux. La nouvelle de la découverte s'était déjà répandue. Il n'existait aucune route pour accéder directement au lagon qui s'était formé trois ans plus tôt, à cause de l'activité de la Compagnie d'énergie géothermique de la péninsule de Sudurnes à Svartsengi. On apercevait au loin la centrale géothermique illuminée dans la nuit hivernale. La femme s'était baignée sur le côté ouest du lagon qu'elle avait rejoint à pied depuis la route de Grindavik en traversant le champ de lave tapissé de mousse. Après être restée allongée environ une heure dans l'eau peu profonde, enduite de boue, elle s'était décidée à rentrer. Les jours étant très courts, la nuit commençait déjà à tomber et elle ne voulait pas traverser le champ de lave dans le noir comme lors de sa dernière visite où elle avait eu du mal à retrouver sa voiture.

– Je me suis levée et… j'ai toujours trouvé cet endroit magnifique, même s'il a quelque chose d'inquiétant, avec ces champs de lave et cette vapeur qui s'élève du lagon… vous ne pouvez pas savoir comme j'ai eu peur en voyant… J'ai avancé dans l'eau. Je ne m'étais jamais aventurée aussi loin et là, j'ai aperçu cette chaussure qui flottait à la surface et le talon qui dépassait. J'ai d'abord cru que quelqu'un l'avait perdue ou jetée là. Quand j'ai voulu l'attraper, je me suis rendu compte qu'elle était bloquée alors… j'ai été assez bête pour tirer plus fort et j'ai vu qu'elle était… qu'elle était coincée autour de…

Elle s'interrompit. Mesurant à quel point la malheureuse était bouleversée, Marion préféra y aller doucement. La jeune femme avait évité de regarder le cadavre lorsqu'on l'avait transporté jusqu'à la route et elle avait du mal à raconter ce qu'elle venait de vivre. Erlendur tenta de la réconforter.

– Vous avez parfaitement réagi dans une situation difficile, assura-t-il.

– Vous ne pouvez pas savoir comme j'ai eu peur, répéta le témoin. Vous… vous n'imaginez pas ma frayeur, toute seule au milieu de ce lagon.

Une demi-heure plus tôt, Erlendur avait enfilé une paire de cuissardes qui lui montaient jusqu'à la poitrine. Il était entré dans l'eau où il avait marché jusqu'au cadavre avec deux collègues de la Scientifique tandis que Marion les observait en fumant une cigarette sur la rive. La police de Grindavik, première sur les lieux, s'était soigneusement gardée de souiller le périmètre avant l'arrivée de la Criminelle. La Scientifique avait pris des photos du cadavre, illuminant de ses flashs l'environnement lugubre. On avait contacté un homme-grenouille qui devait explorer le fond du lagon. Penché sur le corps, Erlendur avait tenté d'imaginer comment ce dernier avait pu arriver là. L'eau lui montait à la taille. Quand ses collègues de la Scientifique avaient jugé détenir un nombre suffisant d'éléments, ils avaient sorti la victime du lagon pour la déposer sur la rive. C'est alors qu'ils avaient remarqué un détail étrange. Les membres présentaient de multiples fractures, la cage thoracique était affaissée et la colonne vertébrale brisée. Le cadavre leur pendait littéralement dans les bras.

On l'avait installé sur une civière et transporté à travers le champ de lave jusqu'à la route de Grindavik, puis transféré à la morgue de l'hôpital national, rue Baronstigur, où on le nettoierait de la boue avant de l'autopsier. Le soir était tombé. Il faisait nuit noire, mais on avait installé sur le périmètre de puissantes lampes électriques alimentées par un groupe électrogène. Leur lumière crue révélait l'état pitoyable du corps. Le visage était en bouillie, le crâne avait explosé. La tenue vestimentaire indiquait que la victime était de sexe masculin. Elle n'avait sur elle aucun papier d'identité et on ignorait combien de temps le corps était resté immergé. La vapeur qui montait du lagon rendait l'atmosphère plus inquiétante encore. Il faisait trop sombre pour rechercher les indices d'éventuels passages suspects sur les lieux. Il faudrait attendre le lendemain.

– C'est alors que vous avez prévenu la police ? demanda Marion au témoin. Erlendur avait retiré ses cuissardes et mis le chauffage dans la voiture dont les vitres régulièrement illuminées par des faisceaux lumineux étaient envahies par la condensation. Ils entendaient des voix à l'extérieur et voyaient des ombres passer à toute vitesse.

– J'ai traversé le champ de lave au pas de course, puis j'ai pris ma voiture pour foncer au commissariat de Grindavik et je suis revenue ici avec les policiers pour leur indiquer l'endroit. Ensuite, d'autres véhicules de police sont arrivés. Et vous aussi. Ça va m'empêcher de dormir, tout ça. Je vais mettre des jours à trouver le sommeil.

– Ce genre de chose n'est pas facile à vivre, c'est sûr, dit Marion pour rassurer la jeune femme. Vous devriez demander à quelqu'un de vous tenir compagnie et lui raconter tout ça.

– Donc, vous n'avez vu personne aux abords du lagon à votre arrivée ? demanda Erlendur.

– Non, comme je vous l'ai dit, je n'ai jamais vu âme qui vive dans les parages.

– Et vous ne connaissez personne non plus qui viendrait aussi se baigner ici ? poursuivit Marion.

– Qu'est-ce qui est arrivé à cet homme ? Vous avez vu comment… ? Mon Dieu, comment ai-je pu trouver la force de regarder une chose pareille ?

– Ne vous inquiétez pas, je comprends, assura Marion.

– Cette maladie de peau, ce psoriasis, c'est très handicapant ? demanda Erlendur.

Marion lui lança un regard torve.

– Les traitements progressent, répondit la jeune femme. Mais cela reste très désagréable. Le pire, ce ne sont pas les démangeaisons, mais ces affreuses plaques sur la peau.

– Et ces bains dans le lagon sont bénéfiques ?

– J'en ai l'impression. Je ne crois pas que ce soit prouvé scientifiquement, mais c'est en tout cas ce que je constate.

Elle sourit à Erlendur. Marion lui posa quelques questions supplémentaires, puis la laissa partir. Tous trois descendirent de voiture. La jeune femme s'éloigna à pas pressés. Erlendur tournait le dos au vent du nord.

– Son visage est en bouillie et son corps dans cet état pour une raison évidente, tu ne crois pas ? dit-il à Marion.

– Tu penses qu'on l'a battu à mort ?

– Ce n'est pas ton avis ?

– Tout ce que je sais, c'est qu'il est méconnaissable. C'est peut-être délibéré, d'ailleurs. Imaginons qu'il avait rendez-vous ici avec une ou plusieurs personnes, les choses ont dégénéré et ils ont voulu le faire disparaître dans ce lagon pour l'éternité.

– Oui, ou quelque chose comme ça.

– Même si ça semble évident, cet homme n'est peut-être pas mort à la suite d'un passage à tabac. En tout cas, je n'en mettrais pas ma main à couper, reprit Marion qui avait brièvement examiné le corps lorsqu'on l'avait emmené. Pour moi, ce n'est pas un simple passage à tabac.

– C'est-à-dire ?

– J'ai vu des corps ramassés après une chute vertigineuse et celui-là me fait justement penser à ça. Ou encore après un très grave accident de la circulation. Mais on ne nous a rien signalé de tel.

– S'il s'agit d'une chute, il faut effectivement qu'il soit tombé de très haut, fit remarquer Erlendur en balayant les alentours du regard avant de lever les yeux vers la nuit noire. Ou qu'il soit tombé de là-haut, littéralement tombé du ciel.

– Pour atterrir directement dans le lagon ?

– L'idée semble ridicule.

– Je ne sais pas, répondit Marion.

– Le fait qu'il soit resté immergé un certain temps ne nous facilite pas la tâche.

– En effet.

– Donc, il n'aurait pas été battu à mort sur ce champ de lave, reprit Erlendur. Je veux dire, s'il s'agit d'une chute. Et, dans ce cas, quelqu'un l'a transporté ici pour retarder la découverte du cadavre et l'a plongé dans le lagon, dans cette espèce de boue bizarre.

– C'est une cachette comme une autre, répondit Marion.

– Surtout si le corps avait vraiment coulé au fond. Personne ne met jamais les pieds ici. À part cette femme pour son psoriasis.

– Tu ne pouvais vraiment pas éviter de lui poser des questions sur sa maladie ? reprocha Marion en regardant la voiture du témoin s'éloigner. Il faut que tu arrêtes de fourrer ton nez dans la vie privée des gens.

– Elle était bouleversée. J'essayais simplement de la rassurer un peu.

– Tu es policier, pas pasteur.

– Le corps n'aurait sans doute jamais été retrouvé si cette femme ne venait pas se baigner dans cet endroit étrange, observa Erlendur. Tu ne trouves pas… que c'est une…

– Une drôle de coïncidence ?

– Oui.

– J'ai vu plus bizarre que ça. Nom de Dieu, quel froid de canard ! s'exclama Marion en ouvrant sa portière.

– Tu sais comment s'appelle ce champ de lave ? demanda Erlendur en regardant la centrale géothermique d'où sortaient d'énormes cumulus de vapeur qui montaient vers le ciel puis se perdaient dans la nuit noire.

– Illahraun, autrement dit le Champ de lave maléfique, il s'est formé pendant l'éruption de 1226, répondit Marion, véritable encyclopédie vivante, avant de s'installer dans la voiture.

– Le Champ de lave maléfique, répéta Erlendur en ouvrant la portière du conducteur. Voilà qui est de bien mauvais augure.

4

Le lendemain, le légiste confirma que la mort était due à une chute vertigineuse plutôt qu'à un passage à tabac. Incapable de se prononcer sur le nombre des fractures, il supposait que la victime était tombée de plusieurs dizaines de mètres. Les fractures indiquaient qu'elle n'avait pas atterri sur ses jambes, pas plus qu'elle n'avait tenté de mettre ses mains en avant pour amortir l'impact. L'examen clinique laissait penser qu'elle avait atterri à plat ventre sur une surface extrêmement dure. Dès les premiers examens, le médecin avait conclu qu'il était peu probable que l'homme soit tombé depuis l'une des falaises de la péninsule de Reykjanes. Le corps avait heurté de plein fouet une surface plane. En outre, le légiste n'avait décelé aucun indice prouvant que l'homme s'était rendu au bord de la mer ou à la montagne. En tout cas, ses vêtements n'en portaient aucune trace. Il portait un jean, une chemise, un blouson en cuir, et avait aux pieds une paire de ces bottes américaines en cuir martelé au bout effilé et talons hauts qu'on appelle des santiags.

– Dans quel bourbier êtes-vous allés pêcher ce malheureux ? interrogea le légiste en les regardant à tour de rôle. Je n'ai jamais vu une chose pareille.

Penché en avant, maigre, les cheveux blancs et l'air usé, le médecin n'allait plus tarder à prendre sa retraite. Il examinait le corps derrière ses grosses lunettes à monture d'acier et avait enfilé un tablier par-dessus sa blouse. Le cadavre reposait sur la table de dissection, éclairé par la lumière blafarde de puissantes ampoules. Des scalpels et des pinces reposaient sur un petit plateau. La pièce sentait le formol, le détergent et les corps disséqués. Erlendur n'aimait pas cet endroit et savait que jamais il ne s'habituerait à l'odeur et à l'atmosphère de mort qui y planait. Il s'efforçait de ne pas trop regarder le corps. La carapace plus épaisse, Marion ne se laissait pas impressionner par cet environnement aseptisé et les prélèvements divers qui encombraient la table de dissection.

– On l'a découvert dans le bassin d'écoulement des eaux de la centrale géothermique de Svartsengi. Cela explique la boue grisâtre qui le recouvrait. On dit que cette boue a des vertus thérapeutiques, expliqua Marion.

– Des vertus thérapeutiques ? s'étonna le légiste.

– Elle soulagerait les personnes souffrant de psoriasis.

– Décidément, on en apprend tous les jours, commenta le médecin.

– Avez-vous décelé des traces indiquant qu'il souffre de cette maladie ?

– Non, Marion, cet homme n'est pas allé là-bas pour soigner son psoriasis.

– Peut-on imaginer qu'il soit tombé d'un avion directement dans le lagon ?

– D'un avion ?

– Ce n'est qu'une idée parmi d'autres. Étant donné son état, la chute était sans doute vertigineuse.

– Tout ce que je peux dire, c'est qu'il est tombé de très haut et qu'il s'est écrasé sur une surface plane et très dure, reprit le médecin, quant à cette idée d'avion, disons que je ne l'exclus pas.

– Pouvez-vous nous dire combien de temps le corps est resté immergé ? demanda Marion.

– Pas très longtemps. Peut-être deux ou trois jours. Comme je viens de vous le dire, je suppose que la mort a été instantanée. Je dirais que le décès remonte à environ trois jours, enfin, quelque chose comme ça. Il faudrait que je creuse un peu la question pour le vérifier, mais pour l'instant c'est ma conclusion.

– Il ne porte pas d'alliance, observa Erlendur en jetant un regard furtif en direction du mort. Et son annulaire ne présente aucune trace laissée par une bague ?

– Non, je n'ai rien trouvé de tel, répondit le légiste. D'ailleurs, je n'ai rien trouvé sur lui, ni clefs ni portefeuille. Nous n'avons aucun élément nous permettant de l'identifier. Ses vêtements ont déjà été confiés à la Scientifique. Le corps ne révèle aucune cicatrice laissée par un accident ou une opération et il n'a aucun tatouage.

– Quel âge a-t-il ?

– C'est un homme dans la force de l'âge, je dirais la trentaine. Il mesure un peu moins d'un mètre quatre-vingts, il est bien portant, svelte et musclé, ou disons plutôt qu'il l'était, le pauvre. Personne ne vous a contacté pour vous signaler la disparition de cet homme, n'est-ce pas ?

– Non, répondit Erlendur. Non, personne ne s'est manifesté. En tout cas, la police n'a reçu aucun appel.

– Et personne n'a assisté à sa chute ?

– Non, pour l'instant, nous sommes dans le noir complet.

– Et si c'était un accident de la circulation ? glissa Marion. Cette hypothèse est envisageable ?

– À mon avis, on peut l'exclure, le corps ne présenterait pas ce genre de lésions, répondit le légiste en remontant ses lunettes qui avaient glissé sur son nez. Il me semble qu'on doit s'en tenir à cette idée de chute vertigineuse. Et comme je vous l'ai dit, je n'ai pas l'impression qu'il ait fait quoi que ce soit pour amortir le choc. Il s'est fracassé sur le sol à plat ventre, à l'horizontale. Je ne sais pas si ce détail est susceptible de vous aider. Sans doute n'a-t-il pas eu le temps de placer ses mains en avant. Ou alors, il n'a pas voulu le faire. Étant donné la hauteur, la vitesse du corps au moment de l'impact était phénoménale.

– Mais s'il n'a pas mis ses mains en avant et qu'il s'est fracassé sur le sol à plat ventre comme vous le dites… cela n'implique-t-il pas qu'il s'agit d'un suicide ? interrogea Erlendur.

– C'est une hypothèse, répondit le médecin en remontant à nouveau ses lunettes sur son nez. Je ne sais pas. Enfin, vous ne devriez pas négliger cette piste.

– Je trouve ça plutôt tiré par les cheveux, observa Marion. Dans ce cas, qui avait intérêt à cacher le corps ?

– Pour l'instant, j'examine ces fractures, reprit le légiste. Il faut que je les analyse de plus près, ce que je ferai dès que vous me laisserez travailler en paix.

La Scientifique ne fut pas en mesure de relever le moindre indice sur les mousses du champ de lave entre la route de Grindavik et le lagon d'Illahraun. La couche de neige tombée la nuit suivant la découverte du corps avait recouvert toute trace éventuelle. L'homme-grenouille déclara qu'il n'avait rien trouvé non plus dans les dépôts de boue. Les conditions de plongée étaient difficiles, il ne voyait pratiquement rien dans cette eau opaque. On lança un appel à témoins, priant les automobilistes qui avaient emprunté la route de Grindavik les jours précédents de contacter la police. On espérait que quelqu'un ait remarqué la présence d'une voiture dans les parages, mais personne ne se manifesta.

Le chef de la Scientifique, la soixantaine bien sonnée, salua Erlendur. Il avait devant lui les vêtements de la victime : caleçon, jean, chemise à carreaux, chaussettes, veste en cuir, sans oublier les bottes de cowboy. La Scientifique se trouvait au dernier étage du quartier général de la Criminelle, dans un immeuble de Kopavogur où elle avait récemment emménagé, quittant la rue Borgartun au moment de la création de la police criminelle d'État pour s'installer dans ce quartier qui ressemblait surtout à une zone industrielle.

Sorti des rangs de la police de proximité, Erlendur n'était à la Criminelle que depuis deux ans et continuait à se familiariser avec ses collègues et leurs méthodes de travail. Il avait surtout enquêté avec Marion Briem qui figurait parmi les membres les plus anciens de l'équipe et l'avait encouragé à poser sa candidature à un poste dans le service. Au bout de quelques années, fatigué de ses patrouilles en ville, il s'était décidé à contacter Marion.

– Ah, enfin ! Vous saviez bien que vous finiriez par nous rejoindre un jour ou l'autre, avait commenté Marion.

Erlendur ne pouvait nier que le travail d'investigation l'intéressait. Il en avait d'ailleurs eu un aperçu quand il s'était passionné, pour des raisons personnelles, pour le décès d'un clochard retrouvé noyé dans les anciennes tourbières de Kringlumyri. Alors simple flic, il connaissait la victime et avait fini par découvrir que cette dernière avait été assassinée. Marion avait beaucoup apprécié la manière dont il avait élucidé cette affaire seul et l'avait vivement encouragé à rejoindre la Criminelle. Il lui avait fallu trois ans pour écouter ce conseil. Et Marion avait raison : au fond, il savait depuis toujours qu'il finirait par rejoindre ses rangs.

La Scientifique avait soigneusement analysé la boue des vêtements de la victime et les indices qu'ils contenaient, cheveux, poils ou particules de crasse, avaient été examinés avec la plus grande attention.

– Mais ça se résume surtout à cette boue, observa le collègue. Je suppose qu'on l'a mis dans ce bourbier pour masquer certaines choses.

– Sur le cadavre lui-même ?

– Eh bien, cette boue et ces quelques indices ne nous apprennent rien. La tenue vestimentaire nous en dit un peu plus. Tous les vêtements sont américains. Le jean est d'une marque très connue, de même que le blouson en cuir. La chemise ne porte aucune étiquette et pourrait très bien avoir été achetée à Vinnufatabudin, la boutique spécialisée dans les tenues de travail, située sur Hverfisgata. Le caleçon est également de fabrication américaine. Les chaussettes ne nous apprennent rien si ce n'est qu'elles sont noires et qu'il les a peu portées. Le blouson est plus ancien et plus usé que le reste, on le voit surtout aux coudes, expliqua-t-il, joignant le geste à la parole. Puis, il y a ça, poursuivit-il en tendant à Erlendur l'une des bottes. Elles pourront peut-être nous mettre sur une piste. Elles sont en cuir et presque neuves. Je ne crois pas qu'on en trouve partout. Le personnel des magasins de chaussures pourrait peut-être les reconnaître et même se rappeler qui les a achetées. On ne voit pas beaucoup de gens avec ce genre de bottes aux pieds. En tout cas, peu d'Islandais. Nous sommes en train de les examiner de plus près au cas où elles révéleraient des indices sur les endroits qu'il fréquentait, mais je crains que la boue du lagon n'ait tout effacé.

Erlendur scruta la botte en cuir brun. La semelle était peu usée et le cuir repoussé couvrant la cheville dessinait une corde de pendu. Il regarda à nouveau les vêtements, le jean et la chemise à carreaux.

– Vous savez où ces bottes ont été fabriquées ?

– En Louisiane, elles portent une étiquette à l'intérieur.

– Tout ça semble vraiment très américain, vous ne trouvez pas ?

– Peut-être que la victime a récemment séjourné aux États-Unis. C'est tout à fait possible, répondit le chef de la Scientifique.

– Ou qu'elle est de nationalité américaine, suggéra Erlendur.

– Et pourquoi pas ?

– Quelqu'un qui vivait à la base militaire ?

Le chef de la Scientifique haussa les épaules.

– Pas forcément, mais il n'y a aucune raison d'exclure l'hypothèse.

– Il vit cinq à six mille Américains sur la lande de Midnesheidi, des militaires et leurs familles, c'est bien ça ?

– Oui, je crois. Mais on ne peut pas vraiment dire que ce lagon soit à proximité immédiate, enfin, il est assez proche tout de même pour que vous preniez également en compte leur base dans votre enquête.

5

Erlendur n'était pas allé dans cette rue depuis longtemps. Il ne parvenait pas à chasser de ses pensées cette jeune fille, Dagbjört, qui y avait vécu autrefois. Il avait découvert son histoire quelques années plus tôt et elle revenait régulièrement le hanter. Elle avait disparu un matin, il y avait maintenant vingt-cinq ans. Personne n'avait jamais su ce qui lui était arrivé. Erlendur avait trouvé des rapports d'enquête concernant cette affaire au début de sa carrière. La jeune fille avait quitté son domicile dans le quartier ouest pour se rendre à l'École ménagère et elle avait disparu sans laisser de traces, comme si la terre l'avait engloutie. Erlendur avait souvent parcouru le chemin qu'elle empruntait tous les jours pour se rendre à l'école, longeant Kamp Knox, une zone de baraquements militaires construits pendant la guerre, remontant le boulevard Hringbraut et prenant la direction du lac de Tjörnin après être passée le long du stade de Melavöllur et du vieux cimetière de la rue Sudurgata. Cette disparition n'était pas un cas unique, mais pour une raison quelconque, elle avait interpellé Erlendur qui s'était plongé dans les rapports de police, les coupures de journaux, avait exploré tous les itinéraires possibles entre le domicile de la jeune fille et l'école qu'elle fréquentait. Il avait parfois envisagé d'interroger ceux qui l'avaient connue, ses proches et ses amis, mais s'en était abstenu et n'avait jamais véritablement enquêté. De longues années avaient passé depuis, tout portait à croire que Dagbjört s'était suicidée, pourtant elle continuait de hanter les pensées d'Erlendur, malgré ses efforts pour l'éloigner et oublier cette affaire. Elle l'habitait comme un revenant et semblait s'arranger pour qu'un détail ou un autre vienne régulièrement la rappeler à son souvenir.

Cette fois, c'était la rubrique nécrologique qui s'était chargée de le faire. Ce matin même, il avait lu dans les journaux deux articles publiés en mémoire de son père. Sa mère était morte quelques années plus tôt. Les nécrologies mentionnaient toutes deux la disparition sans toutefois s'appesantir. L'une d'elles était rédigée par un collègue du père qui le décrivait comme un compagnon de travail fiable et honnête, joyeux à ses heures, bien que très affecté par la perte de sa fille. Le second article, écrit par la sœur du défunt, évoquait leur enfance commune, précisait qu'ils étaient issus d'une famille nombreuse et unie, mais que son frère et sa belle-sœur avaient d'une manière incompréhensible perdu cette jeune fille qui était leur rayon de soleil. Décelant entre les lignes une amertume toujours vive, Erlendur avait compris que le temps avait échoué à atténuer la douleur. Comme il échouait le plus souvent.

Il était presque minuit quand Erlendur quitta enfin la rue pour rentrer chez lui. Il avait remarqué que la maison était vide et vu à la fenêtre de la cuisine qui donnait sur la rue un écriteau de mise en vente installé par une agence immobilière. Les propriétaires avaient déjà quitté les lieux. Le vent du nord soufflait encore et les prévisions n'annonçaient aucun changement pour les jours suivants. La poudreuse balayait le trottoir.

Erlendur resserra un peu plus son manteau en quittant la rue.

Il était resté avec Marion au bureau jusque tard le soir afin de travailler sur l'enquête concernant l'homme du lagon. Un peu plus d'une journée s'était écoulée depuis la découverte du corps, mais personne ne s'était manifesté ni n'avait reconnu le signalement aussi précis que possible publié dans les journaux. La victime semblait n'avoir ni famille ni amis. Marion s'accordait une pause sur son vieux canapé lorsque Erlendur était revenu de son entrevue avec le chef de la Scientifique. Ce canapé avait été déménagé de la rue Borgartun, ancien quartier général de la police, alors placée sous l'autorité directe du procureur.

– Un Américain ?! avait éructé Marion quand Erlendur lui avait relaté sa conversation.

– C'est une simple hypothèse.

– Un soldat ?

Erlendur avait haussé les épaules.

– Cette base abrite également l'aéroport international de Keflavik. Il peut très bien être descendu d'un avion et arrivé de n'importe où. Ce que je veux dire, c'est que cet homme n'est pas forcément islandais. En outre, rien ne permet d'affirmer qu'il n'a pas été balancé dans le lagon depuis un avion qui aurait décollé de Reykjavik ou d'ailleurs, y compris de la base militaire.

– Et où te mènent toutes ces suppositions ?

– Nous devrions peut-être nous intéresser aux appareils qui ont survolé cette zone ces derniers jours. Et aussi aux vols privés. Peut-être devrions-nous envoyer une requête à la base pour savoir s'il ne leur manque personne.

– Parce qu'il portait des santiags ? avait ironisé Marion.

– Tous ses vêtements ou presque sont de marque américaine. Évidemment, on peut acheter la plupart de ces trucs dans les magasins à Reykjavik, je reconnais que ça ne prouve rien.

– En effet, qu'avons-nous d'autre ?

– La proximité de la base.

– Si je comprends bien, tu établis un lien entre ces vêtements fabriqués en Amérique et la base militaire, puis tu en déduis que la victime est un soldat américain ? Tu ne trouves pas que tes arguments sont plutôt maigres ?

– Sans doute, avait concédé Erlendur. Mais quand on pense à l'origine de ces vêtements et à la proximité de la base par rapport au lagon, il ne me semble pas anormal d'envoyer ce genre de requête aux autorités militaires. Si cet homme avait été découvert à Raufarhöfn, je ne me poserais sûrement pas la question en ces termes. Il y a des chances pour qu'un soldat de la base manque à l'appel.

– Rien ne les oblige à nous en informer s'ils ne le souhaitent pas.

– En tout cas, nous aurons au moins exploré cette piste.

– Tu ne crois pas qu'ils sont déjà au courant de la découverte du corps ?

– Si, évidemment.

– Ils nous contacteraient sans doute si un de leurs hommes avait disparu, non ?

– Peut-être, avait concédé Erlendur. Je ne sais pas. Je ne sais pas comment raisonnent ces gens-là. Je crois qu'ils font ce qu'ils veulent sans trop se soucier de nous.

– Ces gens-là ? avait sursauté Marion, remarqu
ton méprisant d'Erlendur. Tu es contre l'ar

– Ça te semble important ?

– Je n'en sais rien, avait éludé Marion, mais c'est le cas ?

– J'ai toujours été contre l'armée, avait répondu Erlendur.

Accompagné par le vent du nord, il était arrivé à l'endroit où s'élevaient autrefois les baraquements de Kamp Knox, construits pendant la Seconde Guerre mondiale, à l'époque où l'Islande était occupée, d'abord par l'armée britannique, puis par les Américains. À cet emplacement se trouvaient désormais la piscine du quartier ouest et d'autres bâtiments, principalement des immeubles d'habitation. On ne voyait plus aucune trace de l'ancien camp militaire qui avait initialement servi à la flotte américaine basée en Islande et tirait son nom du ministre de la Marine des États-Unis, Frank Knox. Ce camp, l'un des quelque quatre-vingts que comptait la ville pendant l'occupation, était aussi l'un des plus importants. Aujourd'hui, ces baraquements avaient dans l'ensemble disparu, mais ils avaient connu une seconde vie inattendue à la fin de la guerre, pour pallier la pénurie de logements qui régnait en ville. Après le départ des soldats, les Islandais s'étaient installés dans ces baraques de tôle ondulée en arc plein cintre qui avaient servi d'hébergement à plus de trois mille personnes au plus fort de leur utilisation.

Erlendur se rappelait ces camps qui vivaient leurs dernières heures à l'époque où il était arrivé à Reykjavik. Il se souvenait de celui de Mulakamp et d'un autre, qui se trouvait au sommet de la colline de Skolavörduholt. Il y avait constaté la plus grande pauvreté : ces quartiers étaient de véritables bidonvilles, les bâtiments des taudis. À l'origine, constitués de tôle ondulée, de plaques isolantes en tex et de carton, ces baraquements n'avaient pas été conçus pour servir de logements. L'écoulement des eaux était, dans le meilleur des cas, tout à fait sommaire, les lieux étaient envahis par les rats et, bien qu'un grand nombre d'honnêtes gens y ait vécu, ces quartiers avaient mauvaise réputation à cause de leur vétusté et du mode de vie parfois étrange de leurs habitants. Cela valait également pour Kamp Knox. Les gens qui y vivaient étaient surnommés les Kamparar et on leur reprochait de sentir mauvais, de puer le Kampari.

D'après les rapports d'enquête, la jeune fille longeait Kamp Knox chaque matin pour aller à l'école. Pendant les recherches, on s'était efforcé de découvrir si elle avait pénétré dans le quartier. On avait fouillé certains baraquements, de même que les appentis et les taudis adossés à leurs parois. On avait à de nombreuses reprises demandé aux habitants s'ils avaient aperçu la jeune fille. Un bon nombre d'entre eux avait d'ailleurs participé aux recherches. Mais tout ça n'avait servi à rien, pas plus que le reste.

L'intérêt s'était concentré sur Kamp Knox pour une raison particulière. Peu de temps avant sa disparition, la jeune fille avait confié à une amie qu'elle avait rencontré un jeune homme qui vivait là et l'amie en question avait compris à la manière dont elle parlait de lui qu'elle était amoureuse.

Personne n'avait jamais su qui était ce garçon.

6

Il était minuit passé. Marion Briem dormait sur le canapé installé dans son bureau quand le téléphone sonna. Tous ses collègues étaient rentrés chez eux et la sonnerie stridente rompit le profond silence. Marion se réveilla, se redressa sur son canapé, prit le combiné et répondit.

– Enfin, qu'est-ce que ça veut dire ?! Quelle heure est-il ?

– Marion ?

– Oui ?

– Excuse-moi, mais… il est si tard que ça ?

L'appel provenait du légiste. Marion s'installa dans son fauteuil et consulta sa montre.

– Ça ne pourrait pas attendre demain ?

– Hein ? Ah, si, bien sûr, répondit le médecin. Je ne voulais pas te déranger. Dis-moi, quelle heure il est ?

– Minuit.

– Ah bon ? Tant que ça ? Je ne m'en étais pas rendu compte. Je te rappelle demain matin. Il faut que je rentre chez moi. Excuse-moi, je n'imaginais pas qu'il était si tard.

Marion savait qu'Herbert, le légiste, était veuf et célibataire. Il avait perdu sa femme quelques années plus tôt. Le couple n'avait pas eu d'enfants et, après le décès de son épouse, il ne rentrait chez lui que pour retrouver sa solitude. Il n'avait pas essayé de rencontrer une autre femme. Marion le connaissait bien et lui avait un jour suggéré l'idée à la morgue, mais il ne s'était pas montré franchement enthousiaste.

– Quoi de neuf ? demanda Marion, ayant repris ses esprits après ce réveil brutal.

– Tu ne préfères pas que je te rappelle demain ?

– Non, crache le morceau, maintenant que j'ai décroché.

– Il se rongeait les ongles.

– Tu parles de l'homme du lagon ?

– Oui, il se rongeait les ongles jusqu'au sang, sans doute depuis son plus jeune âge. Hélas, cette manie ne nous aide pas.

– Que veux-tu dire ?

– Eh bien, nous aurions pu trouver des traces laissées par une éventuelle bagarre sous les ongles.

– Ah, je vois.

– À mon avis, il était ouvrier. Il devait travailler dans un atelier ou quelque chose de ce genre. L'eau du lagon lui a décapé les mains. Malgré ça, j'ai trouvé des traces de graisses et d'huiles industrielles sous ce qui reste des ongles. Je ne vois pas d'autre hypothèse. Je dirais qu'il travaillait dans un garage ou un atelier, quelque chose comme ça.

– Des traces de graisses industrielles, tu dis ?

– Oui, mais pas seulement.

Le légiste expliqua qu'il avait remarqué que les mains de la victime étaient couvertes d'égratignures plus ou moins anciennes, l'homme avait également de la corne sur la paume et les doigts, il faisait sans doute un travail manuel. Le médecin précisa que ses mains lui rappelaient celles de ses deux frères, tous deux mécaniciens. Ce faisceau d'éléments l'avait persuadé qu'il avait affaire à un ouvrier ou un artisan. La victime avait au maximum trente-cinq ans et sa dentition était en assez bon état malgré l'impact. On pourrait donc, en dernier recours, rechercher son identité en consultant les fichiers dentaires.

– Tu crois qu'on l'a mis dans le lagon pour tenter de dissimuler ça ? demanda Marion. Je veux dire ces traces de graisse et ces égratignures ?

– Non, je crois qu'on a simplement voulu le cacher dans le lagon, point. Mais ce n'est évidemment pas à moi de trancher la question.

– Tu as trouvé des éléments indiquant qu'il serait américain ? Qu'il habiterait la base militaire ou qu'il serait étranger ?

– Tu veux dire soldat ?

– Oui, pourquoi pas ?

– Il portait des santiags, mais…

– Mais ça ne suffit pas. Tu as découvert des indices qui permettraient d'établir un lien avec la base ? Un détail qui prouverait qu'il vient de là-bas ? Erlendur a mentionné cette hypothèse tout à l'heure.

– Je n'ai rien trouvé de tel. Il y a autre chose dont je dois vous parler, reprit le légiste d'un ton las.

– Oui ?

– Tout laisse penser que cet homme a fait une chute vertigineuse, nous en avons déjà discuté. À mon avis, le corps s'est fracassé sur une surface plane, un trottoir, le goudron ou même un sol en béton.

– Tu nous as déjà dit tout ça.

– Je ne fais peut-être que me répéter, mais un certain nombre de détails me semblent très étranges. Comme le fait qu'il ait atterri à plat ventre, sans mettre les bras en avant pour se protéger. Je ne pense pas qu'il soit tombé d'un avion directement dans le lagon comme vous l'avez suggéré, Erlendur et toi. L'eau aurait tout de même un peu amorti le choc. La surface sur laquelle il est tombé est bien plus dure que ça.

– Donc cet homme a fait une chute très importante, reprit Marion en bâillant. Tous les indices vont dans ce sens. Dans ce cas, nous avons trois hypothèses : accident, suicide ou meurtre avec préméditation. S'il s'agit d'un accident ou d'un suicide, il est très étrange que quelqu'un ait voulu cacher le corps dans ce lagon boueux. Si nous sommes en présence d'un meurtre, on comprend que l'auteur ait souhaité effacer sa trace. Je crois bien qu'on peut exclure le suicide. L'accident ou le meurtre par négligence ne sont pas à mettre de côté, mais dans ce cas quelle raison de dissimuler le corps ? Le meurtre est par conséquent l'hypothèse la plus probable.

– Exactement, voilà pourquoi je tenais à te contacter au plus vite. Excuse-moi, je ne savais pas qu'il était aussi tard. J'ai également découvert autre chose en examinant l'arrière du crâne, qui n'a pas trop souffert.

– Je t'écoute…

– Un gros hématome que je n'ai pas repéré immédiatement car il était caché par les cheveux. Je pense qu'il a reçu un coup violent sur la nuque.

– Ah bon ?

– Il n'y a aucun doute.

– Ce n'est pas simplement une conséquence de la chute ?

– Non, c'est le visage qui a subi l'impact, pas la nuque.

– Tu es sûr de ce que tu avances ?

– Je ne sais pas si je pourrai confirmer la chose par des examens plus poussés, répondit le légiste, mais il n'est pas impossible que cet homme ait été déjà mort au moment de la chute.

7

Marion et Erlendur observaient le lagon et regardaient l'homme-grenouille plonger sous l'eau. C'était sa seconde intervention. La première fois, il n'avait rien trouvé à l'endroit où flottait le cadavre, mais il n'était pas satisfait et tenait à effectuer une autre tentative. Marion pensait qu'il profitait de cette occasion pour arrondir ses revenus, mais s'abstint de tout commentaire. La police faisait parfois appel aux services de cet homme-grenouille d'une cinquantaine d'années quand elle enquêtait dans des ports ou aux abords de lacs. Maçon et membre d'une brigade de sauvetage, c'était l'un des meilleurs plongeurs d'Islande. Il portait une combinaison et une lampe frontale puissante qui éclairait le lagon par en dessous. Marion et Erlendur pouvaient suivre ses déplacements sous la surface bleue et laiteuse.

L'homme-grenouille leur avait expliqué que la boue épaisse déposée au fond du lagon lui compliquait beaucoup la tâche. Elle rendait l'eau opaque et, si un objet était tombé dans cette boue, il ne serait pas facile de le récupérer. Confrontée pour la première fois à cet environnement très particulier, la police était désemparée. On avait évoqué la possibilité de vidanger le lac, mais cela semblait impossible à mettre en pratique. Erlendur avait suggéré qu'on racle le fond à l'aide d'un grand filet, ce qu'on s'apprêtait à faire, personne n'ayant eu de meilleure idée.

Les recherches d'indices aux abords immédiats étaient toujours impossibles. La neige recouvrait les traces éventuellement laissées par celui ou ceux qui avaient amené le corps jusqu'ici. En outre, on ne devait pas non plus négliger l'hypothèse que cet homme ait été jeté depuis un avion. Divers éléments indiquaient par ailleurs qu'il était déjà mort lors de sa chute. D'après les autorités aériennes de Reykjavik, aucun appareil n'avait survolé la zone la semaine précédente. L'aéroport de Reykjavik hébergeait par ailleurs un certain nombre de petits avions privés dont on contactait actuellement les propriétaires. On avait également envoyé des requêtes aux aérodromes de taille plus modeste comme ceux de Selfoss ou des îles Vestmann et on attendait toujours la réponse des autorités de l'aéroport de Keflavik concernant les vols privés.

Aucune trace de pneus n'avait été relevée aux abords immédiats du lagon le soir de la découverte du corps, avant que la neige ne recouvre les lieux. De toute façon, on ne pouvait pas y accéder directement à moins de venir à bord d'une jeep munie d'équipements spéciaux. La police pensait que le corps avait été transporté depuis la route de Grindavik en empruntant le chemin le plus court, puis immergé assez loin de la rive. L'homme-grenouille ne trouva toutefois rien permettant de penser que le cadavre avait été lesté.

Marion avait résumé à Erlendur sa conversion de la veille avec le légiste en insistant sur l'hématome que ce dernier avait découvert sur la nuque. Le médecin avait rappelé dans l'après-midi pour lui confirmer que l'homme était déjà mort lors de la chute, ou qu'en tout cas il avait été assommé par un violent coup à la tête.

– Voilà qui explique pourquoi il est tombé à plat ventre sur le sol, répondit Erlendur en regardant le plongeur.

– C'est ce que m'a dit Herbert, reprit Marion. Ce coup sur la nuque est l'explication la plus plausible.

– Il sait avec quoi on l'a frappé ?

– Sans doute avec une clef à tube ou un tuyau, un objet de forme cylindrique. Il n'est pas sûr. En tout cas, ce n'était pas avec un marteau. Il n'a trouvé aucune trace impliquant un objet contondant. Un marteau aurait laissé une blessure ouverte. Ce qui est sûr, c'est que le coup était violent.

L'homme-grenouille réapparut un instant à la surface avant de replonger, éclairant à nouveau l'eau par dessous. De la vapeur montait du lagon en permanence, le vent du nord la balayait à la surface avant de l'emporter au loin. Erlendur trouvait que cette rencontre entre la lave tapissée de mousse, l'eau chaude et la vapeur recelait une étrange beauté, une beauté née du volcanisme qui avait façonné les paysages désolés de la péninsule de Reykjanes.

– Donc cet homme reçoit un coup sur la tête, puis on le jette du sommet d'un immeuble, résuma Erlendur.

– C'est possible.

– De manière à ce que ça ait l'air d'un suicide ?

– C'est une hypothèse.

Marion et Erlendur étaient allés interroger le directeur de la centrale géothermique. Ce dernier avait exclu que la victime puisse être un de ses employés. Tous étaient venus travailler, aucun n'était absent. Il avait été très surpris d'apprendre qu'on avait découvert un cadavre dans le lagon formé par les rejets de l'usine. Ce lieu n'était pas franchement fréquenté. Certes, il avait entendu dire que des gens souffrant de maladies cutanées venaient s'y baigner et avait même eu vent d'un projet prévoyant la construction d'installations sur le champ de lave afin d'accueillir les gens qui souhaitaient profiter des bienfaits de cette eau.

Le directeur de la centrale les avait suivis jusqu'au lagon et observait l'homme-grenouille en leur compagnie. Plutôt grassouillet, grand et rougeaud, il avait une épaisse barbe qui lui mangeait la moitié du visage. Erlendur le questionna au sujet du trafic aérien sur la zone. L'homme lui répondit qu'il était assez important, eu égard à la proximité de l'aéroport international et à l'activité de la base américaine sur la lande de Midnesheidi, avant d'ajouter que le bruit des avions perçait les tympans. Des engins plus petits survolaient également les lieux, mais ces derniers étant moins bruyants, les employés de la centrale les remarquaient moins.

– Pourquoi ces questions ? Ce gars-là n'a quand même pas été jeté ici depuis un avion ?

Le directeur avait lancé sa remarque sur un ton de semi-plaisanterie. Personne n'était au courant de l'état du corps ni n'avait connaissance de l'hypothèse selon laquelle une chute vertigineuse expliquait la multitude de fractures et le visage méconnaissable de la victime. Voyant qu'Erlendur se contentait de hausser les épaules sans lui répondre, le directeur les dévisagea, lui et Marion, à tour de rôle.

– Vous êtes sérieux ? Il a vraiment été jeté ici par avion ?

– Nous n'avons aucun élément qui le laisse penser, répondit Marion.

– En effet, confirma Erlendur d'un ton péremptoire.

– Qu'est-ce qui vous fait penser que c'est l'un de nos employés ?

– Il s'agit peut-être d'un ouvrier ou d'un mécanicien et, puisque nous l'avons découvert ici, il est logique que nous explorions cette piste. Vous dites que personne ne manque à l'appel, mais qu'en est-il de vos anciens employés ? Ceux qui ont travaillé pour vous dans le passé et ont arrêté depuis. Y a-t-il eu des problèmes ces derniers mois ? Vous avez mis quelqu'un à la porte ? Quelqu'un a proféré des menaces ? Vous vous souvenez de conflits entre vos hommes ?

– Non, rien de tout ça.

L'homme-grenouille se releva, enveloppé de vapeur. On aurait dit un monstre lacustre qui avançait vers eux avec sa bouteille d'oxygène sur le dos et son masque de plongée. Il ôta l'embout de sa bouche et les rejoignit sur le bord.

– J'abandonne, dit-il, pas moyen de trouver quoi que ce soit dans cette fichue soupe !

– Vous n'y voyez pas grand-chose ? demanda Marion.

– Pas grand-chose ? On croirait plonger dans un enfer blanc !

– Où est-ce qu'il court si vite ? interrogea Erlendur en voyant un policier marcher à toute vitesse vers eux à travers le champ de lave.

Le collègue en question surveillait le périmètre avec son coéquipier le long de la route de Grindavik. Ils avaient reçu sur leur radio un message urgent et tiré à pile ou face pour savoir qui des deux quitterait la chaleur confortable de l'habitacle pour aller le transmettre à son destinataire sur le champ de lave. Et le sort l'avait désigné.

Marion et Erlendur l'observaient en se demandant ce qui se passait tandis qu'il avançait à grandes enjambées. L'homme-grenouille, qui avait commencé à ôter sa combinaison, s'interrompit pour le regarder également.

– Que se passe-t-il donc ? marmonna-t-il.

– Ils demandent à vous parler ! cria le policier, essoufflé, l'index pointé vers la voiture et vers la route, dès qu'il fut arrivé à portée de voix.

– Qu'est-ce qu'il raconte ? interrogea Marion.

– Si j'ai bien compris, il y a des gens qui veulent nous parler, répéta Erlendur.

– Une femme a contacté le commissariat, cria le collègue. Elle… elle s'inquiète pour son frère et pense qu'il… que c'est peut-être l'homme dont vous avez découvert le cadavre !

8

La trentaine, plus jeune que son frère, elle entra, hésitante, dans la morgue de Baronstigur. Voyant qu'elle n'était pas rassurée, Erlendur l'encouragea : elle n'avait rien à craindre, on ne lui demanderait rien qui risque de lui déplaire ou de la choquer. Ils quitteraient les lieux dès qu'elle en exprimerait le souhait et elle n'avait pas besoin d'identifier le corps de son frère. La police trouverait d'autres personnes pour le faire, maintenant qu'elle avait une idée précise de l'identité de la victime. La jeune femme leur confia que c'était la première fois qu'elle venait à la morgue. Erlendur lui répondit que cela n'avait rien d'étonnant, en général on ne venait ici qu'une seule fois, et habituellement sans états d'âme, étant donné la situation qui nous y avait conduit. La sœur de la victime avait eu jusque-là un air grave, mais elle avait esquissé un sourire à la remarque d'Erlendur, qui était heureux d'avoir réussi à la détendre un peu. Elle confia également aux deux policiers qu'elle n'avait jamais vu de mort. Sachant que ce serait pour elle une épreuve de découvrir son frère dans un tel état, Erlendur s'efforça de la dissuader de procéder à la reconnaissance formelle du corps, ce qu'elle était toutefois résolue à faire, désireuse de savoir au plus vite si ses craintes étaient justifiées même si elle espérait du fond du cœur que ce ne soit pas le cas. Marion les accompagnait sans mot dire.

Ils avaient abordé ces questions au domicile de la jeune femme prénommée Nanna. Elle avait fini par appeler la police au bout de trois jours passés à tenter de joindre son frère sans résultat. Elle avait appris qu'on avait découvert un corps dans les environs de Svartsengi en écoutant les informations, mais sans faire tout de suite le rapprochement. Puis, elle s'était réveillée en sursaut au milieu de la nuit en pensant : et si c'était lui ? Elle n'avait pas réussi à se rendormir et elle avait passé le reste de la nuit à s'armer de courage pour contacter la police. Elle pensait devoir se rendre au commissariat, mais au standard on lui avait expliqué, en lui demandant de ne pas quitter son domicile, que des policiers viendraient la voir chez elle. Le standard avait noté son adresse et son numéro de téléphone. La police avait pris son appel très au sérieux car elle était la première à se manifester dans le cadre de l'enquête concernant l'homme du lagon.

Nanna habitait un confortable appartement en sous-sol dans le quartier des Melar. Elle s'y plaisait énormément, précisa-t-elle. Elle y avait emménagé après son divorce. C'était une petite femme au visage fin, jolie, les cheveux bruns et courts. Elle avait évoqué son divorce uniquement parce qu'elle parlait de son frère et qu'elle tenait à souligner combien il l'avait soutenue pendant la procédure. Il l'avait également aidée à trouver cet appartement et à s'y installer.

– Il s'occupe toujours de moi, avait-elle observé en regardant à tour de rôle Erlendur et Marion, assis face à elle dans la petite salle de séjour. Elle venait de leur montrer une photo récente de son frère. Les deux policiers avaient compris qu'il s'agissait bien du même homme, mais n'avaient fait aucun commentaire.

Elle leur avait dit qu'il s'appelait Kristvin, puis leur avait communiqué quelques détails importants d'une voix basse et hésitante. Il vivait à Reykjavik, mais travaillait à l'aéroport de Keflavik. Technicien de maintenance aéronautique, il travaillait pour la compagnie Icelandair depuis deux ans, après avoir fait des études aux États-Unis. Célibataire et sans enfant, il avait peu d'amis et vivait en solitaire depuis son retour en Islande après ce long séjour à l'étranger. Il affirmait que les liens avec ses vieux copains s'étaient rompus pendant son absence. Après le décès de leur mère, leur père s'était remarié et, depuis qu'il avait déménagé au Danemark, il avait très peu de contacts avec son fils et sa fille.

– Quand lui avez-vous parlé pour la dernière fois ? avait demandé Marion.

– Il y a quatre jours, avait répondu Nanna. Il est venu ici et nous avons mangé ensemble.

– Et son comportement était normal ?

– Oui, il était comme d'habitude.

– De manière générale, vous vous voyez tous les combien ?

– Eh bien, c'est justement le problème. Nous nous parlons tous les jours. Si ce n'est pas lui qui appelle, c'est moi, et on se voit chez lui ou chez moi, ou bien on va au cinéma. J'ai essayé de le joindre il y a, eh bien, justement, le lendemain de sa dernière visite ici. J'ai appelé chez lui comme d'habitude, mais il n'a pas décroché. J'ai rappelé le lendemain, puis le surlendemain, plusieurs fois. Il n'a pas répondu. On avait prévu de se voir hier. J'étais censée passer chez lui, et ensuite on devait voir un film. Quand je suis arrivée, il n'a pas répondu à la sonnette. Il m'avait confié une clef au cas où il oublierait la sienne, ou bien s'il se retrouvait enfermé à l'extérieur. J'ai donc emporté la clef en question en me disant que si je n'avais aucune nouvelle, c'était peut-être parce qu'il était malade. Je suis entrée dans l'appartement. Il n'y avait personne. Ça sentait le renfermé, j'ai eu l'impression qu'il était absent depuis plusieurs jours. Le lit était défait, enfin, de toute façon, il n'avait pas l'habitude de le faire. J'ai aéré, puis je suis rentrée chez moi, assez inquiète. Je dirais même, pour être honnête, que j'étais très inquiète.

– Vous avez essayé de le joindre à son travail ? avait demandé Erlendur.

– Oui, hier, avant d'aller chez lui. Je les ai appelés. Ils m'ont dit qu'il était absent depuis deux jours et qu'ils n'avaient aucune nouvelle de lui. Ils ont ajouté qu'ils avaient téléphoné chez lui, sans résultat, et m'ont demandé de les contacter dès que j'aurai des nouvelles.

Elle avait repris son souffle en inspirant profondément.

– Puis j'ai entendu à la radio qu'on avait découvert un corps sur la péninsule de Reykjanes et ça ne m'est pas venu à l'esprit que ça pouvait être lui. La radio disait qu'il s'agissait d'un meurtre et je n'arrivais pas à imaginer que Kristvin ait pu… ait pu mourir de cette manière. L'idée me semblait complètement absurde. Peut-être que j'avais quand même un mauvais pressentiment parce que j'ai passé une sale nuit. Je me suis réveillée en sursaut et, tout à coup, j'ai été persuadée que c'était lui. J'étais brusquement convaincue que ça ne pouvait être que mon frère Kristvin, avait conclu Nanna, au bord des larmes.

– Vous lui connaissiez des problèmes ? avait demandé Erlendur.

– Comment ça ?

– Il était en conflit avec quelqu'un ? Vous pensez que quelqu'un aurait pu vouloir lui nuire ?

– Non, ça me semble impossible. Je n'arrive pas à imaginer ça. Jamais il ne m'a parlé de ce genre de chose.

– L'homme dont nous avons découvert le corps portait des santiags, avait glissé Marion.

Nanna avait hoché la tête.

– Kristvin en a trois paires et il ne met pas d'autres chaussures. Il les a achetées quand il vivait en Amérique.

– Tous ses vêtements sont d'ailleurs de marques américaines, avait poursuivi Erlendur. Au point que nous avons cru qu'il était militaire à la base.

– Je suppose qu'il portait son blouson en cuir, n'est-ce pas ? Il ne le quitte pas.

– Cela correspond à l'homme que nous avons trouvé, avait répondu Erlendur. Pouvez-vous nous confier la clef de son appartement ?

Nanna avait hoché la tête. Les deux policiers avaient alors jugé le moment venu de la conduire à la morgue. Marion lui avait demandé si elle en avait la force en ajoutant qu'elle devait se préparer au pire. La jeune femme avait hoché la tête. Tous trois s'étaient levés. Nanna avait enfilé son manteau, son bonnet et ses gants. Le légiste avait été prévenu. Au moment où ils arrivèrent à Baronstigur, il les attendait, debout à côté du corps éclairé par de puissantes lumières et dissimulé sous un drap blanc. Le médecin salua Nanna et lui exposa l'état dans lequel on avait trouvé son frère. Elle l'écouta en silence et hocha la tête. Marion et Erlendur se tenaient à proximité.

Une main dépassait du drap. En la voyant, Nanna s'approcha, mais ne la toucha pas, comme si c'était au-dessus de ses forces. Elle observa longuement cette main froide et sans vie, cette teinte bleutée, irréelle, qu'elle voyait pour la première fois. Ses craintes venaient de se confirmer.

– C'est lui, murmura-t-elle.

– Vous en êtes sûre ? demanda Erlendur.

– Je reconnais ses mains. Il n'y a aucun doute. C'est bien lui, confirma-t-elle en serrant doucement les doigts de son frère.

– D'accord.

– Il ne m'écoutait jamais.

– Comment ça ?

– Je passais mon temps à lui dire d'arrêter de se ronger les ongles.

9

Lorsqu'il exposa la raison de son appel à sa correspondante, elle manifesta la plus grande surprise. Il venait de lui demander s'il pouvait s'entretenir avec elle au sujet de Dagbjört, sa nièce disparue sur le chemin de l'école par un matin d'hiver, il y avait des années. Erlendur ne s'étonna pas de sa réaction. Il y eut un long silence à l'autre bout de la ligne, puis elle lui demanda de bien vouloir se présenter à nouveau. Il répéta qu'il s'appelait Erlendur, travaillait à la Criminelle et avait découvert l'histoire de sa nièce en se plongeant dans de vieux rapports de police. Il s'intéressait aux disparitions et souhaitait savoir s'il pouvait lui rendre visite. Voyant que la tante lui posait des questions insistantes, il précisa clairement afin d'éviter tout malentendu qu'aucun élément nouveau n'était apparu. Il ajouta que la police n'avait pas rouvert l'enquête, mais qu'il souhaitait la voir parce que l'histoire de cette jeune fille l'intéressait personnellement. Il ne lui raconta pas la manière dont il l'avait découverte, au tout début de sa carrière, n'ajouta pas qu'il s'était plongé dans tous les documents qui s'y rapportaient et qu'il s'était souvent rendu sur les lieux du drame, poussé par une grande curiosité. Il ne lui confia pas non plus pourquoi, après tout ce temps, il avait, malgré ses hésitations, fini par contacter un membre de la famille. Il le savait à peine lui-même. À une époque, il s'était promis de s'en abstenir car il refusait d'être confronté à la douleur d'une disparition, mais finalement il s'était décidé à franchir le pas. Sa lecture des nécrologies consacrées au père récemment décédé de la jeune fille l'avait fait réfléchir. Un jour, il n'y aurait plus personne pour raconter comment les choses s'étaient passées. Plus personne pour apporter les réponses aux questions qu'il s'était si souvent posées. Et pire encore peut-être : il n'y aurait bientôt plus personne pour attendre ces réponses.

Dans la conscience collective, l'événement avait depuis longtemps sombré dans l'oubli, du reste il remontait à plus de vingt-cinq ans, mais lorsqu'il appela la tante de cette jeune fille, il constata que jamais sa famille ne l'avait oubliée. La femme avait immédiatement compris de quoi il parlait. Après lui avoir posé quelques questions sur l'enquête, les raisons pour lesquelles il s'y intéressait, et s'être assurée qu'il était très sérieux, elle l'avait invité à passer la voir chez elle et lui avait dit au revoir en le remerciant de son appel et de l'intérêt qu'il portait à cette tragédie.

– Permettez-moi de vous présenter toutes mes condoléances pour votre frère, déclara Erlendur dès qu'il se fut installé avec elle dans le salon. J'ai vu dans le journal que vous avez écrit un texte à sa mémoire.

Elle le remercia et remit en place la mèche de cheveux retombée sur son front pendant qu'elle avait servi le café. Svava avait dans les soixante-dix ans. Elle avait préparé la visite d'Erlendur en faisant des *kleinur*[1] et du café fort. Elle lui expliqua qu'elle devait accompagner

1. Les *kleinur* sont des beignets islandais qui ressemblent par leur forme à des bugnes. (*Toutes les notes sont du traducteur.*)

le café d'un petit remontant pour le cœur et lui offrit un verre de chartreuse qu'il accepta. Elle vida le sien cul sec et se resservit aussitôt. La bouteille était presque vide. Il se demanda si elle s'offrait souvent ce genre de remontant tandis qu'il trempait doucement ses lèvres dans le verre à liqueur. Il avait immédiatement perçu pendant leur conversation au téléphone que cette femme avait un caractère résolu et qu'elle ne supportait pas qu'on tourne autour du pot. Quand elle posait des questions, elle exigeait des réponses et refusait les dérobades. Il avait fait de son mieux pour la satisfaire. Il ne savait pas grand-chose du quotidien de Svava, si ce n'est qu'elle semblait habiter seule et qu'elle avait eu des enfants, désormais adultes. Sur une photo placée en évidence, on la voyait sourire au photographe, aux côtés de son époux et de leurs trois enfants. Il supposa que les enfants avaient quitté le foyer familial depuis bien longtemps, mais ne lui posa aucune question au sujet de son mari. Sans doute avaient-ils divorcé, ou peut-être était-il mort. Elle ne tarda pas à lui apporter la réponse.

– Je vous remercie. Oui, j'ai éprouvé le besoin de jeter quelques mots sur le papier. J'ai pensé que ça me ferait du bien d'écrire sur mon frère. Nous ne faisons pas de vieux os dans la famille. La même chose est arrivée à mon mari il y a quatre ans. Donc, vous vous intéressez à notre chère Dagbjört depuis un certain temps ?

– Depuis que j'ai découvert son existence dans de vieux rapports, il y a environ sept ans, répondit Erlendur. Je n'ai aucun souvenir personnel de l'événement, je suis trop jeune pour ça, mais c'est une affaire dont on a beaucoup parlé dans la presse à l'époque et j'ai lu tous les articles publiés. Le chemin qu'elle prenait pour aller à l'école. Le petit ami qu'on lui prêtait à Kamp Knox.

– Mais dites-moi… pensez-vous être en mesure de découvrir ce qui s'est passé ?

– Non, je ne crois pas, répondit Erlendur. Et vous ne devez pas non plus espérer que j'y parvienne.

– Dans ce cas, quel est donc le but de notre entrevue ?

– J'avais envie de vous rencontrer, d'entendre la version de la famille, si vous consentez à me la raconter. Mais ne croyez pas que je suis magicien. N'allez pas vous accrocher à de faux espoirs. J'essaie seulement…

– Quoi ?

– J'essaie seulement de découvrir ce qui s'est passé.

– Par curiosité ?

– En effet, par curiosité, pour être tout à fait honnête. Je m'intéresse à ce genre d'histoires et j'ai envie d'examiner d'un peu plus près celle de Dagbjört. J'enquêterai en solitaire. Si je découvre de nouveaux éléments, des choses qui permettent de jeter la lumière sur cette affaire, il va de soi que je vous en informerai, vous et mes collègues de la Criminelle. Je compte rassembler des informations sur la disparition de votre nièce dans l'espoir de trouver un nouvel angle d'attaque. Un quart de siècle a passé depuis et, bientôt, il sera trop tard pour… pour faire quoi que ce soit.

– Vous voulez dire que vous n'aurez plus personne vers qui vous tourner pour poser vos questions ? interrogea Svava.

Erlendur hocha la tête.

– Ses deux parents sont décédés, et quand j'ai lu ce que vous avez écrit sur votre frère, je me suis dit qu'il était temps d'agir, que je ne pouvais pas attendre plus longtemps. Que c'était maintenant ou jamais.

– Je comprends. Vous faites une course contre la montre.

– Oui, mais comme je viens de vous le dire, ne vous bercez pas de faux espoirs en imaginant que de nouveaux éléments vont apparaître. Je vous le répète et j'insiste. Je pense avoir une idée assez claire des choses en ce qui concerne le volet public de cette affaire mais, évidemment, tout cela n'est qu'un fragment de l'histoire.

Elle scruta longuement Erlendur, le toisa de son regard gris et suspicieux afin de vérifier qu'elle pouvait lui accorder sa confiance. Il avait fait preuve d'honnêteté en lui avouant être motivé par la curiosité. Il jouait cartes sur table. C'était le plus important.

– Vous êtes policier ?

– Oui.

– Mais vous n'avez pas été officiellement missionné pour me rendre cette visite ?

– Non, et si vous préférez ne pas discuter avec moi, je le comprendrai parfaitement, répondit Erlendur.

Svava se mit à sourire.

– Vous êtes tellement sérieux, dit-elle. Un si jeune homme. Je me demande pourquoi… ? Qu'est-ce qui vous pousse à faire ça ?

Erlendur garda le silence. Pourquoi le faisait-il ? Pourquoi ne pouvait-il oublier cette histoire ? Pourquoi devait-il rouvrir d'anciennes blessures et s'emplir le cœur de douleur et de deuil ?

– C'est à cause de votre regard triste ? poursuivit-elle. Quelqu'un vous a déjà dit que vous avez de beaux yeux ?

Erlendur rentra aussitôt dans sa coquille. Il ne s'était pas attendu à ça.

– Je m'intéresse aux disparitions, éluda-t-il.

– Pourquoi ?

– Ça ne date pas d'hier. Je me passionne aussi pour ces récits de gens qui se perdent dans la nature ou dans les montagnes. Je suis originaire des fjords de l'Est et j'ai été bercé par ces histoires. Elles m'accompagnent depuis toujours.

Svava sentait que sa réponse n'était pas tout à fait sincère. Qu'il ne lui disait pas toute la vérité et qu'il refermait l'accès étroit qu'il avait brièvement ouvert sur son intimité. Il avait cessé de la regarder en face, mais baissait les yeux sur la table comme s'il redoutait qu'elle ne le cuisine un peu trop. Elle se contenta donc de ses propos évasifs et changea de sujet.

– Vous êtes marié ?

– Non… non, je… je suis divorcé, répondit Erlendur.

– Ah, j'en suis désolée.

– Oui. Enfin… voilà, vous en savez un peu plus sur moi, observa Erlendur en s'efforçant de sourire. En fait, vous savez tout, par conséquent…

– Eh bien, je ne crois pas, répondit Svava, taquine. Mais j'en sais assez. Personne n'est venu me poser la moindre question sur cette pauvre Dagbjört depuis plus de dix ans et voici tout à coup que vous m'appelez un beau jour sans crier gare. Évidemment, ça fait quelque chose. Vous êtes le premier à lui témoigner un quelconque intérêt depuis bien longtemps, depuis si longtemps. Que voulez-vous savoir ? Dites-moi comment je peux vous aider.

10

Elle venait de fêter ses dix-neuf ans quand elle a disparu, au plus noir de l'hiver 1953. Quelque temps plus tôt, elle avait invité ses camarades d'école à fêter son anniversaire. Elles avaient écouté des disques sur l'électrophone que ses parents venaient d'acheter. Elle avait aidé son père à installer l'appareil dans la maison. C'était un meuble très encombrant, trônant à la meilleure place du salon, un gros caisson en noyer reposant sur quatre pieds, surmonté d'un couvercle et également équipé d'une radio. Elles avaient écouté *Gling glo* d'Alfred Clausen et *Dagny* de Sigfus Halldorsson sur les disques sortis au printemps précédent. Une des filles avait réussi à se procurer par ses contacts à la base militaire quelques quarante-cinq tours récents venus tout droit d'Amérique, parmi lesquels un disque de Kay Starr et un autre où Doris Day interprétait *Be My Little Baby Bumble Bee*. Elles avaient dansé et beaucoup ri, puis, quand les parents de Dagbjört s'étaient retirés pour les laisser tranquilles, les deux plus âgées d'entre elles avaient sorti deux flasques contenant de l'alcool qu'elles avaient subtilisé à leurs parents pour les partager avec leurs copines. L'une d'elles avait également sorti un paquet de cigarettes et en avait allumé une. Les cigarettes circulaient, certaines des filles crapotaient et trouvaient le goût infect, d'autres aspiraient la fumée, déjà habituées. Elles avaient parlé de l'excursion organisée par l'école à Thorsmörk pendant l'automne, de ce voyage au ski prévu après le nouvel an, évoqué les couples d'amoureux récemment formés et les vedettes mondiales. Un film avec Dean Martin était à l'affiche dans les cinémas. En fin de soirée, elles avaient entonné l'hymne de l'École ménagère qui promettait un avenir radieux, puis elles avaient continué, infatigables, d'écouter le dernier succès de Sigfus en reprenant avec lui *notre amour, notre plaisir et notre joie bien que le souvenir de la brise se soit tu...*

Ces camarades d'école étaient des amies proches et, constatant que Dagbjört n'était pas venue en cours un matin, puis qu'elle avait manqué un rendez-vous pourtant prévu, l'une d'elles avait appelé ses parents pour demander de ses nouvelles et s'assurer qu'elle n'était pas malade. La mère de Dagbjört avait répondu qu'elle était allée à l'école comme d'habitude. En tout cas, c'était ce qu'elle pensait. Elle avait appelé sa fille, était montée dans sa chambre, avait ouvert la porte d'entrée pour jeter un œil dans la rue, était sortie dans le jardin et avait à nouveau crié son prénom. Puis elle avait contacté son mari au travail pour lui demander s'il l'avait vue ou s'il savait où elle se trouvait. Le père de Dagbjört était tombé des nues. Il croyait sa fille à l'école depuis le matin.

N'ayant toujours aucune nouvelle dans la soirée, extrêmement inquiets, ils s'étaient lancés à sa recherche. Ils avaient téléphoné à toutes leurs connaissances, leurs amis, les membres de leur famille, mais personne ne savait où elle était. Nombre d'entre eux avaient accouru, parmi lesquels ses camarades de classe, des voisins, des proches. Tous ensemble, ils avaient refait le chemin qu'elle prenait habituellement pour aller en cours. Sans doute lui était-il arrivé quelque chose en route. Ils avaient cherché partout, arpenté les rues, enjambé des clôtures pour explorer les jardins, passé Kamp Knox au peigne fin, de même que le Hljomskalagardurinn, le parc du kiosque à musique, les abords du lac de Tjörnin et les rues au pied de la colline de Thingholt. La police s'était alors jointe à eux, même si le commissariat jugeait qu'il était trop tôt pour lancer des recherches. Les policiers avaient demandé aux parents si leur fille avait déjà fait des fugues, ce à quoi ils avaient répondu par un non ferme et définitif : jamais elle n'avait disparu comme ça. Il est inutile de trop vous inquiéter, leur avait-on dit, Dagbjört était introuvable depuis quelques heures, mais il y avait toutes les chances pour qu'elle finisse par rentrer chez elle.

Mais elle ne rentra pas. Une première journée passa, puis une deuxième et une troisième sans que personne n'ait aucune nouvelle d'elle. Rien dans ce qu'elle avait fait ou dit les journées précédentes ne fournissait le moindre indice sur l'endroit où elle avait pu aller ce matin-là. Elle s'était comportée de manière tout à fait normale, heureuse, débordante de bonne humeur et de projets, comme d'habitude. Elle avait confié à ses parents qu'elle avait envie de poursuivre ses études et qu'elle envisageait de s'inscrire en faculté de médecine : en Islande il y avait si peu de femmes médecins. Elle avait expliqué à sa mère que seules sept Islandaises avaient achevé des études de médecine au cours des dix dernières années.

– Je vous laisse imaginer leur désarroi, c'était terrible, conclut Svava après avoir décrit sa nièce à Erlendur et relaté les recherches engagées pour la retrouver. Mon frère et sa femme Helga ont toujours résolument exclu l'hypothèse d'un suicide.

– Quelle était la leur ? demanda Erlendur.

– Ils ne comprenaient pas du tout et imaginaient qu'elle avait eu un accident. Elle était peut-être allée marcher vers la mer, tombée à l'eau, et n'avait pas réussi à regagner la rive, emportée par les courants. C'était à l'époque la plus sombre de l'année, à la fin novembre. Pour une raison que nous ignorions, elle avait renoncé à se rendre en cours et était allée ailleurs, ou bien quelque chose lui était arrivé sur le chemin de l'école. Peut-être était-elle montée dans une voiture, peut-être qu'elle avait croisé des connaissances. Nous avons imaginé toutes sortes de situations auxquelles elle aurait pu être confrontée, mais bien sûr nous ignorons ce qui est réellement arrivé.

– Si elle n'est pas allée à l'école, où est-ce qu'elle a pu se rendre ?

– Eh bien, on peut imaginer qu'elle soit allée jusqu'à la baie de Nautholsvik et qu'elle ait nagé vers le large. On a toujours considéré cette hypothèse comme très improbable. Elle était jeune et pleine de vie, jamais elle n'avait montré le moindre signe de mélancolie ou d'angoisse, bien au contraire, elle avait une conception très positive de l'existence, ses résultats scolaires étaient excellents et elle était très entourée par ses amies. Ses parents affirmaient que, le matin, elle avait hâte d'aller en cours.

– Il faisait beau ce matin-là, n'est-ce pas ? s'enquit Erlendur. Elle n'a pas eu besoin de se mettre à l'abri quelque part à cause de la météo ?

– Non, il faisait froid, mais le temps était calme, assura Svava. On a passé au peigne fin tout le rivage de la péninsule de Reykjanes. En vain.

Svava leur resservit une tasse de café.

– J'ai lu quelque part qu'elle tenait un journal intime, reprit Erlendur en se remémorant les rapports de police. Ce journal n'avait pas aidé à faire progresser l'enquête, il ne contenait que les réflexions d'une jeune fille à l'esprit encore en formation, le récit d'événements survenus à l'école, des commentaires sur les matières qu'elle étudiait et celles qui l'intéressaient le plus. Quelques observations sur les enseignants et d'autres élèves, des choses tout à fait innocentes. Des coupures de journaux, des photos d'acteurs ou d'actrices agrémentaient les pages.

– En effet, répondit Svava. J'ai vu ce journal dans les affaires de mon frère. Il ne nous a pas servi à grand-chose, comme vous le savez sans doute.

– Vous n'avez pas remarqué s'il y manquait des pages, des pages qu'elle aurait arrachées ?

– C'est possible qu'elle en ait enlevé certaines, mais c'était une sorte de classeur auquel on pouvait ajouter des feuillets à volonté, on ne peut donc avoir aucune certitude, là non plus. Et si elle a ôté des pages, elles sont perdues depuis longtemps.

– Oui, je suppose.

– Enfin, il y avait aussi ce garçon de Kamp Knox qui est resté une énigme, ajouta Svava après un bref silence.

– Celui qu'a mentionné une de ses amies ?

– Oui. Dagbjört avait l'habitude de faire un crochet pour éviter de passer dans le quartier des baraquements, je crois qu'elle n'était pas la seule dans ce cas. Il y avait souvent des frictions entre les gamins du camp et ceux qui vivaient dans les maisons voisines. Ses parents n'étaient pas au courant qu'elle connaissait des garçons à Kamp Knox. C'était une découverte pour eux. Bien sûr, on a recherché ce jeune homme, on l'a prié de se manifester, mais il ne l'a jamais fait. Je ne saurais vous dire s'il faut croire cette histoire. On a demandé aux habitants de ce quartier s'ils avaient vu Dagbjört, on a même fouillé certains baraquements, un grand nombre de miséreux vivait là-bas. Enfin, tout cela n'a servi à rien non plus.

– Elle connaissait d'autres garçons ? interrogea Erlendur.

– Non, si vous entendez par là des petits amis, nous ne lui en connaissions aucun, et ses copines non plus, d'ailleurs. Nous pensons que cette jeune fille avait mal compris ou simplement cru entendre Dagbjört parler d'un garçon de Kamp Knox. Vous devriez peut-être aller l'interroger.

Erlendur hocha la tête.

– C'est une idée qui m'a déjà effleuré. Donc, Dagbjört avait peur d'entrer dans Kamp Knox ?

– Elle l'évitait et je sais que sa mère lui avait dit de ne pas y aller. Évidemment, elle avait entendu des histoires d'alcoolisme et sur toutes sortes de choses qui se passaient là-bas. Il y avait beaucoup de mères célibataires qui y habitaient avec trois ou quatre enfants à charge, c'étaient les gens les plus pauvres de la ville, et il y avait aussi des hommes qui essayaient de s'introduire chez elles pendant la nuit dans un état pitoyable. Je me souviens que l'une d'elles, une mère célibataire que nous avons rencontrée quand nous cherchions Dagbjört, s'est plainte de ce genre de choses aux policiers qui nous accompagnaient. Elle leur a demandé comment cela se faisait que des voyous agissent à leur guise dans le quartier sans que la police lève le petit doigt. Vous imaginez que la vie de ces pauvres femmes et de leurs enfants n'avait rien d'une partie de plaisir. Sans parler du fait qu'ils se faisaient embêter par les autres à l'école. Une autre mère nous a raconté que ses deux filles avaient été chassées de l'école par un groupe de garçons et ses gamines refusaient d'y remettre les pieds. Je me demande même s'ils n'avaient pas frappé l'une des deux. Tout cela contribuait à renforcer la solidarité entre les enfants qui vivaient dans le quartier des baraquements.

Svava regarda Erlendur et ajouta, en insistant sur ses mots :

– Je sais que ce sont peut-être des préjugés, mais bon, tant pis. Je ne crois pas une seconde que Dagbjört ait fréquenté un garçon de ce quartier. Ça me semble exclu. Je n'arrive pas à l'imaginer. Pas une seconde.

– Pour quelle raison ?

– Parce que c'était une jeune fille raisonnable, répondit Svava. Voilà pourquoi. Je sais que je ne devrais pas dire ce genre de chose, mais c'est comme ça. Je ne crois pas qu'elle ait connu un garçon de là-bas, d'ailleurs nous n'avons jamais eu confirmation de son existence. Personne à Kamp Knox ne connaissait Dagbjört et personne n'était au courant de cette prétendue liaison.

– Donc, vous ne croyez pas non plus qu'elle ait pu entrer dans le quartier ce matin-là ?

– C'est une autre affaire. On ne l'a jamais retrouvée et nous ignorons ce qui s'est passé, mais elle a sans doute longé Kamp Knox en allant à l'école. C'est probable, elle le faisait tous les matins. Toujours.

– On ne peut pas imaginer qu'elle ait eu rendez-vous avec ce garçon même si personne ne les a vus ?

– Nous n'avons pas arrêté d'en parler, des jours durant, répondit Svava. Nous nous demandions s'il existait, qui c'était, s'il était au courant de ce qui s'était passé, si elle avait eu rendez-vous avec lui ce matin-là.

– Vous considérez qu'il n'existait pas ?

– Je ne pense pas. Mon frère n'était pas du même avis. En tout cas, s'il a vraiment existé, il ne s'est jamais manifesté. Or il savait que nous cherchions Dagbjört. Il aurait nécessairement appris que nous essayions de la retrouver et nous aurait contactés s'il avait su quelque chose.

– À moins qu'il ait eu une part de responsabilité dans sa disparition, observa Erlendur. S'il ne s'est pas manifesté, c'est peut-être qu'il avait mauvaise conscience, vous ne croyez pas ?

– Évidemment, on peut voir les choses sous cet angle, concéda Svava. Mon frère évoquait cette hypothèse plus souvent qu'à son tour et sa femme Helga aussi, d'ailleurs. Ils étaient certains que ce garçon fantôme était responsable de la disparition de leur fille. Ils n'en démordaient pas.

– La police a lancé un avis de recherche le concernant. Elle a aussi demandé à quiconque qui aurait éventuellement aperçu Dagbjört dans Kamp Knox ou aurait été au courant de leur relation de se manifester au plus vite.

– Je m'en souviens.

– Mais c'est resté sans suite.

– Effectivement, ça n'a rien donné, si ce n'est deux ou trois histoires à dormir debout que les enquêteurs de l'époque ont explorées avant de se rendre compte qu'elles n'avaient aucun rapport avec la disparition. Voilà tout.

11

L'appartement de Kristvin était le deux-pièces typique d'un célibataire. Situé au dernier étage d'un immeuble qui en comptait quatre dans la banlieue d'Efra-Breidholti, il avait une jolie vue orientée au nord sur le mont Esja. La petite cuisine abritait une table, deux chaises, un grand réfrigérateur ainsi que des verres et des assiettes posés sur des étagères. On n'y trouvait pas grand-chose à manger à part du pain qui avait commencé à moisir, quelques plaques de chocolat en gros conditionnement dont Marion imagina qu'il provenait de la base et du café de marque Rio en paquet rayé bleu et blanc. La porte sous l'évier était munie d'un système permettant de fixer un sac-poubelle, mais le sac était absent et Marion supposa que Kristvin l'avait emporté la dernière fois qu'il était allé au travail pour le jeter dans le vide-ordures du couloir. Une cafetière électrique posée sur la desserte à côté de la cuisinière voisinait avec un gros paquet de céréales américaines. Une assiette et une cuiller traînaient dans l'évier. Le dernier petit-déjeuner de Kristvin, pensa Marion.

La chambre était meublée d'un lit pour une personne et d'une petite table de nuit sur laquelle reposaient deux épais livres de poche américains, sans doute des romans de science-fiction, à en juger par la couverture. Le lit était défait et les draps n'avaient pas été changés depuis un certain temps. Le placard peu encombré contenait des jeans et des chemises à carreaux, une veste en cuir, un costume noir et une kyrielle de t-shirts. Deux paires de santiags reposaient au fond, l'une presque neuve, l'autre patinée par un usage intensif.

On découvrait dans le salon d'autres ouvrages de science-fiction, des meubles usés, un canapé, une table et une vieille commode sur laquelle Kristvin avait installé une chaîne hi-fi avec une paire de gros haut-parleurs. Une pile de disques, du rock américain principalement, était placée à côté de l'appareil. Marion imagina Kristvin écoutant de la musique la veille de sa dernière journée au travail. Deux posters, l'un des Rolling Stones et l'autre de Neil Young, ornaient les murs du salon. Les tiroirs de la commode contenaient des factures, des déclarations d'impôts et quelques lettres que sa sœur lui avait écrites quand il vivait en Amérique.

Marion s'étonna du peu d'informations que les lieux livraient sur leur occupant, si ce n'est qu'il était amateur de science-fiction et de rock américain. Rien ici ne piquait la curiosité. Il avait étudié aux États-Unis et cette période avait laissé des traces sur son mode de vie. Rien n'indiquait qu'il ait reçu de la visite au cours de ses derniers jours et, s'il avait entretenu une relation avec une femme, cela ne sautait pas aux yeux non plus.

La seule chose surprenante de tout l'appartement était le contenu du réfrigérateur. Les collègues de la Scientifique fouillaient les lieux en quête d'indices susceptibles d'expliquer la mort de Kristvin, ils prenaient des photos et effectuaient des prélèvements. Ils informèrent Marion de la présence de quelques mégots dans le cendrier du salon et lui montrèrent l'intérieur du réfrigérateur. Ce n'est qu'à ce moment-là qu'Erlendur arriva.

– Où est-ce que tu étais passé ? s'agaça Marion, retenant d'une main la porte du frigo pour y jeter un œil.

– J'ai été retardé, répondit Erlendur, espérant qu'il n'aurait pas à fournir plus d'explications, ce qui ne fut pas le cas.

– Par quoi ? répliqua Marion. Qu'est-ce que tu faisais ?

– J'avais un rendez-vous pour une affaire sur laquelle je travaille.

– Laquelle ?

– Tu es au courant, je t'en ai déjà parlé.

– Oui, mais qu'est-ce que c'est ?

– Kamp Knox, répondit Erlendur.

Marion le dévisagea.

– La jeune fille disparue dans le quartier ouest ?

– Oui, confirma Erlendur.

– Ah, tu t'es enfin décidé à agir ?

– Je ne sais pas. Je suis allé interroger sa tante. C'était intéressant.

– Elle t'a bien accueilli ?

– Très bien. Mais toi, qu'est-ce que tu regardes comme ça ?

– Ceci, répondit Marion en ouvrant la porte en grand pour dévoiler la découverte à son collègue.

Le frigo regorgeait de canettes de bières et de bouteilles de vodka d'un gallon, toutes de marques américaines, il y avait également huit cartouches de cigarettes. Les membres de la Scientifique avaient laissé le compartiment congélation ouvert. On y voyait une vieille boîte contenant une trentaine de cigarettes roulées dont ils affirmaient qu'elles contenaient de la marijuana.

– Il a oublié que la bière est interdite en Islande, observa Erlendur. Et on ne trouve sans doute pas ces bouteilles d'un gallon à la boutique du monopole des alcools.

– Et encore moins ces pétards, ajouta Marion en humant l'un d'eux. C'était sans doute pour sa consommation personnelle. On a trouvé quelques mégots de joints dans le cendrier du salon.

– Ça doit venir directement de la base, tout ça, tu ne crois pas ? demanda Erlendur en prenant une cartouche.

– La question est de connaître l'ampleur de son activité, de voir si nous n'avons pas là uniquement la partie émergée de l'iceberg.

– Ces cigarettes et cette vodka, ce sont les mêmes que nous avons trouvées dans la cache de Vignir et d'Ellert, non ?

– Il me semble.

– Tu crois qu'ils ont aussi des contacts à la base ?

– On n'a qu'à leur poser la question. Alors, que t'a raconté la tante ?

– La tante ?

– Enfin, la tante de cette jeune fille ! s'exclama Marion en refermant la porte du frigo. Tu arrives bien de chez elle ?

– Elle ne croit pas que sa nièce ait eu un petit ami, répondit Erlendur. D'après elle, s'il avait existé, il se serait manifesté pendant les recherches.

– À moins qu'il ait fait du mal à cette gamine.

– Elle pense que la différence de condition sociale était trop importante. D'après elle, il est exclu que la petite ait pu fréquenter un garçon de Kamp Knox.

– Qu'est-ce qu'elle en sait ?

– Elle dit qu'elle connaissait bien sa nièce, répondit Erlendur.

– Cette bonne femme est snob à ce point ?

– Elle dit qu'elle s'efforce de ne pas céder aux préjugés, mais c'est comme ça qu'elle voit les choses. Sa nièce ne serait jamais allée s'acoquiner avec des garçons du quartier des baraquements.

Marion savait depuis longtemps qu'Erlendur s'intéressait à l'histoire de Dagbjört pour lui avoir tiré les vers du nez par une journée calme au travail. Erlendur lui avait confié sa passion pour les récits des épreuves affrontées par les voyageurs perdus dans les montagnes, il avait ajouté qu'il collectionnait les livres où il était question de gens pris dans les violences climatiques de l'Islande, et qui parvenaient de justesse à regagner les terres habitées ou même dont on ne retrouvait jamais la trace, de gens aux prises avec les périls de la mer ou coincés sous des avalanches. Marion trouvait ce centre d'intérêt très surprenant, du reste le cas d'Erlendur lui semblait unique. Il lui avait alors avoué s'intéresser aux disparitions et, en particulier, à celle de Dagbjört. En réalité, le destin de cette jeune fille l'obsédait. Ne connaissant cette affaire que par ouï-dire, Marion avait tout de suite compris qu'Erlendur était très sérieux et fini par lui faire avouer qu'à son avis, l'enquête avait été bâclée à l'époque. Marion avait une autre opinion et lui avait lancé un défi en l'encourageant à retrousser ses manches au lieu de tourner comme un chat devant un bol de lait. Erlendur avait objecté qu'il était trop tard. Mauvaise excuse, avait rétorqué Marion. Plus il resterait les bras croisés, plus le temps passerait, mais il n'était jamais trop tard pour se pencher sur des affaires classées. C'était donc surtout ses arguments qui avaient incité son jeune collègue à contacter la famille de Dagbjört.

– Et ensuite, qu'est-ce que tu prévois de faire ? demanda Marion en reniflant un mégot dans le cendrier.

– J'irai peut-être interroger cette copine de Dagbjört qui l'a entendue mentionner l'existence d'un petit ami, répondit Erlendur en l'accompagnant sur le balcon. On peut imaginer que Kristvin a fait de la contrebande à partir de la base américaine et qu'il s'est ainsi attiré des ennuis, non ?

– Je me demande si la sœur ne saurait pas quelque chose. Comment être sûr qu'elle a dit tout ce qu'elle savait à la police ?

Marion se pencha par-dessus la rambarde pour observer le parking de l'immeuble en contrebas. Le balcon donnait au nord. Erlendur regardait les pentes blanches de givre du mont Esja.

– Tu crois qu'il est tombé d'ici ? demanda Marion.

– Je suppose que quelqu'un l'aurait remarqué.

– Je ne sais pas. Il suffit que ça soit arrivé la nuit, que les lieux aient été déserts et la chute silencieuse. Sans doute était-il déjà mort, ou du moins assommé.

– Il n'y a aucune trace de lutte dans son appartement, observa Erlendur.

– C'est vrai.

– Et, dans ce cas, pourquoi emmener le corps à Svartsengi ?

– Je ne sais pas, répondit Marion. On ferait bien d'aller à nouveau interroger sa sœur.

– Tu as remarqué ses cheveux ?

– Oui.

– Tu n'as pas eu l'impression qu'elle portait une perruque ?

– Si, c'est certain, convint Marion.

À la radio, les informations du soir annoncèrent qu'on recherchait deux hommes partis sur la lande d'Eyvindarstadaheidi, dans le nord du pays. Ces deux chasseurs originaires de la ville d'Akureyri n'étaient pas rentrés chez eux à l'heure prévue. Les conditions météo s'étaient considérablement dégradées dans la région depuis qu'ils s'étaient mis en route et les brigades de sauveteurs se préparaient à partir à leur recherche. Le présentateur précisait que les disparus étaient deux amis âgés d'une trentaine d'années.

Assis dans leur bureau, Erlendur et Marion écoutaient la radio. Les élections approchaient et envahissaient le bulletin d'informations. Le slogan des partis conservateurs était *Guerre-éclair contre l'inflation*. Les communistes l'avaient parodié en *Guerre-éclair contre le bien-être de la population*. La radio continuait de parler de la prise d'otages à Téhéran. Khomeyni, la plus haute autorité religieuse, refusait de recevoir les émissaires de Jimmy Carter. Un expert en art de nationalité britannique et au service de Sa Majesté reconnaissait s'être livré à de l'espionnage pour les Russes. Des opposants polonais étaient jetés en prison.

– Toujours la même chose, s'agaça Marion en éteignant l'appareil.

Ils n'avaient pas réussi à joindre la sœur de Kristvin pour l'interroger sur la découverte faite chez son frère. Erlendur avait appelé l'employeur du défunt et pris rendez-vous avec son supérieur. Ils se verraient le lendemain sur la zone d'activités réservée à Icelandair à l'aéroport de Keflavik.

– J'espère qu'ils sont bien équipés et qu'ils connaissent les lieux, on doit toujours partir bien préparé pour ce genre de sorties, avait observé Erlendur à mi-voix en entendant l'information concernant les deux chasseurs.

– C'est chaque fois la même histoire ? demanda Marion.

– Les gens doivent s'armer de précautions quand ils partent dans la nature, avait répondu Erlendur. C'est de la folie de s'aventurer dans les montagnes en cette saison en s'en remettant à Dieu et à la bonne fortune. On ne sait jamais ce qui peut se passer.

Une telle froideur colorait sa voix que Marion n'avait pu s'empêcher de se tourner vers lui.

– Aurais-tu personnellement vécu ce genre d'expérience ? C'est pour ça que tu te passionnes à ce point pour les récits de gens qui se perdent dans la nature ?

– Il faut faire attention, avait repris Erlendur. Sinon, les choses peuvent mal tourner.

Quelques instants plus tard, Marion prit congé de son collègue pour rentrer à son domicile, non sans s'accorder une halte dans une boutique qui vendait des smorrebrods, acheter un de ces sandwichs aux crevettes pour le manger à la maison, accompagné d'un verre de porto en pensant à Kristvin, à ce lagon d'un bleu laiteux, à la perruque de la sœur et à cette découverte dans le frigo. Et comme c'était souvent le cas quand l'agitation de la journée retombait, ses pensées furent bientôt envahies par Katrin et leurs contacts intermittents depuis tant d'années, depuis la fin précipitée de leur relation. Marion l'avait rencontrée dans un sanatorium dans les années 30, et les souvenirs douloureux de leur séjour là-bas et des conséquences de la maladie continuaient de les unir.

Katrin était restée vivre au Danemark, mais avait beaucoup voyagé et, au fil des ans, elle avait envoyé à Marion diverses petites babioles venues de divers endroits à travers le monde. Cette époque était révolue, ses lettres s'étaient espacées, puis elle avait cessé de répondre.

Vers minuit, Marion finit son verre de porto et alla se coucher, en proie à une sensation désagréable dont l'origine lui était inconnue.

12

Assistante maternelle dans une école, la sœur de Kristvin fut très surprise en voyant arriver tôt dans la matinée Marion et Erlendur qui demandaient à lui parler. Elle emmitouflait les enfants afin qu'ils puissent sortir au grand air et, après quelques hésitations, leur proposa de la suivre dans la cour de récréation. Plusieurs membres du personnel étant en arrêt maladie, elle devait accompagner les petits à l'extérieur pour les surveiller. Marion lui demanda si elle ne voulait pas prendre un congé. Sans doute était-elle encore bouleversée par le décès tragique de son frère et ce qu'en disaient les journaux. Nanna lui répondit qu'elle préférait venir travailler car elle ne pouvait imaginer rester chez elle les bras croisés, il fallait absolument qu'elle s'occupe. Erlendur pensait que c'était là une décision raisonnable.

En tant que membre le plus proche de la famille de Kristvin, Nanna avait contacté Erlendur la veille pour lui demander à quel moment l'autopsie serait terminée afin qu'elle puisse organiser l'inhumation, mais il n'avait pas pu lui répondre. Elle l'interrogea à nouveau alors qu'ils se tenaient tous trois à côté du grand bac à sable où jouaient les enfants, mais la réponse d'Erlendur demeura tout aussi évasive. Elle désirait savoir où en était l'enquête. Il lui expliqua qu'il fallait du temps et qu'elle ne devait pas s'attendre à obtenir des réponses dans l'immédiat. Le vent du nord avait faibli, le froid était moins intense et le temps plus supportable. Tôt le matin, le ciel bas et lourd pesait sur la ville. Un petit garçon âgé d'à peine plus de deux ans se mit à pleurer et leva vers Nanna un regard suppliant quand une gamine le frappa sur la tête avec sa pelle en plastique, avant de l'arroser de sable. Nanna vola à son secours, le consola et l'installa dans un autre bac à sable où les enfants étaient plus calmes.

– Cette gamine est une vraie peste, s'excusa-t-elle en se tournant à nouveau vers les deux policiers et en désignant d'un signe de tête la petite qui, à ce que voyait Erlendur, s'était déjà mise en quête de sa prochaine victime.

– En effet, ça promet, commenta Marion. Nous avons interrogé les voisins de votre frère. Ils n'en disent que du bien et ajoutent qu'il était plutôt discret, qu'il ne recevait pas souvent de visites. Un homme âgé occupe l'appartement en face du sien au quatrième étage…

– Ah oui, vous parlez de Johann, interrompit Nanna.

– Vous le connaissez ?

– Je l'ai croisé une fois ou deux. Kristvin l'appréciait.

– C'était réciproque. Il nous a décrit votre frère comme quelqu'un de toujours prêt à rendre service, il lui montait régulièrement ses courses et lui demandait s'il avait besoin de quelque chose quand il allait au magasin. Il a même réparé l'évier du vieil homme.

– Ils se connaissaient assez bien. Kristvin m'a dit que c'était pénible pour Johann de vivre au quatrième étage.

– Je suppose que votre frère a emménagé là-bas à son retour d'Amérique.

Nanna hocha la tête.

– Il est resté chez moi quelque temps, puis il a trouvé cet appartement au quatrième sans ascenseur dans cette espèce de trou paumé[1]. C'est ce qu'il a trouvé de moins cher. Il a emprunté pour l'acheter et il devait aussi rembourser son prêt d'études.

– Il avait pourtant un bon travail, glissa Erlendur.

– Oui, il gagnait bien sa vie depuis qu'il avait trouvé cet emploi à la base.

– Faisait-il de la contrebande ? demanda Erlendur.

– De la contrebande ? répéta Nanna.

Un instant désarçonnée par la question, elle comprit très vite que c'était justement l'intention du policier.

– Nous avons trouvé un certain nombre de choses chez lui et nous pensons qu'elles proviennent de là-bas. Des cigarettes, de la bière et de la vodka, précisa Erlendur.

– Ah oui, ces trucs-là, je ne sais pas vraiment s'il s'agit de contrebande, mais pourquoi pas. Je crois qu'il en faisait surtout un usage personnel, il arrivait aussi qu'il m'en offre et je lui demandais parfois de me faire quelques achats. Je le payais. Ces produits sont pour ainsi dire donnés par rapport au prix de la boutique des alcools où, de surcroît, il n'y a pas de bière.

– Et la came ? risqua Marion.

– La came ?

– Nous avons trouvé du cannabis dans son appartement. Et de la marijuana.

1. Le quartier de Breidholt est assez loin du centre de Reykjavik et, en 1979, on le considérait comme une sorte de bout du monde.

– Ah oui, l'herbe, répondit Nanna. Elle était dans le freezer, n'est-ce pas ?

– Il faisait du trafic de drogue dans cet appartement ?

– Non, pas du tout. Il n'en revendait pas. Il lui arrivait de revendre la vodka et la bière. Par exemple, à Johann ou à certaines de ses connaissances.

– Savez-vous qui étaient ces gens ? demanda Marion.

– Vous croyez que c'est important ?

– Oui, on ne sait jamais.

– Vous étiez au courant qu'il consommait de la drogue ? reprit Erlendur.

– Évidemment. On en prenait tous les deux, mais surtout moi.

– Vous ?!

– Oui.

– Mais enfin… que ?

– Ça soulage les douleurs.

– Quelles douleurs ? demanda Erlendur.

Nanna regarda Marion, puis son collègue.

– Je suppose que vous avez remarqué cette perruque.

Les deux policiers ne réagissaient pas.

– Je parle de celle-là, précisa-t-elle, l'index pointé vers son front. Vous croyez que je la porte pour m'amuser ?

Erlendur et Marion ne répondaient toujours rien.

– J'ai un cancer, précisa Nanna. Je viens de subir ma deuxième série de rayons, les médecins m'ont dit que ça fonctionnait bien, mais qu'ils ne pouvaient rien promettre. Comme après la première fois, d'ailleurs. L'herbe de Kristvin me soulageait, elle a atténué les nausées pendant mon traitement. Mon frère avait lu en Amérique que la marijuana pouvait aider les patients atteints de cancer et il trouvait naturel d'essayer.

– Il se la procurait à la base ? demanda Marion.

– Oui.

– Vous ne pensez pas que vous auriez dû nous en parler hier ?

– C'était bien mon intention, mais quand j'ai voulu le faire… nous sommes partis à la morgue… Vous savez, j'étais sûre de mourir avant lui. À cause de ce cancer. Puis… voilà que pendant trois jours je n'ai plus aucune nouvelle et tout à coup… tout à coup j'apprends qu'il est mort. Qui plus est dans ces circonstances.

– Vous ne devriez pas être au travail, fit remarquer Marion en prenant la main de Nanna dans la sienne. Vous ne voulez pas qu'on vous ramène chez vous ? Votre place n'est vraiment pas ici. Vous n'avez personne qui pourrait vous tenir un peu compagnie ?

La petite peste faisait à nouveau des siennes. Cette fois, elle saccageait le château construit à grand-peine par deux garçons qui, à leur tour, se mirent à pleurer. Une autre assistante maternelle accourut et attrapa la gamine par le col alors qu'elle tentait de s'éloigner. Nanna alla consoler les deux bâtisseurs et commença à reconstruire l'édifice avec eux.

– Quelle sale gamine, soupira-t-elle en rejoignant les deux policiers. Elle finira mal.

– Vous pensez que ça ira ? s'inquiéta Marion.

– Oui, ça ira, assura Nanna. Je préfère m'occuper des enfants que de rester à tourner en rond chez moi. Tout ira bien.

– Qui lui vendait cette drogue ? reprit Erlendur.

– Je l'ignore. Tout ce que je sais, c'est qu'il se la procurait à la base. Il avait des contacts là-bas, mais il ne m'en parlait pas et je ne lui posais pas de questions. Il me disait qu'il faisait attention. Chaque fois que je lui demandais, il me répondait qu'il prenait ses précautions et je sais qu'il disait vrai. Mon frère n'était pas un imbécile. Il savait ce qu'il faisait.

Malgré ça, il a connu un sort terrible, pensa Erlendur. Il préféra toutefois se taire, refusant d'ajouter à la détresse de la jeune femme. À son avis, elle leur disait la vérité, et ce d'autant plus qu'elle désirait ardemment obtenir des réponses. Il pensait qu'elle n'avait aucune responsabilité dans la mort du jeune homme, contrairement à l'hypothèse évoquée par Marion alors qu'ils étaient en route vers l'école maternelle. Marion avait soulevé la question car elle ne leur avait parlé ni de l'alcool ni de la drogue présents dans l'appartement. Erlendur pensait qu'il s'agissait simplement d'un oubli, mais Marion avait l'impression qu'elle avait tenté de dissimuler certains détails à la police concernant ce point. Erlendur ne partageait pas cette opinion, Nanna venait d'ailleurs de leur avouer qu'elle utilisait ces produits comme de simples médicaments.

– Comment faisait-il la route ? demanda Erlendur.

– La route ?

– Entre Reykjavik et Keflavik.

– Ah oui, il avait une voiture. Vous ne l'avez pas retrouvée ?

– Quel modèle ? demanda Marion. Nous n'avons aucun véhicule enregistré à son nom dans nos fichiers.

– Parce qu'il s'agit du mien, il est encore immatriculé à mon nom, expliqua Nanna. C'est une Toyota Corolla que je lui ai vendue, mais nous n'avons pas encore fait les papiers. Kristvin ne m'en a payé que la moitié et je continue à m'en servir assez souvent, par conséquent…

– Donc, vous la prenez à tour de rôle ? demanda Erlendur en notant les caractéristiques du véhicule : deux portes, gris, six ans, très souvent en panne.

– Oui, mais c'est lui qui la conduisait exclusivement depuis deux semaines.

13

La détention provisoire n'avait pas entamé la détermination des deux frères. Aussi peu coopératifs, mal embouchés et désagréables que le jour où on les avait enfermés à la prison de Sidumuli, Ellert et Vignir continuaient de nier leur culpabilité avec obstination. Ils se ressemblaient sous bien des rapports, même si leur apparence physique ne permettait pas de dire qu'ils étaient frères. Le premier, lourd et pataud, avait une épaisse tignasse tandis que le second, grand et voûté, était pratiquement chauve. Ils vivaient ensemble depuis toujours et tous s'accordaient à dire qu'ils s'entendaient très bien. Vignir, le lourdaud, était l'aîné. La police pensait que c'était le dominant. Ellert tendait à rester dans l'ombre, il était plus discret. Sans doute était-ce pour cette raison qu'on le surnommait parfois la Bonne Femme. La police détenait toutefois certaines informations indiquant que c'était en réalité lui le cerveau de l'activité et qu'il fallait chercher loin pour trouver une ordure de son envergure, les rares fois où il prenait les choses en main. Il était au courant du surnom qu'on lui donnait parfois, et qui lui déplaisait au plus haut point. La rumeur disait qu'un type ayant osé l'utiliser en sa présence s'était retrouvé à l'hôpital pendant deux mois entre la vie et la mort : le gars en question avait raconté qu'il était passé sous une voiture et ne s'était jamais complètement remis. Il avait déménagé en province après sa rééducation. Personne ne savait si cette rumeur était fondée ou non.

En fin de matinée, on avait emmené Ellert à la salle d'interrogatoire où l'attendaient Marion et Erlendur. Il venait de s'asseoir face à eux avec l'expression revêche qui ne l'avait pas quitté depuis qu'on l'avait appréhendé. Il n'avait opposé aucune résistance lors de son arrestation, pas plus d'ailleurs que Vignir, mais avait toutefois affirmé qu'il n'avait rien à se reprocher et qu'il protestait contre ces méthodes. C'était une formulation qu'il avait apprise dans un feuilleton : lui et son frère regardaient tout ce qui passait à la télévision.

– Vous allez nous relâcher quand ? demanda Ellert, penché en arrière sur sa chaise. C'est ridicule, tout ça. Nous n'avons rien fait de mal. Absolument rien.

C'était avec la même ritournelle que l'autre frère commençait chacun de ses interrogatoires, leur but étant sans doute de montrer qu'ils ne se démontaient pas et refusaient clairement de collaborer. Au lieu de lui répondre, Erlendur et Marion commencèrent à l'interroger sur leurs importations, leurs complices, les réseaux de contrebande, les coûts et les bénéfices, et l'ampleur desdits bénéfices. Ils lui demandèrent également qui étaient leurs acheteurs, comment se déroulaient les transactions et quels étaient les pays d'origine des denrées. Quand Ellert ne gardait pas le silence, il répondait n'importe quoi et clamait son innocence. Il disait en outre ne pas comprendre un certain nombre de questions. Il en alla ainsi pendant plus de trois quarts d'heure jusqu'au moment où Marion orienta l'interrogatoire sur la base militaire de Keflavik. Les bouteilles d'un gallon et les cigarettes découvertes chez Kristvin étaient américaines, elles étaient fabriquées par la même entreprise et conditionnées dans le même emballage que celles confisquées par la police pendant sa razzia dans le hangar des frères et, même si rien n'attestait de l'existence d'un lien entre eux et le jeune homme, Marion refusait de négliger cette piste.

– Avez-vous des contacts à la base ?

– À la base ? renvoya Ellert.

– Oui, à la base militaire américaine. Vous avez des activités là-bas ?

Ellert se redressa sur sa chaise et regarda Erlendur et Marion à tour de rôle.

– Vous parlez de quel genre d'activités ?

– Certains de vos produits de contrebande proviennent de là-bas ?

– De la base ?

– Oui.

– Premièrement, je ne suis au courant d'aucune contrebande, répondit Ellert. Et deuxièmement je ne vois pas du tout où vous voulez en venir avec vos questions sur cette putain de base !

– Qui est votre fournisseur ? insista Marion.

– Personne. Nous n'y achetons rien du tout, répondit Ellert. Vous n'avez pas entendu ce que je viens de dire ?! Nous n'achetons rien nulle part ! Ce que vous avez trouvé ne nous appartient pas et nous n'avons rien à voir avec ça !

– Ce sont les intendants qui vous vendent tout ça ? s'entêta Marion. Les tenanciers des clubs ? Les directeurs des magasins ? Les équipages des avions ? Les soldats ?

Ellert gardait le silence.

– Comment procédez-vous pour sortir tout ça de la base ? reprit Erlendur. Vous le faites avec l'aide des militaires ? Des employés de l'armée ? Vous utilisez des employés islandais pour le transport ?

– Connaissez-vous un certain Kristvin ? demanda Marion, voyant que le prévenu ne répondait toujours pas.

– Qui c'est ? répondit Ellert, ignorant ce qui se passait à l'extérieur depuis son placement en détention provisoire.

– Un de vos clients, précisa Marion.

– Je ne le connais pas, assura Ellert. Et nous n'avons pas de clients. Pourquoi m'interroger sur cet homme ? Qui c'est ?

– Nous avons découvert chez lui des produits comparables à ceux que vous vendez, ce qui nous amène à penser que vous faisiez du commerce ensemble.

– À moins qu'il n'ait passé tout ça en contrebande pour vous et votre frère, suggéra Erlendur. C'est le cas ? Il travaillait pour vous ?

– Fichez-moi la paix avec toutes ces conneries ! Je n'ai jamais entendu parler de ce type.

Alors qu'ils montaient vers la prison de Sidumuli, Marion Briem avait dit à son jeune collègue que les arrestations pour trafic de stupéfiants en Islande étaient assez récentes. Les premières remontaient à une dizaine d'années et ces affaires étaient souvent liées à la base militaire ou à l'aéroport international de Keflavik. On arrêtait des voyageurs en possession de cannabis ou de LSD et la proximité de la base facilitait la tâche à ceux qui voulaient se procurer les produits apportés par les troupes stationnées en Islande. Ces troupes disposaient également des précieuses devises nécessaires pour acheter la drogue à l'étranger car l'Islande imposait un contrôle des changes assez strict. Les choses avaient commencé à petite échelle, la drogue étant exclusivement consommée dans des soirées privées, mais au fil du temps le nombre d'amateurs avait augmenté et certains avaient flairé l'occasion de s'enrichir. Des individus comme Ellert et Vignir.

Vignir était aussi peu enclin à coopérer que son frère. Il nia toute implication et manifesta la même surprise qu'Ellert quand l'interrogatoire porta sur la base et les troupes américaines. Il essaya d'en apprendre un peu plus en posant des questions à Erlendur et Marion, sans grand succès.

– Qui est cet homme ? demanda-t-il. Qu'est-ce que vous lui reprochez ?

– Nous nous demandons s'il n'était pas un de vos concurrents, déclara Erlendur. Il vendait les mêmes produits et ça vous a peut-être déplu.

– Que… pourquoi… qu'est-ce qui lui est arrivé ?

– À moins qu'il n'ait été un de vos clients et ait menacé de vous dénoncer, glissa Marion.

– Il y a une troisième possibilité : il a fait de la contrebande pour vous et vous a volé, reprit Erlendur.

– Putain ! De qui vous parlez ? Comment s'appelle ce type ?

– Kristvin, informa Erlendur.

– Kristvin ?! Je n'ai jamais entendu ce nom. Qui c'est ? Pourquoi vous me posez des questions sur lui ? Nous sommes censés lui avoir fait du mal ?

– Et le haschich que vous introduisez en Islande, il provient aussi de la base ? éluda Erlendur.

– Je ne comprends pas de quoi vous parlez.

– Qui vous procure les devises étrangères pour payer vos importations ? s'entêta Erlendur.

Vignir secoua la tête.

– Les soldats ? reprit Marion. Nous savons que vous traficotez à la base.

– Je ne comprends pas de quoi vous parlez, répéta Vignir, mais alors, pas du tout. Comme toujours.

Marion et Erlendur s'apprêtaient à quitter la prison quelques instants plus tard quand un gardien les rejoignit en courant.

– On a retrouvé la voiture que vous cherchez… une Corolla, annonça-t-il en lisant le bout de papier sur lequel il avait écrit le message. Elle est garée à la base américaine devant un des immeubles occupés par les militaires et…

Le gardien plissa les yeux afin de déchiffrer ce qu'il avait griffonné.

– Ah oui, elle a les pneus crevés.

14

Deux policiers avaient retrouvé la Corolla grise pendant une intervention à la base. On les avait appelés pour régler une bagarre survenue dans les bungalows d'une entreprise islandaise travaillant sur les lieux. À la pause déjeuner, deux hommes s'étaient disputés pour une dette de jeu. Les trois bungalows alignés à proximité de la grande cantine de l'entrepreneur étaient divisés en chambres doubles. Celles des deux hommes impliqués se trouvaient dans le même couloir, c'est là que la dispute avait débuté. Assez doués au bridge, ils avaient mis en jeu une somme importante et les choses s'étaient gâtées quand le perdant avait refusé de régler sa dette. D'autant que ce n'était pas la première fois que ça se produisait. Il était sorti en hurlant et en proférant des tas de menaces jusqu'à en venir aux mains avec son opposant. Ils s'étaient battus dans le couloir puis devant le bungalow. Là, deux autres hommes étaient venus s'en mêler et on avait appelé la police de Keflavik pour calmer le jeu. Elle avait retrouvé les adversaires épuisés, l'un d'eux était allongé, en sang, dans la rue. Adossé au mur, l'autre saignait du nez et reprenait son souffle, l'oreille également en sang après avoir été mordu par le premier. On n'avait pas jugé nécessaire de les faire examiner par un médecin. Du reste, ils avaient refusé, mais on les avait séparés et installés chacun dans leur bungalow.

La Corolla grise aux pneus crevés, garée devant un immeuble à proximité des bungalows, avait attiré l'attention des policiers. On avait transmis le signalement du véhicule à tous les commissariats islandais et il leur avait semblé le reconnaître. Ils avaient eu la présence d'esprit de ne pas y toucher et aussitôt informé la hiérarchie de leur découverte. On avait immédiatement prévenu la police militaire de la base qui avait envoyé une patrouille. La base disposait de sa propre police. Quand cette dernière avait affaire à des ressortissants islandais, elle contactait le commissariat de Keflavik qui envoyait des hommes et prenait les choses en main. De même, la police islandaise informait sa hiérarchie quand elle devait intervenir dans la base, comme elle l'avait fait pour régler cette bagarre entre joueurs de bridge.

La Corolla ne payait pas de mine, surtout avec ses pneus à plat. Le pare-chocs avant était cabossé, comme après une collision, et la porte du passager était enfoncée, manifestement de longue date. La banquette arrière était encombrée de tout un fatras, des journaux, des emballages de fast-food, des canettes de bière ou de soda vides qu'on ne pouvait acheter qu'à la base. Le coffre contenait deux couvertures en laine islandaise, une bouteille d'un gallon de vodka américaine et trois paquets de cigarettes. La roue de secours, intacte, était à sa place, et la carte grise dans la boîte à gants. Le dernier contrôle technique datait de deux ans.

Aucun élément ne permettait de dire depuis combien de temps la voiture se trouvait devant l'immeuble ni pourquoi son propriétaire l'avait garée là. L'explication la plus probable était que Kristvin était allé chercher quelque chose dans l'immeuble qui, comme beaucoup d'autres, abritait un grand distributeur où on pouvait acheter des cigarettes, des sodas et des barres chocolatées. Pendant ce temps, quelqu'un avait crevé ses pneus et il s'était retrouvé sans moyen de locomotion. Une hypothèse plus complexe aurait impliqué que Kristvin ait eu quelque chose à faire dans cet immeuble ou dans un autre, qu'il y ait rencontré quelqu'un ou conclu une transaction qui n'avait rien à voir avec l'achat d'une barre chocolatée, mais plutôt avec des bouteilles d'alcool ou du cannabis.

Marion et Erlendur avaient quitté la prison de Sidumuli, puis roulé droit vers Keflavik en évoquant ces deux hypothèses. Ils avaient également beaucoup parlé des interrogatoires insupportables des deux frères placés en détention provisoire.

– Ce n'est pas très étonnant qu'on ait retrouvé la voiture de Kristvin ici, déclara Erlendur en levant les yeux vers l'immeuble. Après tout, il travaillait à la base.

Marion fit le tour du véhicule et s'accroupit pour examiner l'un des pneus avant qui présentait une entaille longue de deux centimètres, pratiquée par une lame, probablement celle d'un canif.

– Tout cela concorde plus ou moins. À ton avis, pourquoi lui a-t-on crevé les pneus ? demanda Marion à son collègue.

– On peut imaginer que quelqu'un ait fait ça pour s'amuser, mais… étant donné le sort qu'a connu Kristvin par la suite, les choses sont sans doute plus complexes. On serait tenté de croire que ses problèmes ont débuté ici même.

– Des problèmes qui expliqueraient l'état dans lequel on l'a découvert au lagon ? reprit Marion en mettant son doigt dans l'entaille du pneu.

– Pourquoi n'est-il pas allé chercher de l'aide ? Il lui suffisait de changer ce pneu et de s'en aller.

– Non, il lui aurait fallu deux roues de secours. Il a dû penser qu'il reviendrait plus tard pour arranger ça.

– Ou bien il a manqué de temps.

– Pourquoi ?

– Il était pressé, il avait autre chose à faire, suggéra Erlendur.

– Pressé ? Pourquoi ?

– Parce qu'il… il devait se mettre à l'abri. Il avait quelqu'un à ses trousses ?

– Parce qu'il avait quelqu'un à ses trousses, répéta Marion. Il devait se mettre à l'abri en vitesse et n'a pas eu le temps de penser à sa voiture.

– Qui a crevé les pneus ? Celui ou ceux qui le poursuivaient ?

Marion se releva.

– Son ou ses assaillants ont craint qu'il ne s'enfuie en voiture et ils ont voulu l'en empêcher.

– Donc, Kristvin a pris ses jambes à son cou. Tu es en train de dire qu'il a été tué ici ? interrogea Erlendur.

– Disons que je réfléchis à cette hypothèse. Peut-être que les pneus ont été crevés simplement parce que la voiture était à l'abandon et que des vandales sont passés par là. Ce n'est pas impossible.

– Mais ça te semble improbable, n'est-ce pas ?

– En effet, convint Marion, ça me semble improbable. Kristvin travaillait ici et il pratiquait un genre de commerce susceptible de lui attirer des ennuis. Tout va dans le même sens, tu ne trouves pas ?

– Oui, peut-être.

– Tu ne sembles pas convaincu.

– Dans ce cas, ceux qui ont fait ça ne seraient pas islandais, je me trompe ? demanda Erlendur.

– Non, je crois que c'est évident.

La police militaire se tenait à distance et observait Marion et Erlendur pendant qu'ils inspectaient la voiture. Les Américains les écoutaient sans comprendre un traître mot de leur conversation. Le service scientifique de la Criminelle venait d'arriver pour emmener le véhicule à l'atelier de Kopavogur où il serait examiné. Un camion était en route pour assurer le transfert de la Corolla. Marion rejoignit la police militaire, se présenta, présenta son collègue et expliqua aux Américains que la Criminelle islandaise devrait interroger le voisinage.

– Pourquoi ? rétorqua l'un des deux hommes. Quel motif vous avez de le faire ?

– Le propriétaire de cette voiture a été assassiné, répondit Marion dans un anglais limpide. Je pensais que vous étiez au courant de cette affaire. Nous devons découvrir pourquoi sa voiture a été retrouvée ici et la raison de sa présence dans les parages.

– Il a été assassiné dans l'un de ces immeubles ?

– Nous l'ignorons.

– Il a été assassiné sur notre base ?

Le policier était un gradé âgé d'une trentaine d'années qui s'exprimait avec un léger accent du Sud. Son collègue, du même âge, ne disait pas un mot.

– Nous l'ignorons, répéta Marion. C'est pourquoi nous devons…

– Vous ne préférez pas vérifier vos hypothèses, avant ? répliqua le jeune gradé, manifestant clairement sa réticence à coopérer. Je ne pense pas que les gens d'ici aient envie de répondre à vos questions.

On décelait un certain mépris dans sa manière de dire “vos questions” et dans la façon dont il coupait la parole à Marion. Cela agaça fortement Erlendur qui dut se retenir pour ne pas s'en mêler.

– Nous ferions peut-être mieux d'en parler à votre supérieur, reprit Marion.

– Je ne crois pas que ça changera quoi que ce soit, répondit le jeune homme en redressant sa casquette qui avait glissé sur son front.

– Peut-être, mais quand même, répondit Marion avant de se tourner vers Erlendur et d'ajouter en islandais : Il vaut mieux voir ça avec quelqu'un qui n'a pas un petit pois dans la tête.

Les deux Américains se consultèrent et déclarèrent qu'ils en référeraient à leurs supérieurs. Celui qui faisait office de porte-parole répéta, l'air buté, que la police islandaise n'était autorisée à interroger les citoyens américains présents sur la base que dans des circonstances très particulières. Les militaires ne firent aucune remarque sur l'enlèvement de la Corolla. Le camion recula, le chauffeur fixa un crochet sous la voiture, la hissa sur la plateforme où il l'arrima soigneusement. Puis il remonta dans la cabine et le camion s'éloigna en direction de la grille d'entrée surveillée, escorté par la police.

15

En attendant que le commandement militaire accorde à la police islandaise son feu vert pour interroger les soldats américains, Marion et Erlendur se rendirent sur le périmètre réservé à Icelandair, la compagnie aérienne nationale, où Kristvin avait travaillé comme technicien de maintenance en aéronautique. Le périmètre en question se trouvait dans la base où se déroulait toute l'activité liée aux vols internationaux. On envisageait depuis longtemps de séparer l'aéroport et d'en construire un nouveau à l'extérieur du terrain militaire, mais les choses avançaient lentement. Il était question de bâtir un magnifique terminal flambant neuf, plus loin vers l'ouest de la péninsule. Le vieux bâtiment menaçait ruine et il était assez insupportable pour les Islandais qui devaient se rendre à l'étranger de devoir d'abord franchir des grilles gardées par des militaires étrangers. Tout cela avait provoqué des querelles enflammées concernant la présence d'une armée étrangère sur le sol national, et cela durait depuis la signature de l'accord de défense avec les États-Unis, quelques années après la fin de la Seconde Guerre mondiale. Les opposants à la présence américaine, en général politiquement à gauche, voulaient non seulement que l'armée lève le camp, mais exigeaient en outre que l'Islande quitte l'OTAN et déclare sa neutralité en cas de conflit. Les partisans de l'armée, politiquement à droite, considéraient l'accord de défense et de coopération comme nécessaire en cette époque troublée. Pour eux, la neutralité dans un conflit Est-Ouest était inconcevable. Certains étaient animés par l'appât du gain. Ils voulaient que l'armée américaine s'acquitte d'une sorte de redevance pour les terrains qu'elle occupait sur la lande de Midnesheidi, mais on leur avait répondu que les troupes injectaient d'ores et déjà dans la société islandaise des sommes colossales par le biais des accords passés avec les entreprises locales. D'autres adoptaient une position plus nuancée : ils n'étaient pas forcément favorables à la présence militaire, mais reconnaissaient qu'elle était nécessaire tant que durerait la guerre froide. Ils affirmaient que les Islandais devaient faire de leur mieux pour soutenir la coopération mise en place par les pays occidentaux après le second conflit mondial. Par conséquent, à leurs yeux l'Islande devait être membre de l'OTAN. Si la situation internationale évoluait dans un sens rendant inutile la présence américaine, il faudrait que les troupes stationnées en Islande s'en aillent. Mais, pour l'heure, il n'en était pas question.

Erlendur pensa à ces vieilles querelles en longeant avec Marion le cinéma Andrews et le Piex. L'Andrews proposait des films hollywoodiens bien avant qu'ils n'arrivent dans les cinémas de Reykjavik. Le Piex, version abrégée de Post Exchange, était le magasin des troupes. On y trouvait aussi bien des chaînes hi-fi que des ustensiles de cuisine à des prix défiant toute concurrence. Ils dépassèrent un grand magasin d'alimentation qui vendait exclusivement des produits importés d'Amérique, puis longèrent des établissements de restauration rapide et des clubs comme le

Top of the Rock et le Midnight Sun. Erlendur avait l'impression de traverser une bourgade américaine endormie et peu avenante, de surcroît affligée d'un climat désastreux, où on voyait çà et là de solides clôtures ornées d'écriteaux interdisant l'accès au commun des mortels. On construisait de grands immeubles destinés à accueillir un contingent supplémentaire. Des hangars récents abritaient les F-16, les avions de chasse de l'armée de l'air. Des exercices avaient lieu sur un grand terrain où l'on voyait des soldats de l'armée de terre en tenue de camouflage. Des bus scolaires jaunes, des camions militaires gris à plateforme, des cars en route vers l'aéroport et les petites voitures des artisans ou employés islandais passaient dans les rues, baptisées Air Force Avenue ou West Lane. Derrière tout cet asphalte et ce béton, on entrevoyait la lande de Midnesheidi telle qu'elle avait été avant que la grande puissance n'en prenne possession, la nature islandaise dans toute son âpreté, des dunes rocheuses battues par le vent et une végétation tenace.

Dans l'esprit d'Erlendur, ce qu'il avait devant lui était à la fois purement islandais et curieusement étranger. Marion semblait lire dans ses pensées.

– Drôle d'endroit.

– Comme tu dis, convint Erlendur, drôle d'endroit.

– Pour quelles raisons tu es contre l'armée ?

– C'est possible d'être pour ? répondit Erlendur en regardant vers le nord où on apercevait la grande tour de contrôle qui montait vers le ciel. Plus loin, on distinguait les monts Esja et Skardsheidi, ce qui ne faisait que renforcer la sensation d'irréalité. Où que se porte le regard, il tombait sur des points de repères familiers et bien islandais. Deux univers se rencontraient sur cette lande. Deux univers qu'Erlendur pensait inconciliables.

– Tu n'as pas répondu à ma question, fit remarquer Marion.

– Parce qu'elle n'a pas sa place ici, répondit Erlendur.

– Je ne te croyais pas politisé.

– Politisé ??

– Oui.

– Je ne le suis pas.

– Mais tu es contre l'armée.

– Ça n'a rien à voir avec la politique, répondit Erlendur.

– Ah bon, et l'opposition gauche-droite, les Ricains et les Russes, la guerre froide, les marches de protestation vers Keflavik ? Tout ça, ce n'est pas de la politique ?

– La politique me dégoûte.

Icelandair assurait l'ensemble des vols internationaux transitant par Keflavik. La compagnie disposait à proximité du terminal aérien d'un immense hangar qui accueillait ses appareils, et où elle assurait leur maintenance. Elle proposait également ses services à des compagnies étrangères dont les avions atterrissaient à Keflavik, et qui avaient besoin d'une révision ou d'une vérification des équipements de bord.

Le supérieur de Kristvin attendait la visite de la police. Il invita Marion et Erlendur dans son bureau jonché de livres et de manuels traitant des mécanismes et des rouages des avions. Le chaos qui régnait sur sa table de travail dissimulait presque entièrement ses deux téléphones. Les armoires grises longeant les murs débordaient de dossiers et de documents. Une grande vitre donnait sur l'intérieur de l'atelier où stationnait un Boeing 747 d'Icelandair. On avait démonté un des réacteurs et les ouvriers s'affairaient autour de la carlingue.

Le chef s'appelait Engilbert. C'était un homme petit et râblé, vêtu d'un bleu de travail, qui rabattait en arrière ses épais cheveux bruns. Il leur proposa du café qui recuisait sur la plaque chauffante depuis le début de la journée. Les deux policiers le remercièrent. Marion alluma une cigarette. Engilbert se servit un café et prit le cigare qui traînait dans le cendrier pour le rallumer. Il rejeta un nuage de fumée.

– Ce qui est arrivé à ce pauvre Kristvin est terrible, déclara-t-il. Vous êtes sur une piste, qu'est-ce qui s'est passé exactement ?

– Nous n'en avons aucune idée, répondit Marion. Il avait des difficultés ces derniers temps ? Il était en conflit avec certains de ses collègues ? Il s'était disputé avec quelqu'un ?

– Non, pas du tout, il me semblait que tout allait bien, assura Engilbert. C'est pour ça que quand vous… quand j'ai appris la nouvelle de sa mort, j'ai eu du mal à y croire.

– Il n'était pas absentéiste ? demanda Erlendur.

– Non, au contraire, il se montrait toujours très ponctuel et consciencieux. Malgré son caractère plutôt solitaire, il s'était assez bien intégré à l'équipe. Il avait étudié aux États-Unis. Dans son domaine les meilleurs sont ceux qui reviennent de là-bas.

– C'était donc un gars plutôt rangé ? demanda Erlendur.

– Oui, à ma connaissance.

– Il rentrait à Reykjavik à la fin de sa journée, or la plupart de vos hommes sont hébergés à la base, n'est-ce pas ?

– En effet, il faisait la route, confirma Engilbert.

– Il travaillait dans ce hangar ?

– Oui, la plupart du temps. Vous devriez peut-être interroger Venni, je crois que c'est lui qui le connaissait le mieux parmi les techniciens de maintenance. Venni est le diminutif de Vernharður, c'est un brave garçon. Il me semble qu'ils s'entendaient plutôt bien.

– Savez-vous si Kristvin avait des amis à la base ? demanda Erlendur. Je veux dire, parmi les militaires.

– Je l'ignore, mais Venni le sait peut-être. Je ne crois pas qu'il ait entretenu beaucoup de contacts avec les soldats, mais pourquoi pas. Évidemment, il a passé un certain temps aux États-Unis. Enfin, je ne sais pas grand-chose de lui.

– Il avait garé sa voiture aux abords d'un immeuble de la base, glissa Marion. Vous avez une idée de ce qu'il allait faire là-bas ?

– Aucune.

– Vous savez s'il rapportait des cigarettes ou de l'alcool en ville ?

– Ça n'aurait rien de surprenant, répondit Engilbert.

– Ah bon ?

– Non, beaucoup de gens le font sans qu'on puisse véritablement parler de contrebande, expliqua-t-il, gêné. Il ne s'agit que de consommation personnelle.

– C'est votre cas ? demanda Erlendur, constatant l'embarras de son interlocuteur.

– Ça m'est arrivé, je le reconnais. J'espère ne pas avouer là un bien grand crime. J'achète des cigarettes dans les distributeurs et je m'arrange pour me procurer un peu de bière.

– Vous avez dit que Kristvin travaillait ici la plupart du temps, qu'est-ce que vous vouliez dire ? demanda Erlendur. Vous avez d'autres locaux ?

Engilbert éteignit son cigare et hocha la tête, soulagé de changer de conversation.

– Quand il y a beaucoup à faire, nous avons accès aux hangars de l'armée de l'air, répondit-il.

– Ah bon ?

– Quand les appareils s'entassent, on nous laisse des emplacements… Venez, je vais vous montrer.

Il se leva et avança dans le hangar, suivi par Erlendur et Marion. Engilbert franchit la grande porte ouverte vers le sud, alla jusqu'à l'angle et, pointant son index au-delà de la grande piste, désigna un gigantesque hangar rectangulaire qui dépassait de la lande.

– Qu'est-ce que c'est ? s'enquit Marion.

– L'un des plus grands bâtiments du pays, répondit fièrement Engilbert. Le hangar 885, l'orgueil de l'armée de l'air américaine à l'aéroport de Keflavik. Je crois qu'on pourrait y mettre deux ou trois stades de foot.

– Le hangar 885, répéta Erlendur.

– Et Kristvin y travaillait ? reprit Marion.

– Oui, parfois. Il arrive que nous soyons forcés de venir ici quand le travail s'accumule et Kristvin faisait comme tout le monde. En réalité, une partie de ce bâtiment est fermée pour travaux en ce moment, mais ce sera bientôt fini, donc…

– En fait, je vous demandais plutôt s'il avait travaillé là récemment, peu de temps avant sa mort, corrigea Marion.

– Eh bien, oui, répondit Engilbert en se grattant la tête. Nous avons eu un problème sur un appareil arrivé d'Amérique. Nous n'avions pas la place pour l'accueillir et ils nous ont autorisés à nous en occuper dans le grand hangar.

– Un problème de quel ordre ? demanda Erlendur.

– Une panne dans le train d'atterrissage. Kristvin a travaillé dessus. Oui, c'est sans doute la dernière chose qu'il a faite avant de mourir.

– Il s'agit de quel appareil ? demanda Marion.
– D'un avion-cargo. Un Hercules C-130. Le plus gros modèle.
– Mais il n'est pas habituel que de tels engins atterrissent ici ? demanda Erlendur. Je veux dire des avions Hercules.
– Ah ça, oui, s'exclama Engilbert. Si ce n'est que…
– Quoi donc ? glissa Marion.
– Eh bien, des gens de la Direction du trafic aérien de Reykjavik sont venus ici l'autre jour dans le cadre d'une autre affaire et ils m'ont parlé de cette compagnie, poursuivit Engilbert, certaines choses leur ont semblé bizarres.
– Quelle compagnie ?
– NCT.
– NCT ?
– L'appareil était la propriété d'une société privée, une compagnie aérienne du nom de Northern Cargo Transport. Elle emprunte régulièrement l'aéroport de Keflavik, mais la Direction du trafic aérien n'a aucune information concernant ses vols, vous me suivez ? C'est ça qui leur a semblé bizarre.
– Non, je ne vous suis pas. Où voulez-vous en venir ? demanda Marion. Comment se fait-il que la Direction du trafic aérien n'ait pas ce genre d'informations ?
– Il n'y a qu'une seule explication, répondit Engilbert. Ils arrivent sous désignation militaire, comme les avions de l'armée de l'air. Les avions militaires ont la particularité de ne pas avoir d'identification propre, tous ont la même désignation.
– Je ne comprends toujours pas. La Northern Cargo Transport est pourtant une compagnie privée, à ce que vous dites…
– Exact.

– … et elle fait atterrir ses vols ici sous pavillon de l'armée américaine ?

– Oui, on peut sans doute dire ça comme ça, convint Engilbert. C'est une société privée, mais elle s'identifie avec les mêmes codes que l'armée américaine quand elle pénètre dans l'espace aérien islandais.

– Dans ce cas, les vols sont opérés sous la responsabilité de l'armée, non ? demanda Erlendur.

– Je ne sais pas. Probablement.

– Pourquoi procèdent-ils ainsi ? interrogea Marion.

– Aucune idée.

– Et Kristvin travaillait sur un de leurs avions ?

– Oui.

– Ce bâtiment est vraiment gigantesque, observa Erlendur en regardant le hangar.

– Il doit être rudement haut de plafond, ajouta Marion.

– Effectivement, la hauteur est vertigineuse, confirma Engilbert. Aussi importante que celle d'un immeuble de huit étages. Et dire que des plombiers et d'autres artisans travaillaient tout là-haut à l'installation d'un système anti-incendie. Ils n'ont pas intérêt à avoir le vertige.

– Le maître d'œuvre est islandais ?

– Oui. Ils ont installé un énorme échafaudage mobile qui monte jusqu'au plafond. Je ne voudrais pas tomber de là-haut, je peux vous l'assurer.

16

Dans la soirée, le commandement de la base accorda à la Criminelle l'autorisation d'interroger les soldats et leurs familles sur Kristvin et la voiture retrouvée au pied de l'immeuble. Il posait toutefois une condition : Marion et Erlendur devaient être accompagnés par un membre de la police militaire qui les assisterait dans leur tâche. Marion avait manifesté son désaccord, considérant que l'unique raison d'être de cet assistant était d'espionner leurs faits et gestes et de tenir sa hiérarchie au courant des avancées de la Criminelle. En outre, la présence d'un représentant de l'armée risquait de gêner leurs éventuels interlocuteurs. Les militaires refusaient de céder. Si la police islandaise voulait interroger des citoyens américains, elle devait le faire en accord avec les troupes de défense et en présence d'un de leurs représentants. Les autorités de la base faisaient d'ailleurs là une exception qui ne les engageait aucunement à une collaboration future.

Entre-temps, Erlendur et Marion s'étaient rendus à Keflavik pour interroger les ouvriers qui installaient le système anti-incendie dans le hangar 885. Employés chez un plombier de Keflavik, aucun ne connaissait Kristvin. L'artisan lui-même déclara ne pas avoir travaillé là-bas depuis deux semaines, il avait dû s'occuper d'autres choses, mais ce chantier touchait à sa fin, il ne restait pratiquement plus qu'à nettoyer et à démonter l'échafaudage, ce qui n'était pas de son ressort.

Quand Erlendur et Marion remontèrent à la base, on les attendait devant l'immeuble où la Corolla avait été retrouvée. Leur assistant les salua d'une poignée de main. Erlendur avait, tout comme Marion, supposé qu'on leur adjoindrait le sale type qu'ils avaient croisé plus tôt dans la journée, mais ils avaient devant eux une femme noire et svelte, d'une trentaine d'années, l'air résolu, vêtue de l'uniforme de la police militaire, une casquette couvrant ses cheveux courts. Elle avait une arme dans son étui, accrochée à la ceinture. Elle déclina son identité et son grade. Caroline Murphy, sous-lieutenant, assisterait aux interrogatoires. Elle alla droit au fait.

– On m'a dit que vous étiez contre cette disposition, annonça-t-elle en leur serrant la main. Mais je n'y peux rien. Autant en finir au plus vite. Alors, mettons-nous au travail.

– D'accord, convint Marion.

– Qu'est-ce qui vous fait croire que cet homme… ce Kristvin a été assassiné à la base ? demanda Caroline.

– Nous avons retrouvé sa voiture ici, répondit Erlendur dans un anglais correct qu'il avait appris en autodidacte. Pour le reste, nous ne savons pas.

– En tout cas, c'est ce que nous allons tenter de découvrir, ajouta Marion. Depuis combien de temps êtes-vous ici ? Je veux dire, en Islande ?

– Deux ans, répondit Caroline.

– Les femmes ne sont pas nombreuses dans l'armée, je me trompe ? demanda Marion.

– Leur nombre augmente. Toutefois, nous n'avons pas le droit de participer aux combats. Pas encore. Mais est-ce qu'il y a beaucoup de femmes dans la Criminelle en Islande ?

– Hélas, non, il n'y en a pas assez. Savez-vous qu'à une certaine époque, les autorités islandaises avaient interdit que cette base militaire accueille des soldats de couleur ?

– Oui, on m'a raconté ça, répondit Caroline, voilà qui est sympathique.

– C'étaient des crétins, commenta Marion.

– C'était une autre époque, philosopha Caroline, moins péremptoire.

– Mais ce sont toujours les mêmes crétins.

– On commence par celui-là ? suggéra Caroline en désignant l'immeuble en face d'eux. Je suppose que vous avez apporté une photo de la victime.

– Oui, allons-y, dit Marion.

Ils frappèrent à la porte de chaque appartement pour demander à leurs occupants s'ils connaissaient Kristvin en leur montrant une photo de lui et en les interrogeant sur la Corolla grise. L'avaient-ils remarquée auparavant ? Pourquoi avait-elle été retrouvée là ? Tous se montraient en général très coopératifs même si, surpris de recevoir la visite de la police islandaise, ils posaient un certain nombre de questions. Caroline n'intervenait pas, sauf quand Marion et Erlendur le lui demandaient ou quand leurs hôtes préféraient s'adresser à elle. Personne ne semblait connaître Kristvin ni la voiture garée devant l'immeuble et, à plus forte raison, personne n'avait vu quelqu'un crever les pneus.

Les autres habitants du voisinage leur fournirent les mêmes réponses. Certains avaient remarqué la Corolla grise parce que ses pneus avant étaient à plat, mais personne ne l'avait vue se garer ni n'en connaissait le propriétaire, pas plus qu'on n'avait aperçu celui qui avait crevé les pneus. Aucun ne l'avait vue avant ça traîner dans les parages. Certains les invitaient à entrer, d'autres leur parlaient sur le pas de la porte. Erlendur et Marion posaient toujours les mêmes questions concernant les cigarettes, les bouteilles de vodka et la marijuana. Certains se mettaient en colère, d'autres éclataient de rire en expliquant qu'ils connaissaient l'intérêt des Islandais pour ces produits, mais en niant catégoriquement se livrer à la contrebande. Très peu d'entre eux avaient des relations avec les autochtones. Quelques-uns affirmèrent avoir vu des Islandais traîner dans les halls des immeubles devant les distributeurs pour y acheter des cigarettes et de la bière. Il arrivait que ces appareils soient complètement vides, ce qui était très agaçant.

Trois hommes posèrent problème en refusant de répondre aux questions de la police islandaise. Caroline intervint et les pria calmement de bien vouloir obtempérer. Voyant qu'ils restaient sur leurs positions, elle ajouta que c'était leur droit de refuser de répondre, mais que dans ce cas ils seraient emmenés au quartier général de la police militaire qui saurait leur tirer les vers du nez. S'ils préféraient ça, ils n'avaient qu'à le dire, ça ne posait aucun problème. Il ne fut toutefois pas nécessaire d'en arriver là. Les trois hommes finirent par céder et par fournir des réponses laconiques, de mauvaise grâce.

Deux heures plus tard, ils étaient revenus à leur point de départ.

– Je suis désolée que vous n'ayez rien trouvé, déclara Caroline en leur serrant la main. Puisque vous n'avez plus besoin de moi, je vais y aller.

– Dites-moi, vous connaîtriez la compagnie aérienne Northern Cargo Transport ? demanda Erlendur.

Il avait apprécié les méthodes de travail de Caroline, cette manière qu'elle avait de suivre les interrogatoires en silence, de se tenir en retrait et d'intervenir quand il le fallait, résolue, sans jamais se montrer méprisante à l'égard de son interlocuteur. Il regrettait les préjugés qu'il avait eus à son égard et pensait désormais pouvoir lui faire confiance. Caroline ne les avait pas entravés dans leur tâche, contrairement à ce qu'il avait craint. Son assistance avait été précieuse et il se demandait si elle ne pouvait pas les aider encore un peu.

– Northern Cargo Transport ? Ça ne me dit rien. De quel genre de compagnie s'agit-il ?

– Nous ne le savons pas, répondit Erlendur. Mais on nous a dit qu'elle était plus ou moins liée à l'armée. Apparemment, c'est une entreprise américaine.

– Plus ou moins liée à l'armée ? Comment ça ?

– C'est justement ce que nous aimerions savoir, dit Marion. Elle gère les avions Hercules qui atterrissent ici et Kristvin, qui était technicien de maintenance en aéronautique, a travaillé sur un de ces appareils.

– Que me dites-vous là ? Seriez-vous en train de me demander d'espionner une compagnie aérienne pour vous ? demanda Caroline avec un sourire.

– Nous devons trouver des informations sur cette compagnie, mais cela nous prendra sans doute bien plus de temps en passant par le circuit officiel avec toutes les requêtes, la paperasserie et les délais que cela implique, plaida Erlendur. Si vous… je ne pense pas qu'on puisse parler d'espionnage… mais si vous nous aidiez à faire avancer un peu plus vite les choses…

– Je… je regrette, mais je crains que vous ne soyez forcés de suivre le circuit officiel, celui qui prend un certain temps, répondit Caroline. D'ailleurs, je ne saurais même pas par où commencer les recherches dont vous parlez.

– Ce n'est pas grave, nous comprenons parfaitement, assura Erlendur. Nous avions pensé que vous pourriez vérifier tout ça, mais nous comprenons très bien votre position. Merci encore pour l'aide que vous nous avez apportée.

– Je vous en prie, répondit Caroline. C'était un plaisir. Vous savez, je ne connais pas beaucoup d'Islandais. En réalité, vous êtes les seuls que j'aie rencontrés. Je suis désolée de ne pas pouvoir vous aider davantage.

Elle retourna vers sa voiture. Elle était déjà loin quand Erlendur se rappela qu'il voulait l'interroger sur un point qui lui était venu à l'esprit pendant qu'ils allaient d'un immeuble à l'autre.

– J'aurais encore une petite question à vous poser, lui cria-t-il. Un événement inhabituel se serait-il produit ici ces derniers temps ?

– Inhabituel ? Que voulez-vous dire ? rétorqua Caroline.

– Je ne sais pas. Un accident ? Un décès ?

– Non, je ne vois pas.

– Ou encore des trouble-fêtes notoires qui vous ennuient ?

– Non.

– D'accord. Merci beaucoup.

17

Elle préférait rencontrer Erlendur dans un café plutôt que de le recevoir chez elle. Elle le lui avait dit au téléphone dès qu'il lui avait exposé la raison de son appel. Ils avaient alors fixé le lieu et l'heure et elle était déjà là quand il arriva au rendez-vous, avec un léger retard. Il la salua et lui présenta ses excuses, il était très occupé ces jours-ci. Erlendur ne lui mentait pas. La Criminelle avait envoyé une requête spéciale afin qu'on lui permette d'accéder au hangar 885, le dernier lieu de travail de Kristvin, mais les autorités de la base se montraient réticentes à y laisser entrer des policiers islandais, des membres de la Scientifique et des photographes pour fureter dans les coins. La requête spéciale sollicitait également l'autorisation d'interroger des soldats, en collaboration avec leur hiérarchie. Elle avait été transmise une fois, puis une seconde, mais aucune réponse n'était parvenue pour l'instant. D'après Marion, les avions de combat, les Hercules, mais surtout les puissants avions-espions AWACS et les radars chargés de surveiller l'espace aérien islandais présents dans le hangar expliquaient le silence des Américains. Et la Criminelle commençait à se demander si elle ne devait pas solliciter l'appui du ministère des Affaires étrangères pour faire pression sur la direction de la base de Keflavik.

Elle ne répondit pas grand-chose quand Erlendur lui assura qu'il n'avait pas voulu la faire attendre et ne lui posa aucune question. Elle savait qu'il travaillait à la Criminelle, mais il la rencontrait à titre privé. Il ne s'intéressait pas à la disparition de Dagbjört dans le cadre d'une enquête officielle, c'était plutôt une investigation à titre personnel. Ils commandèrent un café. Erlendur avait faim. N'ayant pratiquement rien mangé depuis le matin, il commanda également un sandwich et lui demanda s'il pouvait lui offrir quelque chose. Elle s'accorda un instant de réflexion et accepta une part de gâteau, mais le reste du temps elle garda le silence en fumant sa cigarette. Silja avait dans les quarante-cinq ans, l'âge qu'aurait eu aujourd'hui son amie Dagbjört. Erlendur ne put s'empêcher de songer à la manière dont elle avait vieilli, les traits de son visage s'étaient marqués et sa bouche durcie. Il essayait d'imaginer à quoi Dagbjört aurait pu ressembler aujourd'hui. Il n'avait vu d'elle qu'une photo noir et blanc de piètre qualité, publiée par les journaux à l'époque du drame, prise quelques années plus tôt, alors qu'elle avait seize ans. Quand il était allé voir Svava, la tante de la jeune fille, elle lui avait prêté la même photo qu'elle gardait dans ses affaires, bien plus nette que celle parue dans la presse. Étrangement ému, il avait observé le visage de Dagbjört qui lui souriait, éternellement jeune, par-delà la grisaille du temps, et avait pensé à son propre frère qui s'était perdu sur les hautes landes de l'est du pays, les terres de leur enfance ; à quoi aurait-il ressemblé aujourd'hui, Erlendur aurait-il été capable de le reconnaître s'il l'avait croisé, à l'âge adulte ? Bergur avait huit ans quand il avait disparu dans une terrible tempête et jamais on ne l'avait retrouvé. Cet événement avait marqué Erlendur à jamais. C'était lui qui accompagnait son jeune frère et lui tenait la main, puis il l'avait lâchée. Erlendur avait survécu. On l'avait retrouvé entre la vie et la mort, enfoui sous la neige. Depuis lors, une question l'obsédait : pourquoi Bergur avait-il connu un destin si tragique alors qu'il avait lui-même été épargné ? Il n'avait aucune réponse à cette question, pas plus qu'il ne connaissait le sort de son frère.

– Drôle d'histoire, cet homme découvert à Svartsengi, observa Silja pendant qu'ils attendaient leur commande. C'est vous qui êtes chargé de l'enquête ?

– Oui, moi et d'autres collègues.

– Vous savez ce qui est arrivé ? Qui était ce type ?

– Hélas, je ne peux rien vous dire, répondit Erlendur. L'enquête suit son cours.

– Mais il s'agit bien d'un meurtre ? J'ai lu ça dans les journaux.

– Comme je viens de vous le dire…

– Vous ne pouvez rien me dire.

– Hélas.

– Je sais que je vous ai déjà posé la question au téléphone, mais pourquoi vous intéressez-vous à Dagbjört seulement maintenant ? demanda Silja en aspirant la fumée. Vous m'avez dit qu'aucun nouvel élément n'était apparu et j'ai l'impression que vous êtes assez occupé comme ça.

– En effet, nous n'avons pas de nouveaux éléments, confirma Erlendur. Son père est mort il n'y a pas longtemps et…

– Oui, j'ai vu ça. J'ai lu les nécrologies parues dans la presse.

– Je suis allé interroger sa sœur, Svava, et elle accepte que je fasse une dernière tentative pour découvrir ce qui est arrivé à sa nièce. Le temps passe et ceux qui se rappellent sont toujours moins nombreux.

– Oui, ceux qui se rappellent sont toujours moins nombreux, répéta Silja, pensive, comme si ces mots revêtaient pour elle un sens particulier. Deux anciennes élèves de notre classe sont mortes, à part Dagbjört, ajouta-t-elle en guise d'explication. On n'était pourtant pas très nombreuses. Dagbjört et moi, nous étions parmi les plus âgées de l'École ménagère. Cet établissement accueillait des filles de tous les âges, c'était un collège-lycée. Le système scolaire était très souple à l'époque et certaines passaient les examens finaux à dix-sept ou dix-huit ans. Une femme de plus de quarante ans y avait même repris des études à l'époque où on le fréquentait.

– Votre témoignage a beaucoup pesé dans l'enquête, reprit Erlendur. Personne ne savait que Dagbjört avait un petit ami et encore moins qu'il venait de Kamp Knox.

Silja n'avait pas encore touché à sa part de gâteau. Elle avala une gorgée de café et alluma une autre cigarette. Comme les précédentes, elle n'en fuma que la moitié, puis l'écrasa.

– Je pense souvent à elle. On était… on avait le même âge, à trois semaines près… et on se ressemblait énormément, on aimait les mêmes choses et on passait beaucoup de temps ensemble. On écoutait Doris Day et on parlait des garçons. Un jour, elle m'a confié qu'elle s'intéressait à un gars qui vivait à Kamp Knox, pas très loin de chez elle, et qu'elle apercevait régulièrement en allant à l'école. Ils avaient eu deux ou trois rendez-vous secrets et elle pensait qu'elle était amoureuse.

– Elle ne vous en a pas dit plus ?

– Non, elle a refusé de me donner son nom. Au début, elle ne voulait même pas me dire où il habitait.

– Comme si ce garçon lui faisait honte ?

– Non, ce n'était pas son genre. Ma chère Dagbjört n'était pas snob, elle tenait simplement à être prudente. Leur liaison n'en était qu'à ses débuts, les choses étaient encore fragiles, elle ne voulait pas trop en parler. Et surtout pas à ses parents. C'est évidemment la dernière chose que nous… enfin, que les gamins font : prévenir les parents. Par conséquent, ça ne m'a pas surprise qu'ils ne soient pas au courant de cette histoire et qu'ils n'y comprennent rien quand je leur en ai parlé. Ils sont tombés des nues en apprenant ça.

– Je l'imagine sans peine, glissa Erlendur.

– C'était pour sa mère une telle… une telle déception, reprit Silja. Pas parce qu'il s'agissait d'un garçon de Kamp Knox, mais parce que sa fille ne lui avait rien dit alors qu'elles étaient très proches. Sa mère était quelqu'un de très bien, une femme adorable, toujours gentille avec les amies de Dagbjört dont je faisais partie. Quand je lui ai parlé de ce garçon, elle n'a pas voulu me croire et m'a dit que j'avais dû mal interpréter les propos de sa fille.

– Mais ce n'est pas le cas.

– Non, assura Silja. Ce n'était pas un malentendu.

– Mais…

– Je vous en prie, ne faites pas comme tous les autres, ne mettez pas ma parole en doute. Croyez-moi, je n'ai rien inventé.

– Non, évidemment. Cela dit, ce garçon ne s'est jamais manifesté.

– C'est vrai.

– À votre avis, pour quelle raison ?

– Je ne sais pas, je suis incapable de vous répondre.

– Évidemm…

– Je n'en ai pas la moindre idée, coupa Silja d'une voix lasse en allumant une autre cigarette. Je n'ai fait que répéter ce qu'elle m'avait dit. Il m'est arrivé de regretter qu'elle m'ait fait cette confidence. Cette époque a été très difficile pour moi. Personne ne savait ce qui s'était passé et le moindre détail était capital. Quant à ses parents, ils étaient suspendus à mes lèvres. Aujourd'hui encore, je regrette parfois qu'elle m'ait dit ça.

Elle baissa les yeux sur la part de gâteau qu'elle n'avait pas touchée.

– Je ne sais pas pourquoi c'est tombé sur moi, dit-elle. Je n'ai pas demandé à me retrouver dans cette situation. C'était une période très difficile, je vous l'assure. Très difficile. Non seulement j'ai perdu une de mes meilleures amies, mais on mettait en doute tout ce que je racontais. Elle m'avait demandé de garder le secret, voyez-vous. Je ne devais en parler à personne, elle me l'avait fait promettre et, brusquement, je me suis vue forcée de tout raconter. À ce moment-là, on croyait encore à une fugue. Elle aurait très bien pu revenir.

Silja et Erlendur s'étaient donné rendez-vous dans un café à la mode. Le cliquetis des tasses et des cuillers se mêlait aux discussions joyeuses. Chaque table était occupée et les clients étaient enveloppés par un nuage de fumée. Une musique bruyante provenait du plafond, du disco islandais dernier cri.

– Donc, elle vous a parlé de ce garçon de Kamp Knox en ajoutant qu'elle était amoureuse de lui et ne vous a rien dit d'autre ? reprit Erlendur.

– En fait, non. Elle est restée très vague. J'avais très envie d'en savoir un peu plus, mais elle m'a répondu qu'elle me raconterait ça plus tard. On sortait d'un cours de gymnastique. Je suis partie en ville, elle est rentrée chez elle et c'est la dernière fois que je l'ai vue.

Le lendemain, elle n'a pas assisté au cours, elle a manqué le rendez-vous qu'on avait avec nos autres copines et là, on a découvert qu'elle avait quitté la maison de ses parents le matin mais qu'elle n'était pas rentrée.

– Comment se fait-il qu'elle vous ait parlé de ce garçon ? Il y avait une raison particulière ?

– Kamp Knox avait mauvaise réputation, répondit Silja, et je me souviens que j'étais en train de lui parler de mon frère qui avait peur des garçons de ce quartier. Je venais de dire que ce n'étaient que des sauvages et tout ça… ça valait pour certains. Je me suis énervée et là, elle m'a parlé de ce garçon qu'elle avait rencontré et qui n'avait rien d'un sauvage.

– Ils avaient le même âge, non ?

– Oui, enfin, je suppose.

– On peut imaginer qu'elle ait inventé cette histoire ?

– Elle n'avait aucune raison, répondit Silja. Qu'est-ce qui vous fait dire ça ?

– Simplement parce qu'il semble que ce garçon n'ait jamais existé, expliqua Erlendur. Il aurait nécessairement appris la disparition de la jeune fille. On a cherché Dagbjört pendant des jours, y compris dans le quartier des baraquements. Le plus simple pour lui aurait été de se présenter à la police en disant qu'il la connaissait, qu'il était celui dont elle était amoureuse et d'essayer d'aider ses parents.

– Sauf s'il était au courant de ce qui était arrivé, observa Silja.

– Exact.

– J'y ai si souvent pensé, je me suis si souvent demandé s'il était à l'origine de sa disparition. Si elle l'avait rencontré ce matin-là, s'ils s'étaient disputés ou je ne sais quoi. Peut-être qu'elle s'était ravisée et qu'elle avait voulu mettre fin à leur relation, si tant est qu'ils aient effectivement formé un couple. Dans ce cas, comment avait-il réagi ?

Silja n'était pas la seule à avoir retourné toutes ces questions. Dès le début, la police avait soupçonné l'implication du jeune homme et Erlendur en était lui-même convaincu après s'être documenté sur cette affaire. Cet homme était peut-être encore vivant, peut-être détenait-il les réponses à toutes ces questions. S'il avait le même âge que Dagbjört, il devait aujourd'hui avoir environ quarante-cinq ans. Silja semblait savoir ce qu'Erlendur s'apprêtait à dire.

– Je suis certaine que cet homme a bien existé, murmura-t-elle, si bas qu'il avait du mal à entendre sa voix. Dagbjört ne m'a pas menti. Et je sais, moi aussi, que je ne mens pas. – Non, bien sûr.

– Je crois qu'il est encore en vie, poursuivit Silja. Je suis sûre qu'il est toujours de ce monde et que c'est lui qui a le fin mot de l'histoire.

18

Le dénommé Venni, demeurant à Hafnarfjördur, avait accepté sans difficulté de venir rencontrer les policiers de la Criminelle dans ses locaux à Kopavogur et était arrivé à l'heure convenue en demandant à voir Erlendur, qui l'avait contacté par téléphone. Il s'était installé avec lui et Marion dans leur bureau plus tard dans la journée, alors qu'Erlendur rentrait de son rendez-vous au café. La nuit tombait déjà, c'étaient les jours les plus courts de l'année, le ciel était chargé de nuages et les averses n'arrangeaient rien. On n'avait pas vu le moindre rayon de soleil depuis plusieurs jours, ce qui ne déplaisait pas à Erlendur. Marion espérait en revanche que le temps ne tarderait plus à se dégager.

Technicien de maintenance en aéronautique comme son ami Kristvin, Vernharður était un homme imposant et plein d'assurance, à l'image de son prénom[1]. Il ne se rongeait pas les ongles. Au contraire, il les entretenait soigneusement. Rasé de près, il avait des favoris sur les joues. Ses cheveux blonds et ondulés commençaient à se clairsemer au sommet du crâne.

1. Le prénom Vernharður implique à la fois les notions de défense, de protection et de dureté.

Il leur expliqua qu'il ne connaissait pas Kristvin depuis très longtemps, il l'avait rencontré aux débuts de ce dernier chez Icelandair. Chargé d'assurer sa formation, il avait travaillé en proche collaboration avec lui et ils s'étaient bien entendus. Environ du même âge et célibataires tous les deux, ils n'avaient pas tardé à se lier d'amitié. Il n'en avait pas cru ses oreilles quand il avait appris que l'homme découvert à Svartsengi était Kristvin. Il ne parvenait pas à imaginer ce qui avait pu se passer.

– C'est tout à fait incompréhensible, déclara-t-il. J'ai eu du mal à croire que c'était Kristvin. C'était un homme doux qui évitait les conflits et ne voulait de mal à personne. Dire qu'il a connu un tel destin, c'est, comme je viens de le dire, totalement incompréhensible. Comment va sa pauvre sœur ? Il s'occupait si bien d'elle. Vous savez peut-être qu'elle est très malade.

Erlendur hocha la tête.

– On a trouvé chez lui plusieurs choses qu'on pense provenir de la base. De la bière, de la vodka. Vous savez où il se les procurait ? Quels étaient ses contacts ? demanda Erlendur.

– Il avait tellement peur de la perdre, poursuivit Vernharður comme s'il n'avait pas entendu les questions. Je n'ai jamais vu un frère et une sœur aussi proches. Aussi amis. Il n'était plus lui-même quand il a appris qu'elle avait un cancer. Elle a attendu le plus longtemps possible avant de le lui dire, jusqu'au moment où il a eu l'impression que quelque chose ne tournait pas rond et… il refusait d'y croire, il refusait de croire qu'elle était malade à ce point. Il voulait l'aider, par n'importe quelle manière.

– Par exemple, en se procurant des stupéfiants à la base ?

– Elle vous a raconté ça ? Elle vous a dit qu'il lui en fournissait ?

– Si vous parlez de la marijuana…

Vernharður hocha la tête.

– Vous savez où il la trouvait ?

– Il connaissait des militaires. Je suis incapable de vous dire lesquels. Il n'a jamais précisé leurs noms et je n'ai pas demandé. Je n'avais pas envie de savoir. En ce qui me concerne, je ne rapporte jamais rien de la base. Ni alcool, ni cigarettes, ni sucreries. Rien du tout. Et je ne connais aucun des gens qui travaillent là-bas, à part des Islandais.

– Comment cela se fait-il ? demanda Marion.

– Parce que je suis opposé à la présence de l'armée en Islande et aussi à tout le commerce qu'elle génère, répondit Vernharður. Je suis contre tout ça. Je suis contre le fait de devoir franchir les grilles de ce camp militaire pour aller travailler. Je trouve ça insupportable.

– Étant donné que votre ami se procurait de la drogue, reprit Marion, ce n'est peut-être pas si étonnant qu'il ait eu des problèmes, vous ne pensez pas ? Ce n'est pas comme s'il était allé à la *sjoppa*[1] la plus proche pour y acheter une boisson au malt.

– Évidemment, on ne sait jamais à qui on a affaire, observa Vernharður. On ne sait rien des types qui sont militaires là-bas. Je lui ai demandé s'il ne prenait pas de risques et il m'a assuré qu'il ne courait aucun danger.

1. Une *sjoppa* (anglais : *shop*) est une particularité islandaise qui n'a pas son équivalent exact en France et n'a rien à voir avec nos bureaux de tabac. C'est un petit magasin qui vend des cigarettes (lesquelles sont aujourd'hui cachées derrière un rideau), des friandises, des sodas, des magazines, des journaux ainsi que, parfois, des hamburgers, glaces, soupes chaudes, sandwichs, hot-dogs. C'est souvent aussi un lieu où les jeunes se retrouvent.

Les quantités étaient si minimes que ça n'avait pas d'importance.

– Comment avez-vous découvert qu'il faisait ça ? C'est lui qui vous l'a dit ?

Vernharður hocha la tête.

– N'allez pas croire que j'étais de mèche avec lui, ce n'est pas le cas. Pas du tout. Si c'est ce que vous pensez, vous faites erreur. Je tiens à ce que ce soit bien clair.

Vernharður avait appris la chose le jour où Kristvin lui avait annoncé la maladie de sa sœur. À cette époque-là, ils faisaient la route ensemble, chacun prenait sa voiture une semaine sur deux. Un jour, alors qu'ils repartaient dans la Corolla grise de Kristvin, ce dernier lui avait dit qu'il devait faire un arrêt dans la base et lui avait demandé de l'attendre à côté du Piex, il en avait pour une dizaine de minutes. Vernharður avait protesté, mais Kristvin n'avait rien voulu entendre et l'avait déposé devant le magasin. Vernharður n'y était jamais entré, d'ailleurs ça ne l'intéressait pas. Il savait qu'un Islandais souhaitant profiter des services des magasins ou des clubs de la base avait besoin d'un parrain, un militaire qui l'introduisait, l'accompagnait et le cautionnait. Vernharður ne connaissait aucun militaire et ne souhaitait pas en connaître. Après avoir poireauté devant le Piex pendant près d'une demi-heure comme un vagabond, il était furieux quand Kristvin était enfin passé le prendre pour redescendre vers le portail. Vernharður avait déversé sa colère et Kristvin s'était confondu en excuses en promettant qu'il lui expliquerait tout ça très vite. Il avait perçu chez son ami une certaine nervosité. En général, les contrôles au portail de la base n'étaient pas très stricts. Les locaux qui travaillaient là et passaient régulièrement connaissaient les policiers islandais de garde qui leur faisaient simplement signe de passer. Mais il arrivait aussi que ces contrôles soient renforcés à l'improviste, comme c'était manifestement le cas ce jour-là, où l'on arrêtait les voitures.

La journée de travail touchait à sa fin. Une file d'attente s'était formée à la grille. Les gardes avaient demandé à un véhicule de se garer sur le bas-côté pour être fouillé. La première des trois voitures qui les précédaient dut également quitter la file. On fit signe à la suivante de passer, puis à celle juste devant eux, qui franchit doucement le portail. L'un des gardes les arrêta. Nom de Dieu ! Ils ne vont quand même pas me pincer ? avait maugréé Kristvin. Le policier les avait observés à travers le pare-brise avant de leur donner feu vert et ils étaient partis, au grand soulagement de Kristvin. En regardant derrière eux, ils avaient vu la voiture suivante se garer sur le bas-côté.

Vernharður avait bien entendu compris que Kristvin avait sorti de la base des produits de contrebande qu'il était allé chercher en le laissant attendre devant le Piex. Vernharður avait exigé qu'il lui dise ce qu'il cachait dans sa voiture, mais Kristvin avait rechigné et répondu qu'il était simplement allé chercher une ou deux cartouches de cigarettes dans l'un des immeubles. Vernharður ne l'avait pas cru, son collègue n'aurait pas été aussi stressé pour si peu, il avait ajouté qu'il avait le droit de savoir, que Kristvin l'avait mis en danger en omettant de le prévenir. Il s'en était fallu de peu que Vernharður soit arrêté pour un délit commis par son collègue et, si tel avait été le cas, il aurait sans doute passé un certain temps en prison. Tout cela était d'une bêtise sans bornes, Vernharður était furieux face à l'égoïsme de son ami et il fallait vraiment qu'il soit stupide pour le mêler à ce genre de choses ! Kristvin s'était garé sur l'accotement au bout du champ de lave de Hvassahraun et avait coupé le moteur. Il lui avait alors parlé de sa sœur, expliqué qu'elle avait un cancer et qu'il lui procurait de la marijuana afin de lui rendre la vie supportable. Il avait refusé de lui dire qui était son fournisseur en ajoutant que la drogue était cachée dans la portière du passager, juste à côté de Vernharður. Il avait modifié l'habillage de la portière en question et ménagé un espace pour y cacher l'herbe. C'était simple comme bonjour. Je te demande de me pardonner, avait plaidé Kristvin, je me demande ce qui m'est passé par la tête. Je n'ai pas réfléchi. Je n'ai pas compris que je te faisais courir un tel risque. Ça ne m'a même pas effleuré !

– Le pauvre garçon était tellement désolé, assura Vernharður à Marion. Kristvin n'était pas du genre à commettre des imprudences et à jouer les héros, pour vous dire la vérité, mais il faisait ça pour sa sœur.

– Cela s'est reproduit ?

– Après cet incident, on a arrêté de faire la route ensemble, répondit Vernharður. Chacun prenait sa voiture et on n'a plus jamais parlé de ça.

– Mais il a continué son petit trafic ?

– Je n'en sais rien.

– Vous avez dû vous mettre très en colère, observa Erlendur.

– Évidemment, il n'avait pas le droit de me mêler à cette histoire. D'ailleurs, je lui ai dit qu'il était cinglé, la portière était à coup sûr le premier endroit que la police fouillerait.

– Et vous n'étiez pas de mèche avec lui ? interrogea Marion.

– Pas du tout, assura Vernharður.

– Et vous ne savez rien de plus sur d'éventuels achats précédents ou ultérieurs, la manière dont il les finançait et les revendait ?

– Non.

– Et nous sommes censés vous croire sur parole ?

– J'étais sûr que vous alliez me mêler à ces conneries, d'ailleurs je vous l'ai dit immédiatement. Mais je ne vous mens pas. Je vous dis toute la vérité. J'aurais pu taire cet incident, mais j'ai tenu à vous le raconter car je pensais ainsi pouvoir vous aider.

Il regardait Marion et Erlendur à tour de rôle, l'air grave.

– Cette herbe n'était pas uniquement destinée à sa sœur Nanna. Kristvin en fumait depuis longtemps. Mais, à ce moment-là, il lui en fallait une plus grande quantité. C'est ce qu'il m'a dit. Et je ne crois pas qu'il m'ait menti. Je ne crois pas une seconde que Kristvin ait revendu ces produits pour s'enrichir. Ce n'était pas son genre, il achetait ça pour sa consommation personnelle et celle de sa sœur.

– Il payait en dollars ? demanda Erlendur.

– Je ne lui ai pas posé la question, mais je suppose que oui, puisqu'il se fournissait à la base.

– Vous avez travaillé avec lui dans le hangar 885 ? poursuivit Erlendur.

– Non, il y a un moment que je n'y ai pas mis les pieds.

– Mais vous connaissez cet endroit ?

– Naturellement.

– Vous en sauriez un peu plus sur la compagnie américaine Northern Cargo Transport ? Il vous est sans doute arrivé de travailler sur certains de ses appareils.

– Oui, j'ai… je suis au courant que nous avons récemment assuré la maintenance d'un de leurs avions-cargos Hercules à la suite d'une panne de train d'atterrissage. Justement, Kristvin a travaillé sur cet appareil dans le grand hangar, le 885.

– Il vous en a parlé ? demanda Marion.

– Non. Que… qu'est-ce qu'il aurait eu à m'en dire ?

– Je ne sais pas, il aurait pu évoquer certains détails. Le type de cargaison transporté, ce qu'il avait vu dans l'appareil.

– Non. Il ne m'a parlé de rien. Il est arrivé quelque chose là-bas ? Dans le 885 ?

– Non, rien du tout, assura Marion.

– Il y a quand même une chose que Kristvin m'a confiée quand on était garés au bord de la route à Hvassahraun, reprit Vernharður, hésitant.

– Oui ?

– J'ignore si c'est important.

– De quoi s'agit-il ?

– Il était à bout de nerfs, non seulement il avait eu peur à la grille de la base, mais en plus je l'avais engueulé comme du poisson pourri et il venait de me dire que sa sœur était gravement malade. J'avais l'impression qu'il était au bout du rouleau et là, il m'a dit cette chose qui vous sera peut-être utile.

– De quoi s'agit-il ? répéta Marion.

– En fait, il m'a dit ça à mots plus ou moins couverts, mais le sous-entendu était assez clair. Il voyait régulièrement une femme qui vivait à la base.

– Ah bon ?

– Et ce n'était pas une Islandaise, ajouta Vernharður.

– Une Américaine ?

Vernharður hocha la tête.

– Que vous a-t-il dit exactement ? demanda Erlendur. Vous vous en souvenez ?

– Ce n'était pas un aveu direct, mais j'ai lu ça entre les lignes. Il ne s'en vantait pas et s'exprimait à mots couverts, comme je viens de vous le dire. En tout cas, j'ai compris immédiatement qu'il avait une liaison avec une femme de la base. Il ne m'en a pas reparlé et je ne lui ai posé aucune question. On était beaucoup moins proches après cet incident. Kristvin m'a dit qu'il devait mettre fin à cette relation. Je suppose que c'est ce qu'il a fait.

– Mais vous n'en êtes pas sûr ?

Vernharður secoua la tête.

– Cette femme était mariée, ce qui compliquait la situation.

– Ah bon ? Vous voulez dire qu'elle était…

– Oui.

– … ce n'était tout de même pas la femme d'un militaire ?

– Si.

19

Après leur entrevue avec Vernharður, Erlendur et Marion se rendirent en voiture jusqu'à Reykjavik et s'installèrent au Skulakaffi. L'heure du dîner approchait. Le Skulakaffi proposait des plats typiquement islandais, comme le petit salé et l'aiglefin bouilli, à des prix raisonnables. L'établissement était fréquenté par des ouvriers et des chauffeurs routiers qui pouvaient se restaurer rapidement, puis avaler un café accompagné d'une *kleina* à la fin du repas. Bien qu'il eût été exagéré de dire qu'avec son lino élimé et son atmosphère de cantine désuète, le Skulakaffi était un haut lieu de la culture, il fallait reconnaître que peu d'établissements de Reykjavik pouvaient s'enorgueillir d'une clientèle aussi fidèle et satisfaite.

Erlendur et Marion s'installèrent à une table isolée. Le plat du jour était de la raie faisandée à la graisse de mouton fondue. Marion craignait que l'odeur du poisson, un mélange de moisissure et d'urine, n'imprègne ses vêtements. Erlendur ne s'en souciait guère et demanda à ce qu'on lui serve une bonne portion de raie bien aspergée de graisse, accompagnée d'une tranche de pain complet beurrée. Il dévora son repas, mort de faim après cette journée, ne prononçant que quelques mots entre deux bouchées. Avec son élégance habituelle, Marion mangeait bien plus lentement le bœuf haché en sauce brune, accompagné de pommes de terre et de confiture de groseille, en se disant qu'il lui faudrait sans doute aérer ses vêtements sur son balcon pour en éliminer l'odeur de raie faisandée.

Marion raconta à Erlendur que, pour les hommes de la 57e division de l'armée de l'air basée à Keflavik, l'Islande était un *hardship post*, un endroit invivable où la plupart des soldats ne restaient pas plus d'un an et dont ils étaient vraiment soulagés de partir. Il arrivait qu'ils y passent deux ans s'ils y venaient accompagnés de leurs enfants et de leur conjoint, mais il y avait un sacré roulement dans les troupes.

– Ils disent qu'ici, ils passent le plus clair de leur temps à tenter de se mettre à l'abri du vent.

– Un endroit invivable ? reprit Erlendur en raclant avec son couteau la graisse de mouton figée au fond de son assiette qu'il avala aussitôt. On n'est pas tout bêtement à leurs yeux une gigantesque zone de baraquements militaires ? Un immense… Camp Knox.

Marion esquissa un sourire. Il y avait dans l'attitude d'Erlendur une chose indéfinissable, des réflexes de défense peut-être, qui le lui rendaient sympathique même si bon nombre de gens le considéraient comme ennuyeux et triste. Contrairement aux Américains, Erlendur n'aurait jamais utilisé le mot invivable pour décrire un lieu entièrement inhabitable comme la lande de Midnesheidi.

Marion le regardait avaler la raie faisandée à grosses bouchées, racler la graisse et l'enfourner. Il était en pleine forme. Tous les collègues avaient remarqué qu'il avait eu une passe assez sombre récemment. Marion pensait que c'était sans doute lié à ce qui se disait au bureau, mais que personne ne mentionnait en présence de l'intéressé : il avait divorcé.

– J'ai aussi découvert, reprit Marion en repoussant son assiette, que le hangar 885 a été initialement construit pour accueillir les B-36 Peacemaker qui étaient disséminés aux quatre coins du monde, ce sont les plus gros bombardiers jamais fabriqués. Voilà pourquoi ce hangar est tellement gigantesque.

– Tu crois que Kristvin aurait pu tomber du haut de cet échafaudage qui va jusqu'au plafond ?

– L'impact décrit par le légiste tend à le confirmer. Mais, dans ce cas, la question est de savoir ce qu'il était monté faire là-haut.

– Peut-être qu'il s'est jeté dans le vide. Suicidé.

– Et qu'est-ce que tu fais de ce coup à la nuque ?

– Il s'est cogné la tête à une des poutres de la charpente.

– Et ensuite une ou plusieurs personnes travaillant là-bas ont emporté le corps pour le balancer dans la nature ?

– Ils voulaient éviter d'attirer l'attention sur le hangar, répondit Erlendur. Cet endroit est bien le quartier général de leurs vols de surveillance ?

– Pourquoi aurait-il mis fin à ses jours ?

– Sa sœur souffre d'une maladie incurable.

– Certes, mais il passe son temps à l'aider. Il y a peu de chance qu'il l'abandonne au moment où elle a le plus besoin de lui.

– D'accord. Le point de vue se défend. Disons que ce n'est pas un suicide.

– Il a peut-être vu quelque chose qu'il n'aurait pas dû voir dans ce fichu hangar.

– N'oublions pas qu'il se livrait aussi à de la contrebande, achetait de la drogue à des gens dont nous ne savons rien et, pour couronner le tout, il avait une liaison avec la femme d'un des militaires de la base.

Sans doute l'un des fameux pilotes dont tu parlais tout à l'heure, et qui a découvert comme ça à quel point ce pays est invivable…

– Il s'en serait pris à Kristvin ?

– Peut-être qu'il devait de l'argent ? Il achetait sans doute régulièrement de la drogue à des militaires, on peut imaginer que ses dettes lui ont attiré des problèmes. Ces types ont su qu'il était à la base un soir et ils l'ont coincé.

– C'est tout aussi envisageable que les autres hypothèses.

– Oui, je ne sais pas, je n'ai aucune idée de ce qui a pu arriver là-bas, conclut Erlendur.

Marion haussa les épaules et sortit son paquet de cigarettes.

– Quoi de neuf du côté de Kamp Knox ?

– Pas grand-chose, répondit Erlendur. J'ai interrogé la copine de la jeune fille, celle qui avait mentionné le petit ami à l'époque, et elle ne démord pas de sa version. Elle est certaine que ce garçon a vraiment existé, qu'il est encore vivant et qu'il sait ce qui est arrivé à Dagbjört. Elle pense que c'est peut-être même lui qui lui a réglé son compte.

– L'hypothèse n'est pas nouvelle.

– C'est sûr.

– Tu crois qu'il est trop tard pour rendre visite à la sœur de Kristvin ? demanda Marion en regardant la pendule au mur du restaurant.

– On peut tenter notre chance.

– J'ai entendu dire que tu avais divorcé, c'est vrai ? Bien sûr, ça ne me regarde pas, observa Marion en se levant.

– Tu as raison, répondit Erlendur en repoussant son assiette, ça ne te regarde pas.

20

Nanna ne fit aucune remarque en dépit de l'heure tardive. Elle faisait la vaisselle et les invita à entrer en leur demandant s'ils avaient enfin des réponses et si c'était la raison de leur visite impromptue. Marion lui répondit qu'il n'en était rien. Toutefois, de nouveaux éléments étaient apparus et la police souhaitait les lui soumettre.

Nanna acheva de ranger la cuisine, mit la cafetière en route et invita ses deux visiteurs à s'asseoir. Les deux policiers étaient imprégnés par l'odeur tenace du Skulakaffi et elle ne put se retenir de les interroger.

– Vous avez mangé de la raie faisandée ? demanda-t-elle sans préambule.

– Lui, oui, répondit Marion en désignant Erlendur. Ça empestait dans tout le restaurant. L'odeur nous a suivis jusqu'ici ?

– On peut enlever nos imperméables, si vous préférez, proposa Erlendur, navré.

– Non, ça ne me gêne pas, répondit Nanna, j'aime beaucoup la raie faisandée.

– Vous êtes sûre ?

– Tout à fait.

Erlendur retira malgré tout son imperméable, débarrassa Marion du sien et alla accrocher les vêtements dans l'entrée. À son retour, il expliqua qu'ils avaient interrogé Vernharður. Ce dernier leur avait exposé la manière dont Kristvin procédait pour sortir la marijuana de la base. Il avait simplement ménagé un espace à l'intérieur d'une des portières de sa voiture et franchissait la grille en s'en remettant à la bonne fortune. Le service scientifique de la Criminelle avait trouvé cet endroit, il était vide mais contenait quelques traces de drogue, ce qui confirmait la déposition de l'ancien collègue de Kristvin. L'habillage de la portière du passager avait été modifié, conformément aux dires de Vernharður. Kristvin se mettait en danger chaque fois qu'il sortait de la drogue de la base. Ses méthodes étaient celles d'un débutant.

– Il me disait qu'il avait une excuse valable, répondit Nanna dès qu'Erlendur eut achevé son exposé. Il était sûr qu'ils comprendraient quand il leur expliquerait pourquoi il faisait ça. Je sais qu'il n'y connaissait rien, c'était effectivement un débutant. J'ai toujours eu peur qu'il ait des problèmes, qu'il fasse une bêtise, et je lui ai demandé d'arrêter en lui disant que ça ne valait pas le coup.

– Vous êtes sûre qu'il ne vous a pas dit qui était son fournisseur ? demanda Marion.

– Il ne voulait pas que je sois au courant, assura Nanna. Il me disait qu'il valait mieux pour lui comme pour moi que j'en sache le moins possible. Kristvin refusait de transiger dans ce domaine. J'ai donc cessé de lui poser des questions et il ne m'a jamais rien dit.

– À nos yeux, tout ça n'est pas très crédible, j'espère que vous en avez conscience, souligna Marion.

– Mais je ne vous mens pas, il tenait à ce que les choses se passent comme ça.

– On peut tout de même imaginer que vous avez cherché à connaître la nature du danger auquel il s'exposait en pratiquant ce genre d'activités. Je n'arrive pas à croire que vous l'ayez laissé se livrer à ce petit trafic sans broncher, surtout s'il le faisait uniquement pour vous.

– Je ne vois pas ce que je pourrais vous dire d'autre. À vous de décider si vous me croyez ou non. Je… j'essaie de m'empêcher de penser que je suis responsable… que c'est moi qui l'ai mis dans une situation qui a entraîné son horrible mort.

– Il est capital que vous nous racontiez tout ce que vous savez, vous le comprenez ?

– Bien sûr que je comprends.

– Votre frère vous a dit qu'il travaillait parfois dans le hangar américain de la base, il vous a parlé du 885 ?

– Oui, c'est arrivé, répondit Nanna, pensive. Ils allaient dans ce hangar quand le travail s'accumulait. Les Américains leur laissaient un atelier là-bas, mais ils avaient obligation de rester dans cet atelier-là. Ce hangar est un site sensible. Il abrite des avions militaires que les employés islandais ont interdiction d'examiner. Ils ne s'y risquent d'ailleurs pas, car sinon c'en serait fini de la coopération entre Icelandair et l'armée américaine, ce que personne ne souhaite.

– Par conséquent, il n'a pas visité l'ensemble du bâtiment ?

– Non… enfin…

– Quoi donc ?

– Ça n'a sans doute aucune importance mais, il y a… je crois qu'il doit y avoir un an…

– Oui ?

– Eh bien, je connaissais un homme à une époque, un journaliste, reprit Nanna, manifestement contrariée par l'évocation de ce souvenir. Kristvin et lui étaient assez proches jusqu'au moment où notre liaison a pris fin. C'était mon petit ami, ce pauvre Rudolf n'était qu'un idiot. Il…

Nanna secoua la tête.

– Oui ? s'impatienta Marion.

– J'ai eu tort de m'engager dans cette relation lamentable, mais je ne l'ai compris que trop tard.

– Compris quoi ? s'enquit Erlendur.

– Compris que c'était un salaud. Il a pris ses jambes à son cou dès que je lui ai annoncé que j'avais un cancer. Je me demande ce que j'avais dans la tête. Je l'avais rencontré au bal… enfin… Il s'appelle Rudolf, je vous l'ai dit, non ?

Marion hocha la tête.

– Ce Rudolf a demandé à Kristvin de se documenter sur je ne sais plus trop quoi concernant justement ce hangar. Il cherchait des informations sur une compagnie aérienne.

– Laquelle ?

– Je ne me souviens plus…

– Ce ne serait pas la Northern Cargo Transport ? suggéra Erlendur.

– C'est sans doute ça, oui, je ne suis pas sûre. Northern Cargo Transport. Oui, c'était quelque chose comme ça. Rudolf voulait que Kristvin lui donne des informations et prenne des photos. Cela doit remonter à, disons, un an, je ne pense pas que… À votre avis, c'est important ?

– Je ne sais pas, répondit Marion. On devrait peut-être interroger ce Rudolf.

– Ne lui dites pas que c'est moi qui vous ai parlé de lui. Rien ne vous oblige à le faire, n'est-ce pas ? Vous savez, je l'ai rayé de ma vie. Complètement. Et je ne veux pas non plus qu'il me contacte par téléphone.

– On ne lui dira rien, promit Erlendur. Vous savez ce que cherchait exactement ce Rudolf ?

– Non, je sais seulement qu'il s'intéressait à cette compagnie, voilà tout. Je crois d'ailleurs que c'est Kristvin qui lui en avait parlé en lui disant que certaines choses lui semblaient bizarres. Et Rudolf pensait tenir un scoop. Il lui avait même proposé de lui prêter un appareil photo.

– Des choses bizarres ? C'est-à-dire ?

– Je ne sais pas. Mais ça m'étonnerait que Kristvin ait fait ça. Il avait tellement peur de perdre son travail. Je me rappelle que Rudolf n'arrêtait pas de le harceler avec cette histoire. Il se considérait comme… comme un de ces grands journalistes. Comment on les appelle, déjà ?

– Un journaliste d'investigation ?

– Oui, c'est ce que ce minable pensait être, confirma Nanna.

– Vous croyez que votre frère a pu s'attirer des problèmes à cause de dettes qu'il aurait contractées à la base ? demanda Erlendur. Il lui est arrivé d'évoquer ce genre de choses ?

– Non.

– On voudrait vous poser une autre question, reprit Marion.

– Oui ?

– Je ne sais pas si vous êtes au courant de cette histoire. En tout cas, vous n'en avez pas parlé.

– Quelle histoire ?

– Vernharður pense qu'il avait une liaison avec une femme de la base.

– Ah bon ?

– Vous n'êtes pas au courant ?

– Une femme ? Non.

– Votre frère est resté assez évasif, mais Vernharður semble assez sûr de ce qu'il avance, expliqua Erlendur.

– Ce doit être plutôt récent, Kristvin m'en aurait parlé.

– Récent ? Pas forcément, répondit Marion. Vernharður a découvert cette liaison ou, plutôt, votre frère lui en a vaguement parlé il y a un certain temps. Le jour où il s'est retrouvé à son insu mêlé au trafic de Kristvin.

– Et qui est cette femme ? demanda Nanna.

– Elle est mariée.

– Mariée ?! Non… c'est impossible. Je n'y crois pas.

– Vous n'étiez pas au courant ?

– Je vous assure que je n'en savais rien. Et je ne comprends pas du tout ! Une femme mariée ?

– L'épouse d'un des soldats de la base, mariée à un Américain, poursuivit Marion.

– Je n'arrive pas à y croire !

– Cette liaison n'a peut-être pas duré longtemps, plaida Erlendur, constatant combien cette nouvelle bouleversait Nanna. Peut-être que votre frère y a mis fin très rapidement et n'a pas jugé utile de vous en parler.

Erlendur faisait tout ce qu'il pouvait pour trouver des excuses à Kristvin et atténuer le choc de la révélation qu'ils venaient de faire à Nanna. Marion l'observait en se demandant si cette empathie, cette faculté d'implication, était une qualité ou un défaut pour un policier.

– Quoi qu'il en soit, reprit Marion, on peut imaginer que le mari ait voulu en découdre.

– Je ne suis pas au courant de cette histoire.

– En effet, apparemment, votre frère cachait bien son jeu, conclut Marion.

21

Marion essaya d'appeler Caroline dès le lendemain matin. L'Américaine avait donné aux deux policiers islandais son numéro de téléphone au quartier général de la police militaire et Marion fit plusieurs tentatives sans résultat pendant qu'Erlendur essayait de retrouver la trace de Rudolf. Nanna pensait qu'il avait déménagé, mais elle ignorait où. On ne trouvait dans l'annuaire téléphonique aucun journaliste de ce prénom[1]. Le plus simple était donc de contacter l'Association des journalistes qui informa Erlendur que Rudolf n'était employé par aucun quotidien ni organe de presse en ce moment. Il avait récemment perdu le poste qu'il occupait dans un journal du soir. Son interlocuteur n'avait pas été en mesure de lui dire pour quel motif, précisant que c'était une affaire privée. Il lui avait toutefois communiqué son adresse et son numéro de téléphone.

Peu avant midi, Erlendur et Marion allèrent donc frapper à la porte d'un petit appartement en sous-sol situé rue Öldugata, dans une maison en bois plutôt délabrée et recouverte de tôle ondulée qui, au temps de sa splendeur, avait été rouge. Il ne restait plus de ces

1. En Islande, c'est toujours le prénom qui prime. L'annuaire est donc classé alphabétiquement par prénoms.

années glorieuses que quelques écailles de peinture, les fenêtres n'étaient pas équipées de double-vitrage et leurs cadres vermoulus par les hivers successifs laissés en l'état par les propriétaires. On apercevait sur le toit une antenne de télévision fixée à la cheminée et un câble qui descendait jusqu'à l'étage, puis, branché sur le premier, un second câble qui allait au sous-sol, chez Rudolf.

Erlendur frappa pour la troisième fois. Enfin, il entendit du bruit à l'intérieur. Un homme tout juste réveillé se présenta, l'air ahuri. À peine sorti du lit, il était venu leur ouvrir en slip, sa couette sur les épaules, leur dévoilant ses jambes frêles et la méchante mycose qui enlaidissait ses deux gros orteils.

– Que… c'est quoi ce vacarme ?

– Vous êtes bien Rudolf ? demanda Erlendur.

– Lui-même. Et vous, qui êtes-vous ?

– La police. Nous voudrions vous poser quelques questions, nous permettez-vous d'entrer ?

– Ici ?! s'exclama Rudolf comme s'il n'avait jamais entendu une requête aussi surprenante.

– Vous pouvez aussi nous suivre au commissariat, si vous préférez, ça ne pose aucun problème, ajouta Erlendur.

– Quoi… vous m'arrêtez ?!

– Pas du tout. Nous venons seulement vous poser quelques questions sur une affaire à laquelle vous vous êtes intéressé dans le passé. Cela concerne l'aéroport de Keflavik.

– Un moment, je vais m'habiller, répondit Rudolf, disparaissant de l'embrasure. Il achevait d'enfiler son maillot de corps quand il réapparut quelques instants plus tard, vêtu d'un pantalon verdâtre trop serré. Il n'avait pas jugé bon de mettre des chaussettes.

Vous devriez peut-être entrer, ajouta-t-il, excusez ce désordre, je…

Il n'eut pas le temps d'achever sa phrase. Erlendur lui répondit de ne pas s'inquiéter. Il entra dans la tanière, suivi par Marion, puis referma la porte. L'appartement se résumait à un coin cuisine et une chambre à coucher meublée d'un bureau sur lequel trônait une vieille machine à écrire. Les toilettes se trouvaient dans l'entrée. Le désordre évoqué par Rudolf tenait plus du chaos : de vieux journaux et d'innombrables papiers jonchaient le sol parmi les briques de lait et les restes de nourriture. L'ensemble dégageait une odeur de moisi, de viande en putréfaction et de produits laitiers avariés. Manifestement conscient de cette puanteur, Rudolf ouvrit les deux fenêtres pour aérer un peu.

– Je vous offrirais bien un café, mais ma cafetière est cassée, s'excusa-t-il, assis au bord du lit.

Marion s'installa sur la chaise de bureau. Erlendur n'ayant aucun endroit pour poser ses fesses, il resta debout à la fenêtre, espérant happer un peu d'air frais.

– De quelle affaire parlez-vous ? ajouta Rudolf.

– Vous connaissiez Kristvin, l'homme que nous avons retrouvé…

– Krissi ? Oui. C'est pour lui que vous venez me voir ?

– On nous a dit que vous lui aviez demandé un service car il travaillait à la base…

– Qui vous a raconté ça ? rétorqua Rudolf. Sa sœur ? Nanna vous a dit ça ? Elle vous a parlé de moi ?

– Nous avons trouvé une note dans les affaires de Kristvin, répondit Erlendur pour ne pas trahir la promesse qu'il avait faite à la jeune femme. Que lui avez-vous exactement demandé de faire ?

– Une note ? Comment ça, une note ?

– Il y était question d'une compagnie aérienne étrangère dont les avions font régulièrement escale à l'aéroport…

– C'est pour ça qu'il a été assassiné ? s'affola Rudolf, d'une voix de fausset. Apparemment, il avait trop bu la veille et cette visite inattendue de la police n'arrangeait pas sa gueule de bois.

– Je tiens à vous dire immédiatement que toute cette conversation doit rester secrète, souligna Marion. Nous savons que vous êtes journaliste au chômage et vous n'avez pas le droit d'utiliser ce que nous dirons pour servir vos intérêts professionnels. J'espère que vous comprenez que l'enquête est prioritaire.

– Oui, évidemment, assura Rudolf. J'ai travaillé à la rubrique des faits divers. Je connais tout ça, ajouta-t-il, d'un air supérieur.

– Parfait.

– D'ailleurs, je ne manque pas d'occupation, j'ai mille choses à faire, reprit Rudolf, comme pour se justifier. Je suis free-lance. Pour le *Journal des marins*, enfin, ce genre de truc. J'ai entendu dire qu'ils voulaient me demander de revenir à la rédaction, ce n'est qu'une question de temps…

– Free-lance ? interrogea Erlendur.

– Oui, free-lance.

– Ce qui veut dire… ?

– Vous ne savez pas ce que veut dire free-lance, mon vieux ? s'agaça Rudolf, un peu plus réveillé.

– Vous voulez dire que vous êtes pigiste ? demanda Erlendur.

Rudolf ne daigna même pas répondre. Il attrapa ses chaussettes sous le lit et les renifla avant de les enfiler. Marion lui demanda s'il était au courant des affaires de cœur de Kristvin. Il répondit qu'il ne l'avait pas vu depuis longtemps et ne pouvait lui être d'aucun secours dans ce domaine. Il lui demanda en retour si Kristvin s'était enfin trouvé une femme, mais Marion ne s'engagea pas sur ce terrain, souhaitant en dévoiler le moins possible. Erlendur se fit la même réflexion et ne posa à Rudolf que quelques vagues questions sur les achats de cigarettes et d'alcool de Kristvin à la base. Rudolf reconnut en avoir profité à l'époque où il était avec Nanna, mais ajouta qu'il n'avait pas revu le frère après avoir rompu avec la sœur. Apparemment, il n'était pas au courant pour la drogue.

– Elle a un cancer, dit Marion.

– Oui, je sais, quelle merde !

– Et vous avez rompu.

– Ça n'avait rien à voir avec sa maladie. Elle vous a dit ça ?

Marion secoua la tête.

– Notre histoire était arrivée à son terme, voilà tout, hein. C'est le genre de chose qui arrive.

– Évidemment, convint Marion. Vous ne savez pas si Kristvin fréquentait des femmes à la base ?

– Je n'en ai aucune idée.

– Connaissiez-vous certains des amis islandais ou américains qu'il avait là-bas ?

– Non, aucun.

Marion le questionna à nouveau sur la compagnie aérienne étrangère. Rudolf se réveillait vraiment, il avait trouvé une flasque de vin rosé où il restait un fond qu'il vida cul sec avant de jeter la bouteille sur le lit.

– Krissi m'a raconté que ces avions Hercules dont s'occupe la *crew* islandaise atterrissent fréquemment à la base pour des opérations de maintenance ou de révision. Alors, on fait appel à lui et à sa *crew*, expliqua-t-il en s'essuyant la bouche.

– À sa *crew* ? demanda Erlendur.

– Hein ?

– Que voulez-vous dire ?

– C'est-à-dire Krissi et les autres techniciens de maintenance ! Enfin… vous ne comprenez rien ! Vous venez de la province des Hornstrandir[1] ou quoi ?

– Poursuivez, coupa Marion en faisant signe à son collègue de cesser d'importuner Rudolf avec ses remarques linguistiques.

– Ces engins appartiennent à des compagnies privées, reprit Rudolf en faisant les gros yeux à Erlendur pour éviter toute nouvelle remarque sur les anglicismes dont il ponctuait son discours. C'est pour ça que l'armée américaine ne se charge pas de leur maintenance quand ces avions font escale ici. On les confie à Icelandair, tout comme les autres appareils privés qui transitent par l'aéroport de Keflavik.

– Et Krissi trouvait ça curieux ? demanda Erlendur.

– On en avait discuté tous les deux, répondit Rudolf d'un air grave. À l'époque, j'étais avec sa sœur… Vous avez interrogé Nanna, elle vous a posé des questions sur moi ?

– Non.

– Je ne sais pas… je ne sais même pas pourquoi elle m'a viré, je n'ai jamais compris.

– C'est en effet incompréhensible, ironisa Erlendur en observant l'appartement.

– De quoi avez-vous discuté au juste ? s'enquit Marion.

1. La province des Hornstrandir est l'un des lieux les plus reculés et difficilement accessibles d'Islande, au fin fond des fjords de l'Ouest.

– De cette compagnie, répondit Rudolf en regardant Erlendur et en se demandant comment il devait comprendre cette dernière remarque.

– Qu'est-ce qu'il vous a dit ?

– Lui ? C'est plutôt moi qui lui ai dit certaines choses. J'avais fait ma petite enquête en téléphonant à des gens qui s'y connaissent. À l'époque, je travaillais encore au journal, voyez-vous.

– Tout à fait.

– Premièrement, ce ne sont généralement pas des compagnies privées qui ont les avions Hercules. Ces appareils sont des avions militaires fabriqués pour l'armée et les compagnies privées ne s'en occupent pas. Krissi et moi, on se demandait donc ce qu'une entreprise privée pouvait bien fabriquer avec eux. Puis, l'un d'eux a atterri à la base et on l'a emmené pour le réparer dans le grand hangar…

– Le 885 ?

– Exactement, le hangar 885. Il y avait une panne dans le train d'atterrissage et il a fallu le décharger entièrement. L'appareil était rempli de caisses contenant des armes et, parmi toutes ces caisses, il y avait un char d'assaut que les employés ont aussi dû sortir. C'était la première fois que Krissi voyait un truc pareil. Puis l'ensemble de la cargaison a été recouvert de bâches et, dès qu'ils ont eu fini la réparation, on leur a dit de dégager.

– Kristvin était là lorsqu'on a débarqué la cargaison ?

– Oui… enfin non, il a vu qu'elle était cachée sous des bâches qu'il a soulevées par curiosité. Il savait que c'était la cargaison.

– Personne ne l'a vu faire ?

– Non. En tout cas, il n'en avait pas l'impression. Puis on a tout remis dans l'avion et il a continué sa route.

– Quel usage Kristvin comptait-il faire de cette information ?

– Ce que lui et moi on voulait en faire ?

– Oui, quel usage ? confirma Marion en adressant un regard las à Erlendur.

– Je lui ai demandé de prendre des photos la prochaine fois que ça arriverait, je lui ai prêté un appareil, mais le temps a passé et ce genre de situation ne s'est pas reproduit. Puis j'ai perdu mon boulot.

– En aviez-vous parlé à votre rédaction ?

– Évidemment. Je voulais aller enquêter à la base, prendre des photos du hangar et interroger ces gens-là, mais on n'a pas obtenu l'autorisation. Et ça n'intéressait pas beaucoup le journal. Les réacs qui sont à sa tête ne voulaient pas se mettre l'armée à dos. Les grands quotidiens islandais sont plus doués pour étouffer les informations que pour les dévoiler, répondit Rudolf, comme pour leur montrer qu'il ne manquait pas de perspicacité.

– Donc, ça ne s'est pas reproduit ?

– Non. Ou, si c'est le cas, Kristvin ne m'en a pas parlé. Il m'a rendu l'appareil photo en me disant qu'il ne pouvait pas se balader avec ce truc-là au boulot. Après ma rupture avec Nanna, on n'a pas eu beaucoup de contacts. En fait, tout était fini. Je veux dire, entre nous trois.

– Vous vous souvenez du nom de cette compagnie ?

– Oui… Elle s'appelait… le nom se finissait par trans-quelque chose ou par transfer…

– Ce n'était pas plutôt Northern Cargo Transport ?

– Si, c'est bien ça, confirma Rudolf. Northern Cargo Transport. Krissi avait réussi à me dégoter le nom. Il avait aussi découvert que l'avion arrivait d'Europe et qu'il volait vers l'Amérique du Sud. Il ne savait pas quelle était sa destination finale, mais bon, ce ne sont pas les conflits qui manquent là-bas.

– Je ne comprends pas, dit Marion, que voulez-vous dire ?

– Eh bien, ces avions servent manifestement à transporter des armes.

– Oui, et alors ?

– Et les vols sont opérés par une compagnie privée. La Northern Cargo Transport.

– Et alors ?

– Je vous demande pourquoi ? Pour quelle raison l'armée américaine n'utilise pas ses propres avions Hercules pour ce type de transport ? Dites-moi.

– Vous croyez que Kristvin aurait découvert cette raison ? demanda Marion.

– Je n'en sais rien, mais c'est possible.

Plus tard dans la journée, le commandement militaire de Keflavik fit parvenir sous pli confidentiel la réponse à la requête du procureur et de la police islandaise qui demandaient à pouvoir accéder à la base. Ladite requête précisait qu'un faisceau d'indices laissait penser qu'un citoyen islandais avait été tué dans le périmètre contrôlé par l'armée américaine et que l'assistance des militaires était non seulement bienvenue, mais également souhaitable. L'enquête y était résumée en quelques lignes, cette dernière s'orientait maintenant sur l'activité professionnelle de Kristvin, principalement dans le hangar 885.

La réponse des militaires soulignait que les quelques vérifications effectuées sur les lieux n'avaient révélé aucun élément permettant d'établir un lien entre le décès de cet homme et leur activité. La direction de la base ne voyait par conséquent aucun motif d'assister la police islandaise ni de lui accorder l'accès à la zone interdite au public dont le hangar 885 faisait partie. Le courrier rappelait que la base de Keflavik appartenait aux États-Unis. Si la police islandaise souhaitait y interroger des citoyens américains, elle devait chaque fois solliciter une autorisation qui serait examinée avec attention par les autorités militaires. En outre, les interrogatoires ne pouvaient avoir lieu qu'en présence d'un représentant de l'armée, spécialisé en droit. Tant que la police islandaise fonderait sa demande sur de simples suppositions, elle ne devait s'attendre à aucune collaboration de leur part.

22

Cette femme portait les marques d'une vie difficile. Ses doigts aux jointures gonflées et déformés par les rhumatismes étaient tout recroquevillés. Son visage était entaillé de rides profondes et ses petits yeux grisâtres. Elle avait la peau sèche et fripée, les lèvres minces et pincées. Quand elle parlait, un chuintement attestait l'absence de plusieurs dents. Elle ne faisait rien pour arranger sa chevelure grise en bataille. Erlendur avait trouvé son nom dans les documents de la police datant de l'année 1953. À l'époque mère célibataire, elle avait vécu à Kamp Knox et lutté âprement pour élever ses cinq enfants. Elle allait avoir soixante-dix ans, mais en paraissait presque vingt de plus.

Elle habitait rue Braedraborgarstigur. Erlendur avait sonné deux fois, puis aperçu cette femme voûtée qui avançait vers lui avec son vieux sac à main en bandoulière et son filet à provisions vert rempli de victuailles. Elle avait fait une halte à la boutique située à l'angle en rentrant du travail. Vêtue d'un manteau usé, un fichu noué sous le menton, elle boitait légèrement et portait une paire de bottes marron d'où dépassaient des chaussettes.

– Qui cherchez-vous ? s'enquit-elle en fouillant son sac pour trouver ses clefs. Sa voix rauque cassante suggérait que ça la contrariait de voir des hommes traîner devant sa porte.

– Baldvina, répondit Erlendur. Elle habite ici, n'est-ce pas ?

– C'est mon nom, s'étonna-t-elle. C'est moi que vous cherchez ?

– Sans doute.

– Eh bien, ça alors ! Qu'est-ce que vous me voulez ?

– Discuter un moment, si ça ne vous dérange pas.

– Discuter de quoi ?

– Vous avez bien habité à Kamp Knox ?

– Kamp Knox ? Qu'est-ce que vous voulez savoir ? demanda-t-elle, son trousseau à la main, prête à ouvrir la porte. Elle se ravisa brusquement et ajouta d'un ton brutal : D'ailleurs, en quoi ça vous regarde ?

– Je voulais savoir si vous pouviez m'aider, répondit Erlendur, la voyant sur la défensive depuis qu'il avait mentionné Kamp Knox. Je m'intéresse à une disparition qui a eu lieu là-bas, il y a des années.

– En quoi ça me concerne ? D'abord, qui êtes-vous ?

– Je m'appelle Erlendur. La police vous a interrogée à l'époque où on recherchait encore cette jeune fille, Dagbjört. Vous vous en souvenez ?

– Cette jeune fille ?

– Oui, elle s'appelait Dagbjört.

– Ah oui, elle. Ça me revient. Et alors ?

– Est-ce que je pourrais en discuter avec vous ? Je ne vous dérangerai pas longtemps.

– Non, je ne crois pas pouvoir vous aider, répondit Baldvina en ouvrant la porte. Allez, jeune homme, filez et laissez-moi tranquille.

– On racontait qu'elle avait un petit ami dans le quartier des baraquements. Ça vous dit quelque chose ?

– Oui, on croyait qu'il l'avait tuée, non ? C'était bien plus facile de mettre ça sur le dos des miséreux qui vivaient là-bas. Il l'a peut-être même enterrée sous son baraquement, qui sait ?

– Personne ne m'a jamais dit ce genre de chose, répondit Erlendur. Mais… vous avez vraiment entendu ça ?

– Puis on a construit Vesturbaejarlaug, la piscine du quartier Ouest, sur l'emplacement du baraquement. Elle doit être enterrée sous le bassin, vous ne croyez pas ?

Erlendur se demandait si elle se moquait de lui.

– Savez-vous qui était ce petit ami ? poursuivit-il en coinçant la porte avec son pied alors qu'elle allait la claquer.

– Jeune homme, fichez-moi la paix, s'agaça Baldvina. Je n'ai rien à vous dire. Allez, du vent !

– Son père est mort l'autre jour, insista Erlendur. Le décès de sa mère remonte à quelques années. Jamais ils n'ont su ce qu'elle était devenue. Je crois qu'ils ont toujours plus ou moins espéré qu'elle reviendrait.

Il enleva son pied et la porte se referma. Quelques instants plus tard, il entendit qu'on trifouillait la serrure. Elle ouvrit et le regarda longuement.

– Rappelez-moi votre nom, jeune homme.

– Je m'appelle Erlendur.

Elle le fixa à nouveau.

– Vous pouvez me dire en quoi cette histoire vous concerne ?

– La tante de cette jeune fille a toujours l'espoir de découvrir la vérité. Elle m'a demandé de faire des recherches.

Les yeux gris et suspicieux de Baldvina continuaient d'observer l'inconnu qu'elle avait face à elle.

– C'est bon !

Elle remonta en claudiquant le vieil escalier en bois. Erlendur s'engouffra à l'intérieur et proposa de l'aider à porter son filet à provisions, ce qu'elle refusa. Il crut l'entendre marmonner quelque chose concernant de sales petits voleurs, la suivit jusqu'à l'étage où elle posa son filet par terre avant d'ouvrir sa porte.

– Entrez ! lança-t-elle.

– Merci beaucoup, répondit Erlendur en pénétrant dans le petit appartement. Elle alluma la lumière et se rendit dans la cuisine pour ranger ses achats, puis revint dans le couloir et se débarrassa de son manteau qu'elle accrocha dans la penderie.

– Ne restez donc pas là les bras ballants, s'agaça-t-elle, voyant que le jeune homme n'avait pas osé entrer dans le salon et l'attendait dans le couloir. Asseyez-vous, mon petit. Excusez l'état de mon appartement, je n'ai pas l'habitude d'avoir de la visite, d'ailleurs ça ne m'intéresse pas.

– C'est plutôt moi qui devrais…

– Allons, ne vous perdez pas en excuses, dites-moi ce que vous voulez savoir. Mais laissez-moi d'abord le temps de vous faire un café.

Sur quoi, elle retourna à la cuisine. Bientôt, une forte odeur de café envahit les lieux. En regardant son appartement, Erlendur se disait qu'elle n'avait aucune raison d'avoir honte. Cet endroit n'avait rien d'un intérieur riche, les meubles étaient vieux et patinés, quelques photos de famille étaient posées sur les tables et les étagères, mais il n'y avait aucun bibelot. Ces photos étaient sans doute celles de ses enfants aujourd'hui adultes et accompagnés de leurs propres enfants. Il y avait là une ribambelle de gens. Erlendur savait qu'elle avait perdu une de ses filles. Un de ses fils était un délinquant notoire, bien connu des services de police.

Il avait posé problème depuis l'adolescence et avait croisé plusieurs fois la route d'Erlendur à l'époque où il patrouillait en ville. En voyant dans le salon une vieille photo de cet homme parmi ses frères et sœurs, il avait ressenti un certain malaise, gêné par cette proximité involontaire.

– On a remué ciel et terre pour retrouver cette gamine, déclara Baldvina quand elle revint avec le café.

– En effet, confirma Erlendur, quittant la photo du regard. C'était une affreuse tragédie.

– Je ne vois pas en quoi je pourrais vous aider. Tout le monde a oublié ça depuis longtemps, vous ne croyez pas ?

– Vous viviez à Kamp Knox et vous y avez élevé vos cinq enfants toute seule, j'imagine que ce n'était pas facile, répondit Erlendur en regardant à nouveau les photos.

– J'ai eu des enfants de trois hommes plus ou moins convenables. Le premier était un poivrot bon à rien. Le deuxième était gentil. On habitait une jolie maison et on a eu trois petits ensemble, puis il est mort et m'a laissée seule et je n'ai pas eu d'autre solution que d'aller vivre dans ces taudis. Il a eu un accident dans le Hvalfjördur, c'était un brave homme, le pauvre, il n'a rien pu faire. Le dernier des trois m'a rendue boiteuse à force de me frapper, c'est la pire ordure que j'aie connue. Après lui, il n'y en a pas eu d'autre et laissez-moi vous dire que je m'en porte bien.

Erlendur ne savait que répondre à cette énumération.

– Ah ça oui, la vie dans ce quartier n'était pas une partie de plaisir, je n'ai pas l'habitude de me plaindre, mais j'en ai bavé, poursuivit-elle.

– Et ces baraquements n'étaient pas confortables, n'est-ce pas ? demanda Erlendur.

– Pas confortables ?! Je ne vous le fais pas dire. Certains étaient un peu mieux que d'autres, mais ceux que j'ai connus n'étaient pas dignes d'accueillir des êtres humains. Ils étaient humides, froids, l'eau s'y infiltrait et l'odeur de moisi imprégnait les vêtements – l'odeur des *kamparar*, comme on disait à l'époque. On n'avait qu'un petit poêle à mazout, le combustible coûtait cher et on n'arrivait jamais à chauffer ces masures correctement. Il y avait à l'époque une incroyable pénurie de logements et les gens se contentaient de ces taudis. Il arrivait que trois familles s'entassent ensemble dans un seul bâtiment où chacune aménageait sa petite pièce. Je me demande ce que les gens en penseraient aujourd'hui. Et les hommes buvaient comme des trous, il fallait ruser pour échapper à ces crapules.

Baldvina avala une gorgée de café, les doigts recroquevillés sur sa tasse.

– Le pire, c'était quand même le lino qui recouvrait le sol, reprit-elle. On ne pouvait même pas y poser les gamins à cause du froid et, parfois, l'eau coulait par en dessous et remontait à la surface au printemps. Les égouts étaient à ciel ouvert et les rats grouillaient partout…

Elle fixait le fond de sa tasse.

– Ce sont toujours les enfants qui souffrent le plus dans les endroits comme ça, ajouta-t-elle.

Erlendur remarqua qu'elle regardait la photo de son fils devenu clochard en prononçant ces mots.

– À l'époque, vous avez déclaré avoir vu Dagbjört passer à proximité du quartier sur le chemin de l'école.

– Oui. Enfin, je n'en ai jamais été vraiment sûre. Ils nous ont montré des photos et j'ai cru reconnaître une gamine que j'avais aperçue. Mais je ne savais rien d'elle et je ne l'ai jamais vue entrer dans le quartier.

Puis j'ai entendu dire qu'elle avait le béguin pour un garçon de Kamp Knox, mais ça non plus, je n'étais pas au courant. Par contre, ma copine Begga qui était ma voisine était certaine de l'avoir vue traîner dans les parages, elle ou une fille qui lui ressemblait. Begga est morte il y a des années. Je ne sais pas si la police l'a interrogée.

– Begga ? répéta Erlendur qui ne se souvenait pas avoir lu ce nom dans le dossier. Ça ne me dit rien.

– Des années plus tard, un jour où je l'avais croisée et où nous avons reparlé de tout ça, elle m'a raconté qu'un jeune homme avait quitté le quartier à cette époque. Elle pensait qu'il s'agissait du fils de Stella et qu'il était parti suite à une histoire de cœur. Pas forcément à cause de cette fille, mais vous pouvez peut-être aller poser la question à mon fils Vilhelm. Il connaît sans doute ce garçon, je crois qu'ils ont à peu près le même âge.

– Le fils de Stella ? Qui était cette Stella ?

– Eh bien, la pauvre, elle en a bavé. Je ne l'ai pas souvent vue après avoir quitté le quartier. On m'a dit il y a quelques années qu'elle était morte.

– Et vous vous rappelez le nom de ce garçon ?

– Non, j'ai oublié. Elle avait plusieurs fils. Je suppose qu'il a mal fini, comme un certain nombre de ceux qui vivaient à Kamp Knox, répondit Baldvina en regardant à nouveau la photo de son fils.

– Où puis-je trouver Vilhelm ?

– Dieu seul le sait. Le pauvre est clochard. Il n'a jamais vraiment trouvé sa place. Mais c'est un brave garçon, pour sûr. C'est lui qui a le plus souffert de tout ça parmi mes enfants.

– De tout ça ? Vous voulez dire de la vie à Kamp Knox ?

– Oui, cet endroit était un enfer.

Erlendur se souvenait bien du fils de Baldvina, il revoyait ce clochard épuisé aux lunettes cassées qui avait trouvé refuge dans le caisson en béton du pipeline d'eau chaude à l'époque où il avait enquêté sur la mort de son ami Hannibal qui, après avoir longtemps connu la rue, avait été noyé dans les anciennes tourbières du quartier de Kringlumyri.

Baldvina baissait les yeux sur ses mains déformées par les rhumatismes.

– Et l'idée qu'une gamine ait mis fin à ses jours n'affolait personne.

23

La journée était avancée quand Marion parvint enfin à contacter Caroline pour lui demander de la rencontrer. La jeune femme commença par se dérober, mais Marion insista courtoisement et l'Américaine accepta une entrevue. Elle ajouta qu'elle était disponible en soirée et proposa un rendez-vous. Marion formula le souhait que cette rencontre ait lieu en tête à tête. Caroline ne comprit pas immédiatement le sens de sa requête.

– Je préférerais que nous nous voyions discrètement, je veux que nous puissions discuter en toute sérénité.

– Que voulez-vous dire exactement ? demanda Caroline.

– Essayez de vous arranger pour que nous soyons tranquilles.

– Mais pourquoi ?

– Je préférerais également que vous ne parliez à personne de notre entrevue, ajouta Marion.

– Pourquoi… pourquoi toutes ces cachotteries ?

– Nous tenons à prendre toutes les précautions. Nous avons confiance en vous, mais ne connaissons personne d'autre à la base. Nous n'essaierons pas de vous forcer à faire des choses que vous ne voulez pas. Je vous le promets.

Caroline accepta ces conditions après un long moment de réflexion, puis salua Marion un peu sèchement. Elle n'avait manifestement pas envie de rencontrer en catimini deux policiers islandais enquêtant sur un meurtre qui, à son avis, ne la concernait pas, pas plus qu'il ne concernait l'armée. Elle l'avait fait savoir sans ambages à Marion en lui expliquant qu'elle ne comprenait pas ce qu'on attendait d'elle. Marion lui avait demandé d'être patiente, de l'écouter et de décider ensuite si elle pouvait les aider ou non.

Erlendur avait suggéré que Marion aille voir Caroline sans lui. Il pensait que la prise de contact n'en serait que meilleure. Il était inutile que la jeune femme les voie tous les deux, cela risquait de la rendre plus méfiante. Marion avait accepté ses arguments avec quelques réticences avant de partir vers la lande de Misnesheidi en affrontant la nuit hivernale. Caroline lui avait expliqué au téléphone comment trouver le bowling de la base et, après avoir franchi la grille et tourné un certain temps, Marion trouva le bâtiment. Caroline avait précisé que la salle était fermée pour rénovation. Après avoir garé sa voiture à distance, ayant trouvé la porte de service ouverte, Marion se demanda pourquoi Caroline avait accès à une salle momentanément fermée. La jeune femme l'attendait, en civil : jean, t-shirt aux couleurs d'une université, blouson en cuir léger et chaussures de sport.

– Tout cela ne me plaît pas du tout, déclara-t-elle. Je me demande pourquoi je fais ça. Je ne comprends pas ce qui me pousse à accepter de vous rencontrer ici.

– En tout cas, je vous en remercie, répondit Marion en regardant les pistes désertes, les boules dans leurs supports et les publicités pour des marques de bière qui tapissaient les murs. Vous ne le feriez pas si vous n'étiez pas un peu curieuse.

– Je ne vois pas ce qui est censé piquer ma curiosité, rétorqua Caroline, vous pourriez peut-être m'éclairer.

– Bien sûr. Il y a deux choses sur lesquelles vous pourriez nous aider…

– Pourquoi moi ? Vous ne me connaissez pas du tout.

– C'est très simple, expliqua Marion. Vous et moi nous sommes de la police. Nous devrions être capables de comprendre ce qu'il faut faire sans trop compliquer les choses. Nous avons besoin d'entrer en contact avec la police de la base, mais nous préférons ne pas transformer ça en affaire d'État impliquant les généraux, les hommes politiques de droite et de gauche avec tous les ennuis qui s'ensuivent. Nous ne voulons pas mêler la presse à cette histoire, ni les opposants à la présence de l'armée américaine ici… Vous nous avez immédiatement plu, à mon collègue et moi, et nous voulions savoir si vous pouviez nous aider.

– Je ne vois pas vraiment où vous voulez en venir.

– Je veux dire qu'il est préférable de simplifier les choses plutôt que de les compliquer. Je parle de relations humaines.

– Que voulez-vous savoir ?

– Cet Islandais dont nous avons retrouvé le corps a fait une chute vertigineuse. Tellement vertigineuse que peu d'endroits nous viennent à l'esprit dans les parages.

– Et c'est arrivé à la base ?

– C'est fort probable.

– Une chute vertigineuse ? Vous pensez aux hangars à avions ?

– Oui, au 885, répondit Marion en hochant la tête. Cet Islandais y travaillait parfois en tant que technicien de maintenance quand il devait s'occuper d'appareils gérés par la compagnie qui l'employait. Cette compagnie a accès au hangar quand le travail s'accumule. Nous pensons qu'il a été témoin de certaines choses et que c'est ça qui a causé sa mort. Nous ignorons ce qu'il a vu, mais il est possible que ce soit en rapport avec une compagnie dont nous vous avons déjà parlé l'autre jour…

– La Northern Cargo Transport ?

– Exactement. Un témoin que nous avons interrogé à Reykjavik nous affirme que cette compagnie transporte des armes. On voudrait que vous vous renseigniez sur la nature de cette entreprise et ses possibles liens avec l'armée. Il faudrait aussi que vous réussissiez à savoir si elle transporte effectivement des armes. Parce que, voyez-vous, ce serait extrêmement surprenant qu'une compagnie privée s'adonne à ce genre d'activités.

– En effet, ce ne serait pas normal, convint Caroline, pensive.

– Si nous empruntons les circuits officiels, nous nous heurterons à un mur. Nos interlocuteurs nieront tout en bloc et jusqu'à l'existence même de cette entreprise ou de ses liens avec l'armée. Nous devrons évidemment finir par emprunter cette voie officielle, mais nous préférons vérifier tout ça, et par un autre canal.

– Je ne sais pas… je me demande ce que je dois croire. J'ignore qui vous êtes. Je ne sais rien de vous à part que vous dites travailler pour la police locale. Tout cela me semble plutôt… Qu'est-ce que vous voulez que je vérifie d'autre ?

– On nous a raconté que cet Islandais, ce Kristvin que tout le monde appelle Krissi, sur lequel nous avons interrogé les gens qui vivent dans les immeubles…

– Kreisi ?

– Non, il y a deux *s*… Krissi.

– Krissi ?

– C'est ça.

– C'est bizarre, cette habitude que vous avez de vous appeler entre vous par vos prénoms. J'ai du mal à m'y faire.

– C'est comme ça en Islande, répondit Marion.

– Oui, je m'en suis rendu compte.

– Vous savez peut-être aussi que les Islandaises ne prennent pas le nom de leur époux quand elles se marient.

– Oui, on m'a dit ça, ce n'est pas une mauvaise idée, observa Caroline.

– En effet, répondit Marion avec un sourire. J'espère que ça ne vous gêne pas si je vous appelle Caroline.

– Non, ça ne me dérange pas.

– Kristvin avait une petite amie, ou plutôt une maîtresse qui habite ici. D'après notre témoin, cette femme est la femme d'un militaire.

– D'un militaire américain ? s'étonna Caroline. D'habitude, c'est plutôt le cas de figure inverse, l'homme est américain et la femme islandaise.

– Oui. Nous pensons que c'est pour cette raison qu'on a retrouvé sa voiture ici. Il était sans doute venu lui rendre visite.

– Nous avons interrogé tous ceux qui occupent ces appartements, fit remarquer Caroline.

– Nous voudrions que vous y retourniez. Seule. Et que vous essayiez de prêter l'oreille aux éventuelles rumeurs. Quelqu'un sait peut-être quelque chose qui pourrait nous être utile. Même s'il ne s'agit que d'un détail. Tout a son importance.

– Vous m'en demandez beaucoup.

– J'en ai conscience, assura Marion. Nous en avons discuté avec mon collègue et nous sommes arrivés à cette conclusion : nous n'avons pas d'autre choix que de solliciter votre aide dans un premier temps et, ensuite, nous aviserons. Ce Kristvin faisait également un peu de trafic de marijuana. Il est donc possible qu'il se soit rendu dans un de ces immeubles pour cette raison, nous l'ignorons.

– Il me semble que je ne vous ai pas dit que les habitants d'ici sont répartis dans ces immeubles en fonction de leur rang militaire. L'immeuble devant lequel la voiture était garée n'héberge que de simples soldats, les sans grades qui n'ont pas fait d'études. Mais ça ne fait pas d'eux des meurtriers ou des dealers et ça ne veut pas dire que leurs femmes soient infidèles.

– Bien sûr que non, répondit Marion.

– Un bon nombre de gens se sentent bien ici et n'ont pas envie de repartir, poursuivit Caroline. Beaucoup d'Islandais travaillent avec nous et les relations sont cordiales. Nous avons ici de bonnes écoles et de bons magasins. Certes, la météo pourrait être meilleure, mais on ne peut pas tout avoir.

– C'est vrai.

– Je crains d'être forcée de vous dire non, annonça Caroline après quelques instants de réflexion.

– Vous en êtes sûre ? Vous ne voulez pas réfléchir ?

– Non, ce n'est pas possible.

– D'accord, répondit Marion. Je ne voulais pas…

– Je ne peux pas travailler contre les intérêts de l'armée que je sers. Vous le comprenez, n'est-ce pas ? Vous pouvez me dire n'importe quoi, mais vous allez devoir vous y prendre autrement. C'est… pour être honnête, toute cette conversation me semble absurde.

– D'accord. Ce que je voulais vous dire, c'est que si une forme de corruption au sein de l'armée a entraîné la mort de cet Islandais, ce sera un jeu d'enfant pour vous de fermer toutes les portes et nous ne saurons jamais ce qu'il s'est réellement passé. Nous n'avons aucun pouvoir sur l'armée et il existe en Islande des partis politiques et des puissances économiques qui rampent à ses pieds. De la même manière qu'il existe des groupes qui lui vouent une haine durable. La seule solution qui se présente à nous est d'enquêter sur cette affaire grâce à des gens comme vous et moi. De simples citoyens comme vous et moi.

Caroline regarda longuement Marion, l'air soucieux.

– Je ne peux pas vous aider, répondit-elle, résolue. Je n'informerai personne de notre entrevue, mais c'est tout ce que je peux faire. C'est bien compris ?

– C'est définitif ?

– Oui, hélas.

– En tout cas, merci d'avoir accepté de me rencontrer. J'espère que vous comprenez notre position et les raisons qui nous ont poussés à vous demander ce service. Et il serait effectivement souhaitable que vous gardiez cette conversation pour vous.

– Je peux vous le promettre. Mais pourquoi toutes ces cachotteries ? Pourquoi ne pas faire confiance à l'armée ?

– Dans cette histoire ?

– Non, de manière générale.

– Eh bien, je crois que je pourrais vous retourner la question, observa Marion. Pourquoi l'armée ne nous fait-elle pas confiance ?

– Ce n'est pas une réponse, objecta Caroline.

– L'armée nous ferme toutes les portes. Elle refuse de répondre à nos questions concernant le hangar 885 et nous ne pourrons faire pression sur elle que si nous avons en main des éléments tangibles. Nous lui avons demandé de pouvoir accéder à la base et de collaborer avec nous pour enquêter sur le décès de Kristvin. Elle nous a répondu que cette affaire ne la concernait pas. Nous avons l'impression qu'elle est extrêmement sourcilleuse dès qu'il s'agit des citoyens américains présents ici.

– Ça vous étonne ?

– Non, répondit Marion. Peut-être pas. Mais nous trouvons vos supérieurs un peu trop rigides. Ils nous envoient promener sans aucune discussion. Nous avons donc l'impression que l'armée a des choses à cacher.

– Comme quoi ?

– Eh bien, si vous pouviez par exemple…

– Non, je refuse absolument d'être mêlée à tout ça, interrompit Caroline.

– Si vous pouviez par exemple découvrir qui travaillait dans le hangar 885 au moment du décès de Kristvin, reprit Marion, si vous pouviez savoir qui y a accès.

– L'activité est à son plus bas niveau en ce moment car on y installe un nouveau système anti-incendie. Ce sont donc surtout les gardiens qui surveillent le lieu.

– Si vous pouviez me communiquer leurs noms…

– Je vous répète que vous me mettez dans une situation impossible. Vous allez devoir procéder autrement, je le crains.

Caroline consulta sa montre. Elle devait partir. L'entrevue était terminée.

– Je n'ai jamais joué au bowling, observa Marion, balayant la salle du regard et se préparant à quitter les lieux par la porte de service.

– Vous devriez essayer, c'est très sympa, suggéra Caroline avec un sourire qui effaça un instant l'expression inquiète de son visage.

24

Plongée dans le froid vespéral, la maison était étrangement silencieuse et sombre quand Erlendur gravit l'escalier et enfonça la clef dans la serrure. Les derniers propriétaires avaient déménagé depuis quelque temps, après l'avoir mise en vente. L'agent immobilier avait autorisé Erlendur à aller la visiter seul. Il lui avait confié que cette maison ne semblait pas intéresser grand monde et se demandait pourquoi. Certes, elle était assez petite par rapport aux exigences actuelles et il fallait y faire quelques travaux, mais c'était une construction solide, bâtie avant-guerre et dotée d'un joli jardin, ce qui offrait de nombreuses possibilités pour une famille, avait-il énuméré, prenant Erlendur pour un acheteur potentiel. Erlendur lui avait répondu qu'il avait simplement envie d'aller voir cette maison pour des raisons personnelles, qu'il y avait des souvenirs, ce qui n'était qu'un demi-mensonge. L'agent immobilier avait hoché la tête, sa profession l'avait accoutumé à ces demandes particulières. Il savait que ceux qui voyaient la maison de leur enfance mise en vente éprouvaient parfois le désir de la revoir pour y retrouver quelques souvenirs. Hélas, il n'avait pas le temps de l'accompagner. Il était tard et il devait rentrer chez lui, mais il lui avait proposé de lui confier les clefs s'il s'engageait à les lui rapporter le lendemain. Erlendur avait laissé échapper accidentellement qu'il était policier.

Une étrange sensation l'envahit lorsqu'il entra dans l'étroit vestibule équipé d'une patère pour les manteaux et d'une large étagère destinée à accueillir les bonnets, les écharpes et les gants. Il perçut immédiatement une odeur d'humidité qu'il mit sur le compte de problèmes d'étanchéité dans la toiture. Une porte en verre cathédrale permettait d'accéder à un petit couloir menant à la cuisine, située à droite, et au salon, en face. Un escalier montait à l'étage où se trouvaient les chambres. Il s'attarda un long moment, plongé dans le silence, détaillant du regard les lieux faiblement éclairés par un lampadaire, le lino usé, les murs qui portaient encore les traces de tableaux qu'on avait enlevés, les fenêtres autrefois habillées de rideaux.

La cuisine donnait sur la rue. L'agence avait placé à la fenêtre un écriteau *À vendre* sur lequel figurait un numéro de téléphone. L'aménagement, apparemment d'origine, était constitué de placards massifs aux poignées usées. Un petit coin-repas était installé près de la fenêtre. Erlendur tentait de retrouver le parfum des jours anciens et les voix de ceux qui avaient vécu dans cette maison au temps de sa splendeur. Les parents de Dagbjört avaient déménagé peu après le drame et, depuis, la maison avait changé deux fois de propriétaire. Elle était désormais comme abandonnée au cœur de la ville, inerte. Erlendur pensa à la ferme de ses parents, ouverte aux quatre vents, loin d'ici, dans les fjords de l'Est. Il éprouvait le même sentiment de fugacité de l'existence que lorsqu'il retournait là-bas et constatait avec regret que rien ne résistait aux assauts du temps.

Le salon, avec ses deux baies vitrées et sa porte-fenêtre, donnait sur le jardin, qui se trouvait à l'arrière et auquel on accédait par trois marches. Erlendur s'approcha d'une fenêtre et regarda la végétation en hibernation, le gazon couvert de givre, les parterres de fleurs et les groseilliers. Le jardin était soigneusement entretenu, l'herbe avait été tondue à ras avant l'hiver, les branches taillées et les bordures sarclées.

Dagbjört avait étudié le piano. Sa tante avait confié à Erlendur que ses parents lui avaient acheté un vieux piano qu'ils avaient installé dans le salon. Il imaginait l'instrument contre le mur de droite, le canapé et les fauteuils devant les fenêtres et la table de salle à manger dans la partie gauche de la pièce. Il supposait que le meuble de l'électrophone se trouvait également dans cette partie-là et imaginait les rires joyeux des jeunes filles de l'École ménagère quand elles étaient venues ici fêter l'anniversaire de Dagbjört. *Be My Little Baby Bumble Bee*.

Il gravit lentement l'escalier dont les marches craquaient amicalement comme pour lui rappeler le respect qu'il devait à cette maison déserte. Il arriva à un étroit palier moquetté donnant sur un petit couloir avec trois portes. La plus proche était entrouverte, il la poussa et découvrit la chambre conjugale. Il ne voulait pas allumer la lumière. Une faible clarté provenait de l'extérieur, ses yeux s'étaient habitués à la pénombre et il y voyait suffisamment clair. La pièce était haute de plafond au niveau de la porte, mais cette hauteur allait diminuant quand on s'approchait de la petite fenêtre qui donnait sur la rue. Un grand placard à vêtements longeait tout le mur qui partait de la porte en suivant l'inclinaison du toit.

À côté de la chambre se trouvait une petite salle de bain avec un lavabo, des toilettes, une baignoire et un miroir fixé sur une armoire à pharmacie. La chambre mansardée de Dagbjört était juste en face et sa fenêtre donnait sur le jardin du voisin. Erlendur entra. Depuis des années, il pensait à la jeune fille qui avait vécu ici, il pensait à sa vie, à son destin. Il était maintenant dans sa chambre et même si, depuis, d'autres familles étaient passées ici, il avait l'impression que jamais il n'avait été aussi proche de Dagbjört.

Remarquant immédiatement les grands sapins du jardin d'à côté qui occultaient partiellement la vue, il s'avança jusqu'à la fenêtre, regarda chez le voisin et constata que le jardin n'était pas entretenu depuis longtemps, les arbres et la végétation y avaient poussé en toute liberté. Ces sapins, bien entendu bien plus petits vingt-cinq ans plus tôt, ne devaient pas boucher la vue de Dagbjört. Erlendur se demanda si c'était toujours les mêmes occupants dans la maison voisine.

Il imagina le lit installé sous la fenêtre. La jeune fille regardait sans doute la lune et les étoiles, les astres étaient ses confidents. En passant sa main sur le mur froid de la chambre, Erlendur sentit des aspérités et des fissures. Machinalement, il se mit à tapoter la surface en prêtant l'oreille. Les murs étaient blancs, leur face extérieure en béton, mais la face intérieure était recouverte de lambris et revêtue de matériau isolant. À cette époque, on se servait bien souvent de journaux pour calfeutrer. Erlendur se disait que cela expliquait sans doute le son creux qu'il entendait quand il tapait sur la cloison en bois. Il remarqua une petite porte qu'il supposa être celle d'une remise. Le sol était en parquet verni. Il le tapotait çà et là sans vraiment savoir ce qu'il cherchait. Il n'espérait pas trouver quelque chose, il voulait seulement s'imprégner de l'atmosphère du lieu. Maintenant que c'était fait, il ne voulait pas s'attarder, il devait repartir, mais avant ça il souhaitait vérifier ce qu'il y avait derrière cette porte.

Elle se fondait si bien dans le mur qu'Erlendur ne l'avait remarquée que lorsqu'il s'était mis à ausculter la cloison. Dénuée de cadre et munie d'une serrure fermée à clef, elle montait à peine à un mètre du sol. Erlendur n'avait rien sur lui à part sa clef de voiture, il essaya de forcer la serrure sans succès, balaya la chambre du regard à la recherche d'une clef, redescendit à la cuisine et alluma la lumière en quête d'un objet susceptible d'ouvrir ce placard. Il trouva au fond d'un tiroir trois clefs de taille et de style différents qu'il remonta dans la chambre. La plus petite était celle de la remise.

Il craqua une allumette pour éclairer l'espace froid, sombre et exigu. Ce placard était vide. Il supposait que les occupants des lieux s'en étaient servis comme d'un grenier pour stocker des choses qu'ils n'utilisaient pas tous les jours. L'allumette se consuma. Il en craqua une deuxième avec laquelle il éclaira le plancher et jusqu'au plafond. Imprudent, il laissa la flamme un peu trop longtemps tout près de l'habillage en carton qui commença à brunir. Il éteignit l'allumette en toute hâte et frappa le carton, mort de peur à l'idée qu'il s'enflamme. Plongé dans la pénombre, il continuait de tapoter quand il sentit quelque chose sous ses doigts, un papier sans doute.

Il prit toutes les précautions en craquant sa troisième allumette pour éclairer le plafond et constata qu'il avait fait un trou dans l'habillage, constitué d'épais carton peint en blanc qui gondolait, sans doute sous l'effet de l'humidité. Soulagé de n'avoir pas mis le feu à la maison, il regarda dans ce trou à peine plus large qu'une pièce d'une couronne et aperçut le bois de la charpente. En examinant la zone avec plus d'attention, il découvrit une fente dans l'habillage. C'était cela qu'il avait senti sous ses doigts. Quelqu'un y avait glissé quelque chose, puis l'avait oublié là, dans le plafond du placard.

Il parvint à grand-peine à en extirper quelques feuilles de papier pliées, s'assura qu'il n'y avait rien d'autre à cet endroit surprenant, et s'approcha de la fenêtre pour les examiner. La lumière étant insuffisante, il retourna à la chambre qui donnait sur la rue où il faisait nettement plus clair.

Il tenait à la main quelques pages, sans doute arrachées dans un cahier. L'écriture belle et précise, tracée au crayon à papier, semblait par endroits presque trop enjolivée. Une des feuilles portait dans la marge plusieurs mentions du prénom Dagbjört, comme si la jeune fille avait cherché à s'inventer une signature. Ces pages étaient une bouteille à la mer revenue du passé que Dagbjört n'avait voulu montrer à personne, sans pour autant souhaiter s'en débarrasser. Certaines annotations étaient datées, d'autres non. Erlendur voyait l'écriture manuscrite mûrir au fil du temps. Des années séparaient les premières notes des dernières, on y assistait à l'éclosion d'une jeune fille. La plus ancienne remarque était une déclaration d'amour remontant à l'époque où Dagbjört était en dernière année de collège. Elle avait été amoureuse d'un garçon qu'elle appelait Tommi et avait dessiné de petits cœurs rouges autour de son prénom. Sur une autre page, on apprenait qu'elle s'était disputée avec une camarade d'école dont elle taisait le nom. La dernière entrée consistait en quelques phrases, griffonnées le jour où elle avait fêté ses dix-huit ans.

C'est affreusement gênant. Je ne sais même pas si je dois en parler à papa et maman. Il a pourtant l'air tellement gentil. Et c'est notre voisin. Il s'imagine sans doute que je ne le vois pas. Debout à sa fenêtre, la lumière éteinte, il me regarde me coucher. Et quand j'éteins ma lampe, je le vois qui part se cacher dans le noir. Mon Dieu, ce que c'est bizarre. Qu'est-ce qu'il fait donc ? Pourquoi est-ce qu'il m'espionne comme ça ?

Erlendur relut les mots de la jeune fille avant de lever les yeux des pages manuscrites, cerné par le silence, les ténèbres et l'oubli.

25

En revenant vers Reykjavik, Marion fit une halte à l'ancien sanatorium. Cette visite était prévue depuis un moment, mais le temps lui avait manqué, de même qu'un motif valable. Le motif en question lui était maintenant parvenu, sous la forme d'une lettre expédiée du Danemark. Peut-être son besoin de se rappeler les années endeuillées par la tuberculose s'était-il atténué au fil du temps. Ses passages au sanatorium étaient de plus en plus rares et il y avait bien longtemps que Marion n'avait marché jusqu'au cairn de Gunnhildur, au sommet de la colline de Vifilsstadahlid. Si les malades parvenaient à monter seuls jusqu'à Gunnhildur, cela signifiait qu'ils étaient en voie de guérison. À cette époque, Vifilsstadir abritait un sanatorium où Marion avait séjourné pour soigner son poumon malade. Plusieurs de ses camarades n'avaient pas survécu.

On voyait encore, collée au versant ouest du bâtiment principal, la salle de repos où les patients venaient s'allonger, respirer l'air pur et reprendre des forces. Aujourd'hui, elle tombait en ruine après des années de négligence. Marion se gara à proximité, puis avança entre les fenêtres aux vitres cassées et les murs à la peinture écaillée. Les lampadaires de l'hôpital projetaient une lumière pâle sur les abords du lac de Vifilsvatn. La tuberculose étant aujourd'hui éradiquée, l'hôpital accueillait des gens atteints de diverses pathologies respiratoires.

Debout dans la salle de repos vétuste, Marion sentait le froid l'envahir et se souvenait des visiteurs qui venaient ici le week-end et devaient rester à l'extérieur, au pied des fenêtres, pour parler à leurs proches et éviter tout risque de contagion. Marion avait conservé de cet hôpital et de celui de Kolding au Danemark beaucoup de souvenirs douloureux. Sa grand-mère avait organisé son voyage là-bas, ce qui lui avait permis de recouvrer la santé. Il y avait également à Kolding une jeune fille, Katrin. Cette dernière avait survécu à la tuberculose au prix d'une ablation de plusieurs côtes qui avait permis de débarrasser son poumon malade de l'infection. Leur amitié s'était muée en une sorte de liaison amoureuse au fil des ans, même si Katrin ne venait que rarement en Islande. Elle vivait la plupart du temps à l'étranger et travaillait pour des organismes humanitaires dans le monde entier. Marion n'avait plus de nouvelles depuis longtemps, mais une lettre était arrivée du Danemark ce matin même, envoyée par la mère de son amie.

Le pli était dans sa poche, lu et relu jusqu'à ce que les mots se gravent dans son esprit. La mère de Katrin lui annonçait le décès de sa fille. On lui avait diagnostiqué un cancer l'année de son dernier voyage en Islande. Elle avait alors rompu avec Marion, pensant qu'il ne lui restait qu'une année à vivre. Elle en avait vécu six de plus. Conformément à ses souhaits, elle avait été incinérée et ses cendres répandues dans le fjord de Kolding.

Marion sortit la missive pour la lire une fois encore à la clarté crépusculaire des lampadaires de l'hôpital en pensant à Erlendur et à la passion qu'il nourrissait pour les gens qui disparaissaient subitement de manière accidentelle ou mouraient de froid, perdus dans les hautes terres d'Islande. Un jour, Marion l'avait trouvé plongé dans un livre qui racontait ce genre d'histoires. Ce jeune policier piquait constamment sa curiosité. Il faisait tout à sa manière, personnelle, il avait quelque chose de vieillot et d'anachronique, ne parlait jamais de lui, n'appréciait pas vraiment la ville et ne s'intéressait pas au présent sauf pour exprimer son agacement face à l'époque actuelle. Buté, il faisait preuve d'une indépendance hors norme, n'éprouvait jamais le besoin de faire part de ses sentiments et passait son temps plongé dans son étrange passion, les récits de disparitions.

– Qu'est-ce que tu trouves de si intéressant à toutes ces épreuves et ces morts ? lui avait demandé Marion.

– Elles sont très instructives, avait répondu Erlendur, et nous apprennent beaucoup sur ces gens.

– Qui ont tous en commun d'avoir trouvé la mort dans des conditions effroyables, non ?

– Oui, on peut dire ça.

– Mais qu'est-ce qui est tellement instructif ? Ces gens qui se sont perdus ? Ceux qui sont morts ? Qu'est-ce que tu vois d'intéressant là-dedans ?

Erlendur avait eu du mal à répondre.

– Pourquoi ces questions ?

– Parce que j'aimerais bien comprendre, avait insisté Marion. Je ne connais personne, à part toi, qui passe sa vie plongé dans ces trucs-là.

– Je n'y passe quand même pas toute ma vie.

– En tout cas, tu te passionnes pour ces histoires de disparitions.

– Je m'intéresse à ceux qui résistent, avait précisé Erlendur. À ces gens qui survivent à des conditions extrêmes. Comment y parviennent-ils ? Pourquoi certains survivent-ils alors que d'autres périssent quand ils sont confrontés aux mêmes dangers ? Pourquoi certains se perdent-ils et d'autres pas ? Quelles erreurs commettent-ils ? Comment peut-on éviter les erreurs en question ?

– Mais je sens autre chose derrière l'intérêt que tu portes à ces histoires.

– Je ne vois pas.

– J'ai l'impression que ces récits ont pour toi un sens bien particulier.

– Non, je…

– Je me trompe ?

Erlendur avait longuement regardé Marion, se demandant s'il devait lui dire le fond de sa pensée.

– Ce n'est peut-être pas forcément… peut-être pas uniquement la question de ceux qui meurent ou qui se perdent, mais plutôt…

– Oui ?

– … plutôt de ceux qui restent, ceux qui doivent lutter contre les questions laissées en suspens. C'est peut-être ça qui est le plus intéressant.

– Est-ce que ces histoires parlent aussi de ceux qui restent ?

– Bien trop rarement.

– Si je comprends bien, ce qui t'intéresse, ce sont ceux qui restent et se débattent avec le deuil ?

– Peut-être, avait reconnu Erlendur. Eux aussi, ils sont importants. "Lequel des deux je suis, celui qui survit ou l'autre qui meurt ?" Je me pose parfois la question.

– Tu aimes Steinn Steinarr ?

– Je crois que les gens qui ont vécu un deuil traumatisant ont l'impression d'être eux-mêmes un peu morts, il m'est difficile d'être plus clair.

Marion relut la lettre en se rappelant cette conversation avec son équipier et la citation du poète.

L'enveloppe contenait une feuille de papier pliée contenant un peu des cendres de Katrin. La mère s'était conformée aux souhaits de sa fille en lui envoyant cet ultime adieu. N'ayant pas trouvé de meilleur endroit, Marion déplia la feuille et regarda les cendres se disperser au vent avant de ranger cette lettre arrivée du Danemark, le regard fixé sur la poussière qui se perdait dans la nuit, méditant sur l'interrogation de Steinn Steinarr jusqu'au moment où ses yeux bleu clair débordèrent de larmes.

26

Deux jours plus tard, Erlendur reçut un appel inattendu. Caroline avait d'abord demandé Marion qui, chose exceptionnelle et au grand étonnement de ses collègues, était en congé maladie. En apprenant son absence, Caroline avait prié le standard de bien vouloir lui passer Erlendur. Au courant de leur entrevue infructueuse, il avait été surpris d'apprendre que Caroline souhaitait s'entretenir avec lui. Assis dans son bureau, il parcourait une fois encore le dossier concernant Dagbjört. Il le faisait en douce, l'enquête sur la mort de Kristvin avait priorité sur tout le reste aux yeux de la Criminelle. Mais Dagbjört l'obsédait plus que jamais : il avait découvert que l'homme vivant dans la maison voisine n'avait pas déménagé depuis l'époque de la disparition.

Caroline l'appelait pour une raison très simple. Elle avait retrouvé la femme qui avait eu une liaison avec Kristvin.

– Vous en êtes sûre ? demanda Erlendur.

– Évidemment que j'en suis sûre, s'agaça-t-elle. Sinon, je ne vous appellerais pas. Vous pouvez la rencontrer si vous le souhaitez. Elle est prête à vous dire ce qu'elle sait mais préfère que cela se fasse discrètement, enfin, si c'est possible.

– Ça, c'est son problème.

– Je ne lui ai rien promis.

– Marion ne travaille pas aujourd'hui, mais je peux vous rejoindre d'ici une heure.

– Alors venez, répondit Caroline avant de lui communiquer quelques précisions et de le saluer d'un ton sec.

Quand il arriva à la base, elle lui expliqua comment elle avait retrouvé cette femme après sa conversation avec Marion dans la salle de bowling. L'intéressée vivait dans l'immeuble réservé aux simples soldats qu'ils avaient exploré ensemble quelques jours plus tôt. Avec méthode, Caroline s'était procuré la liste des habitants de ces immeubles, avait sélectionné les femmes mariées qu'elle avait ensuite interrogées en tête à tête. Certaines occupaient un emploi à la base, d'autres étaient mères au foyer. L'une d'elles, mariée à un soldat de l'armée de terre, travaillait au Piex. Caroline se souvenait très bien de l'expression inquiète qu'elle avait tenté de dissimuler lorsque la police islandaise lui avait demandé si elle connaissait Kristvin. Bien qu'elle fût seule chez elle, Caroline avait eu l'impression qu'elle leur cachait quelque chose. Elle l'avait ensuite croisée au magasin en allant faire des courses et lui avait à nouveau posé des questions concernant Kristvin et la Corolla. La femme campait sur ses positions, assurant qu'elle ne comprenait pas son insistance et ne connaissait pas cet Islandais.

Caroline était retournée la voir dans la soirée. La femme lui avait répété qu'elle n'avait rien à lui dire, mais avait toutefois mis de l'eau dans son vin quand la policière l'avait menacée de lui faire subir un interrogatoire parce qu'on la soupçonnait d'être impliquée dans le meurtre de Kristvin. Jurant ses grands dieux qu'elle n'avait rien à voir avec cette histoire, elle avait fini par avouer à contrecœur que Kristvin ne lui était pas tout à fait inconnu. Elle avait ajouté qu'elle craignait son époux et se demandait comment il réagirait s'il apprenait qu'elle l'avait trompé avec un Islandais, d'autant qu'il ne les aimait déjà pas beaucoup. Caroline lui avait demandé s'il était possible que son mari soit déjà au courant de son infidélité et qu'il ait réagi en conséquence. Non, c'est absolument exclu, avait-elle répondu. Avec Kristvin, ils avaient pris toutes les précautions. Elle lui avait assuré que son mari n'était au courant de rien.

Caroline avait demandé à Erlendur de les retrouver derrière le Piex et quand il arriva, à peine une heure plus tard, les deux femmes l'attendaient. Elles prirent place dans sa voiture. Caroline lui demanda de rouler en direction de l'aéroport islandais. Il se gara sur une place de parking comme l'aurait fait n'importe quel autochtone venu chercher des amis ou de la famille rentrant de l'étranger.

Caroline s'était installée à l'arrière du véhicule avec Joan. Cette femme replète, avec une chevelure blonde luxuriante et l'air bienveillant, leur expliqua qu'il lui arrivait de remplacer une de ses amies comme barmaid à l'Animal Locker, également surnommé le Zoo. C'était dans ce club pour simples soldats qu'elle avait rencontré Kristvin. Il était là avec des copains, sans doute aussi techniciens de maintenance, pensait-elle, et ils avaient engagé la conversation au comptoir. Il lui avait confié adorer l'Amérique, il y avait fait ses études et affirmait qu'il pouvait envisager de retourner y vivre. Il pouvait exercer sa profession n'importe où dans le monde et n'aurait aucun mal à trouver du travail en terre promise. Des compagnies aériennes réputées lui avaient proposé de l'employer à la fin de ses études, il ne manquait pas de projets pour l'avenir. Voilà ce qu'il avait dit à Joan à l'Animal Locker, en frimant un peu devant la barmaid.

– Et alors, vous vous êtes revus ? demanda Caroline.

– Vous m'avez promis que cette conversation resterait entre nous, répondit-elle avec un accent chantant. Erlendur se dit qu'elle venait sans doute du sud des États-Unis. Montée en voiture une cigarette aux lèvres, Joan venait déjà d'en allumer une deuxième.

– On verra.

– Non, vous m'aviez donné votre parole.

– Vous savez bien que je ne peux pas faire ce genre de promesse, objecta Caroline. L'affaire est très sérieuse, j'espère que vous en êtes consciente…

– Mais vous aviez promis.

– Je n'ai rien promis du tout. Voyons ce que vous avez à dire et nous aviserons. Je suis certaine que la police islandaise vous sera très reconnaissante d'avoir bien voulu coopérer avec elle, ajouta Caroline en regardant Erlendur.

Erlendur confirma d'un hochement de tête.

– Que s'est-il passé après votre rencontre à l'Animal Locker ? demanda-t-il.

– Il ignorait que j'étais mariée, expliqua Joan, je ne le lui avais pas dit, en tout cas, pas de suite. Nous nous sommes vus trois fois, une fois à l'hôtel dans la ville en contrebas, je ne me souviens jamais comment elle s'appelle.

– Keflavik ?

– Ah oui. Et deux fois chez moi quand Earl est parti au Groenland, Earl, c'est mon mari, précisa-t-elle.

– Ce n'est pas la première fois que vous le trompez, n'est-ce pas ? questionna froidement Caroline.

– Qu'est-ce qui vous fait dire ça ?! rétorqua Joan, surprise.

– Mon intuition.

– Je n'ai pas envie d'être jugée… Je ne sais pas ce que…

– Je ne vous juge pas. Et quand bien même…

– Earl est…

Joan s'interrompit. Erlendur la sentait bouillir de colère.

– Salope ! cracha Joan. Une fille de ton espèce n'aurait pas eu le droit de me parler comme ça il y a encore dix ans !

– Quoi ? Comment vous m'avez appelée ?

– Tu as bien entendu.

– Parce que je suis noire ? C'est ça ?

– Je t'interdis de me parler sur ce ton, reprit Joan en éteignant sa cigarette dans le cendrier de la portière avant d'en attraper une troisième qu'elle alluma aussitôt. J'interdis aux négresses comme toi de me parler sur ce ton.

– Je vous parle comme je veux. Pauvre fille ! souffla Caroline. Estimez-vous heureuse que je ne vous mette pas au trou pour insultes.

– Vous devriez entendre les choses qu'Earl dit sur les gens comme vous. Il les déteste.

– Les gens comme nous ?

– Exactement, les gens comme vous.

– Earl est… quoi donc ? glissa Erlendur. Vous alliez dire quelque chose à propos de votre mari.

Joan fusilla Caroline du regard puis se tourna vers lui.

– Earl ne me voit même pas, plaida-t-elle d'un ton mélancolique. Il n'est jamais à la maison et ne s'occupe pas de moi. Il n'a en lui aucun amour, aucune chaleur. J'ai beau faire tous les efforts du monde, il est toujours aussi distant et on ne passe jamais de temps ensemble. Il est toujours par monts et par vaux. Ça fait longtemps que ça dure et ça pèse beaucoup sur notre couple, ça le menace énormément.

Erlendur éprouvait une certaine compassion pour cette femme, même s'il avait l'impression que ce n'était pas la première fois qu'elle tenait ce discours. Sans doute l'avait-elle également servi à Kristvin.

– Par conséquent, ça ne vous pose aucun problème de vous amuser un peu avec d'autres hommes ? lança Caroline.

– Ta gueule ! Ça n'a rien à voir avec ça ! s'écria Joan, avant de chercher un peu de réconfort auprès d'Erlendur : Je ne m'amuse avec personne.

– En fait, s'entêta Caroline, vous préférez vous faire des gars comme Kristvin, des Islandais qui viennent boire à l'Animal Locker, plutôt que coucher avec les amis soldats de votre mari.

Joan ne daigna même pas lui répondre.

– Par conséquent, si j'ai bien compris, votre mari n'était pas en Islande la dernière fois que vous avez vu Kristvin ? demanda Erlendur en faisant les gros yeux à Caroline pour qu'elle laisse Joan tranquille pendant quelques instants.

– Non, il n'était pas là et il n'est pas encore rentré, mais j'attends son retour, il ne va plus tarder.

– Pouvons-nous vérifier tout cela ? demanda Erlendur en se tournant vers Caroline.

– Je n'y manquerai pas, croyez-moi !

– La dernière fois que Kristvin est passé vous voir, il est venu en voiture ? reprit Erlendur.

– Oui, il s'est garé quelques immeubles plus loin. Nous avons passé environ deux heures ensemble, puis il est reparti vers vingt-trois heures.

– Vous a-t-il dit s'il prévoyait de rentrer chez lui ?

– Je suppose, mais je ne suis pas sûre. En tout cas, il n'a pas dit qu'il allait ailleurs.

– Vous saviez qu'on lui avait crevé ses pneus ?

– Non, je n'étais pas au courant. Il a pris sa voiture pour venir me voir et je suppose que ça s'est passé pendant qu'il était chez moi.

– Donc il est parti, il a trouvé sa voiture dans cet état et, voyant qu'il ne pouvait pas la réparer dans l'immédiat, a simplement décidé de continuer sa route ? C'est bien ça ?

– J'ignore ce qui s'est passé après son départ, répondit Joan. Je vais devoir retourner à mon poste au Piex. Vous m'avez fait une peur bleue quand vous êtes venus frapper à ma porte pour me poser des questions et j'ai été tellement bouleversée d'apprendre qu'il…

– Pour l'amour de Dieu, ne me racontez pas que vous l'aimiez ! coupa Caroline.

– Fermez-la ! Je vous interdis de piétiner les sentiments des autres. Vous ne me connaissez pas du tout. Vous ne savez rien de ce que je ressens.

– Non, c'est certain.

– Savez-vous auprès de qui Kristvin se procurait de la marijuana ? demanda Erlendur.

– Je l'ignore.

– Vous en êtes sûre ?

– Je ne sais pas où il en trouvait.

– Mais vous saviez qu'il en consommait ?

– Non, vous me l'apprenez.

– Et vous n'avez naturellement jamais entendu parler de ce genre de choses, s'agaça Caroline.

– Taisez-vous, ce n'est pas à vous que je parle, tonna Joan.

– Comment a-t-il été admis dans cet endroit, cet Animal Locker ? demanda Erlendur. Il redémarra son moteur, préférant reconduire Joan avant qu'elle et sa compatriote n'en viennent aux mains.

– Comment ça ?

– Normalement les Islandais ont besoin d'un parrain pour accéder à ce genre d'endroit. Comment dites-vous, déjà ?

– Ah, vous voulez parler des *sponsors* ?

– Oui, qui était son… *sponsor* quand vous l'avez rencontré ?

– Je ne le connais pas. Je crois que c'est un gars qui venait d'arriver à la base, répondit Joan en tirant sur sa cigarette. Kristvin m'a seulement parlé de W. Je n'en sais pas plus. Je crois qu'il l'appelait simplement W.

– W ? Et c'est tout ?

– Oui. Je ne sais pas non plus comment ils se sont connus. Aucune idée. Je n'ai jamais vu ce type. Je crois d'ailleurs qu'il avait déjà quitté le Zoo quand… quand j'ai rencontré Kristvin.

– Il ne vous en a pas dit un peu plus sur ce W ?

– Non. Je ne sais pas qui c'est. Je n'en ai aucune idée, répéta Joan.

– Il fait partie des soldats de la base ?

– Je n'en sais rien et ça ne sert à rien de me répéter vos questions. Je ne sais rien de cet homme.

– Ce club, c'est quel genre d'endroit ?

– Quel genre ? Le club des officiers est le bar le plus chic, mais il est réservé au gratin. L'Animal Locker est au bas de l'échelle. Il est fréquenté par les simples soldats, ce qui explique pourquoi on l'appelle aussi le Zoo. Il y a parfois là-bas des bagarres phénoménales, au point qu'on sert maintenant les clients dans des gobelets en plastique. Les verres étaient devenus trop dangereux ! Voilà, c'est ce genre de club. Mais vous n'avez qu'à lui poser la question à elle, ajouta Joan en désignant Caroline. Elle est cliente.

27

Caroline et Erlendur restèrent dans l'habitacle saturé de fumée et Joan descendit derrière le Piex sans même leur dire au revoir. Arrivée au niveau du capot, elle se retourna et leur adressa un doigt d'honneur à travers le pare-brise avant d'entrer dans le magasin dont elle claqua la porte. Erlendur supposait que son geste était destiné à Caroline qui le rejoignit à l'avant et semblait partager son opinion.

– *Fuck you too, bitch*, déclara-t-elle sans perdre son calme olympien.

– Elle porte une perruque, non ? s'enquit Erlendur, en pensant à la sœur de Kristvin.

– Oui, cette fille est une caricature de Dolly Parton.

– Vous pensez qu'elle est malade ?

– Parce qu'elle porte cette choucroute sur la tête ? Sans doute !

– Vous devriez la surveiller, conseilla Erlendur. Je ne suis pas sûr qu'on doive croire tout ce qu'elle nous raconte.

– Je dirais plutôt qu'il ne faut pas en croire un mot, convint Caroline, mais c'est sans doute la dernière personne à avoir vu cet Islandais vivant. En outre… Je vais vérifier ce qu'elle nous a dit sur son mari, on verra bien si elle nous a menti.

– Vous ne voulez pas l'arrêter immédiatement ?

– Laissons-la mariner un moment, suggéra Caroline. Je l'aurai à l'œil. Mais vous avez raison, elle n'est pas fiable. On se demande quoi penser.

– Vous fréquentez ce club ? Cet Animal Locker ?

– J'y vais de temps en temps. J'y ai croisé Joan une ou deux fois, toujours à minauder avec les clients. Une vraie traînée.

– Vous n'y auriez pas aussi croisé Kristvin ?

Caroline le fixa.

– Je vous l'aurais dit quand vous m'avez montré sa photo.

– Et pas non plus ce W ?

– Non, s'agaça la jeune femme.

– Marion m'a expliqué que vous refusiez de nous aider.

– En effet.

– Pourquoi avoir changé d'avis ?

– Je ne sais pas. J'ai d'abord cru que votre collègue me demandait d'espionner mes amis de la base, mais en réfléchissant j'ai compris que je me trompais. En plus, il n'y a pas grand-chose à faire ici. Ça change un peu de la routine. Et j'avais des soupçons concernant cette idiote.

– Vous parlez de Joan ?

– Je l'ai trouvée coincée et bizarre quand nous sommes passés la voir chez elle. J'ai repensé à ça après le départ de Marion et je me suis dit que j'allais essayer de la cuisiner un peu. Ça a fonctionné. Je n'ai pas vraiment fait ça pour vous aider, mais surtout parce que j'avais envie de savoir si elle nous avait menti.

– Vous connaissez d'autres femmes de militaires qui fréquenteraient des Islandais ?

– En général, c'est plutôt la situation inverse, comme je vous l'ai déjà dit. Le cas de Joan est particulier, dans ce domaine.

– Et dans les autres ?

– Pour ce qui est du reste, elle est complètement prévisible, assura Caroline en éclatant de rire, dévoilant ses dents blanches.

– Si elle dit vrai, si Kristvin l'a quittée ce soir-là, s'il a retrouvé sa voiture avec les pneus crevés et qu'il a continué sa route… que devons-nous en penser ?

– Il a sans doute rencontré quelqu'un.

– Par hasard ? Il avait rendez-vous ? Où est-ce qu'il allait ? À moins que quelqu'un l'ait attendu quand il sortait de chez Joan ? Et que ce quelqu'un lui ait crevé ses pneus ?

Caroline fixait le pare-brise en silence.

– Vous pouvez vous renseigner sur ce W ? poursuivit Erlendur. Vous pensez qu'il y a moyen de découvrir son identité ?

– Je peux essayer. Je n'ai jamais entendu parler de personne se faisant appeler W, mais ça ne veut rien dire. Je peux trouver les noms qui commencent par cette lettre dans la liste des militaires.

– Vous ne risquez pas de vous mettre en danger, n'est-ce pas ? s'inquiéta Erlendur après un silence.

– Non, je ne crois pas. Vous savez, les gens qui vivent ici sont très pacifiques, même si vous pensez le contraire.

– Je n'ai jamais dit autre chose.

– Marion m'a dit que vous étiez contre l'armée.

– C'est une autre histoire qui n'a rien à voir avec les gens comme vous qui vivez ici.

– Dans ce cas, il y a des choses qui m'échappent, répondit Caroline. Je pensais qu'on était unis contre un ennemi commun.

– Je ne vois pas de quel ennemi vous parlez, observa Erlendur.

– Ah bon ? Vos eaux territoriales grouillaient pourtant de navires militaires britanniques il y a quelques années, non ? À cause de querelles sur les zones de pêche, des fameuses guerres de la morue. Les Britanniques étaient bien vos ennemis ? Et les autorités américaines ont dû s'en mêler pour vous en débarrasser puisque vous n'avez pas d'armée.

– Eh bien, justement.

– Justement quoi ?

– Je pense qu'il vaut mieux qu'on règle nos problèmes par nous-mêmes plutôt que de ramper devant des puissances militaires comme la vôtre. Mais ça n'engage que moi.

– Dans ce cas, il faudrait que vous ayez votre propre armée, souligna Caroline.

– Nous n'en avons pas besoin. Nous n'avons jamais eu besoin d'armée. Nous perdrions toutes nos guerres, mais nous le ferions avec panache et honneur.

– Si je puis me permettre, vous êtes quand même un peu bizarre.

– Sans doute, convint Erlendur.

– Est-ce que, par hasard, vous vous sentez supérieurs à nous ?

– Supérieurs ? Non, où allez-vous chercher cette idée ?

– Vous savez que vous n'êtes pas des anges, reprit Caroline. Vous n'êtes pas les derniers à introduire de la drogue à la base. Vous échangez de l'herbe contre de la bière, de l'alcool ou des cigarettes avec les militaires. Et même contre des dindes et du jambon ! Il y a longtemps qu'on sait tout ça.

– Nous le savons aussi, évidemment. Je ne juge absolument personne.

– Vous êtes vraiment certain de vouloir que je vous aide ? demanda Caroline.

– Bien sûr, ça n'a rien à voir avec l'opinion que j'ai de votre base militaire.

– Soit, mais ce n'est peut-être pas mon avis, déclara Caroline, faisant comprendre à Erlendur qu'il l'avait mise en colère. J'ai peut-être quand même mon mot à dire ! Je ne suis pas certaine de vouloir continuer dans cette voie et, pour être honnête, je suis résolument contre les manigances auxquelles je me livre avec vous et votre collègue. Résolument ! Je ne sais pas pourquoi je me suis laissé convaincre. Je ne comprends pas !

Caroline descendit derrière le Piex et claqua la portière avec une telle violence que la voiture trembla tout entière. Puis elle partit, furieuse.

Erlendur rentra vers Reykjavik, plongé dans ses pensées. Il se demandait s'il ne devait pas informer les autorités militaires de l'apparition de ce nouvel élément. Plus il réfléchissait, plus il se disait que la police islandaise ne pouvait pas faire reposer toute son enquête sur les épaules de Caroline. Cela dit, grâce à son aide, ils avaient en leur possession des informations que les autorités islandaises auraient eu le plus grand mal à obtenir, voire n'auraient jamais obtenues. Caroline était immédiatement devenue un contact important pour les deux policiers confrontés à un univers dans lequel ils avaient du mal à s'orienter. Erlendur craignait surtout de la mettre en danger. On ne savait pas à quoi s'attendre. Il n'avait aucune idée de la nature des risques possibles et aucun moyen de les évaluer. Il ne connaissait rien à la vie sur la lande de Midnesheidi, derrière la clôture. Tout ce qu'il savait, c'est que la plupart de ces gens avaient accès à des armes alors que les policiers islandais n'en avaient aucune.

Il alluma la radio pour écouter les informations et se retrouva immédiatement plongé dans un autre univers, nettement plus familier. On attendait encore de pouvoir partir à la recherche des deux amis dont on n'avait toujours aucune nouvelle. Ils étaient montés sur la lande d'Eyvindarstadaheidi où le blizzard se déchaînait. Un journaliste interviewait un vieux paysan qui connaissait parfaitement la région et tenait des propos inquiétants : leur seul espoir était de s'abriter dans un des refuges pour randonneurs qu'on trouvait sur les terres inhabitées.

Erlendur éteignit la radio, frissonnant à l'idée des deux hommes en danger sur la lande.

28

La porte s'ouvrit au terme d'une longue attente. L'homme dévisagea Erlendur comme s'il ne recevait jamais aucune visite. Le policier avait frappé à trois reprises, chaque fois un peu plus fort, et s'apprêtait à repartir quand, enfin, le battant s'était ouvert en grinçant légèrement. Le propriétaire des lieux l'observa sans rien dire jusqu'au moment où, n'y tenant plus, Erlendur rompit le silence.

– Vous êtes bien Rasmus ?

– Que… qu'est-ce que vous me voulez ?

– Je cherche des informations sur votre ancienne voisine, une jeune fille qui s'appelait Dagbjört, répondit Erlendur.

À nouveau, l'homme le regarda longuement sans un mot. La maison ne portait pas de numéro, aucun nom n'était indiqué sur la porte, le garage le long d'un des murs était apparemment vide. Le jardinet à l'avant était aussi en friche que la partie arrière qu'Erlendur avait vue depuis la fenêtre de Dagbjört. Cette négligence affectait également la maison à un étage qui n'avait connu aucun ravalement depuis des années. Les rambardes en acier des balcons étaient rouillées et des coulures brunâtres s'étalaient sous les fenêtres. Des plantes envahissaient les gouttières obstruées. Les fenêtres crasseuses et les épais rideaux sales occultaient entièrement l'intérieur des pièces. Erlendur avait mené sa petite enquête. Autrefois, cette maison avait eu deux propriétaires, Margit Kruse, une Danoise décédée depuis vingt ans, et son fils Rasmus, désormais unique occupant des lieux, célibataire et sans enfants.

– Dagbjört ? répéta l'homme comme s'il se souvenait vaguement du prénom ou s'efforçait de se rappeler où il l'avait entendu.

– Elle vivait juste à côté, précisa Erlendur. Elle a disparu en 1953. Vous habitiez déjà ici à l'époque, c'est bien ça ? En 53 ?

L'homme ne répondit pas. Erlendur se disait qu'il réfléchissait sans doute à la manière la plus simple et la plus rapide de se débarrasser de ce visiteur importun. Cela ne signifiait toutefois pas qu'il ait quelque chose à se reprocher. Les ermites de son espèce tenaient en général à leur tranquillité. Erlendur le comprenait assez bien.

– Vous vous souvenez d'elle ?

– Pourquoi… pour quelle raison vous vous intéressez à cette histoire ? demanda Rasmus.

Erlendur expliqua en quelques mots que la tante de Dagbjört lui avait demandé d'enquêter sur sa nièce. Il observait Rasmus tandis qu'il lui exposait la raison de sa visite. L'homme devait avoir environ cinquante-cinq ans, dix de plus que Dagbjört. Il avait des cheveux grisonnants et gras qui collaient à son crâne, un visage émacié et pâle, fendu de lèvres si minces qu'elles en étaient presque immatérielles et parvenaient à peine à dessiner une petite bouche féminine, qu'il entrouvrait juste assez pour dévoiler ses petites dents jaunies quand il parlait. Son jean élimé maintenu par des bretelles luisait de crasse et sa chemise marron était usée jusqu'à la corde. Il portait de vieilles claquettes aux pieds. Le détail le plus frappant chez lui, c'étaient ses gros yeux durs et brillants qui affleuraient comme deux cailloux sur sa peau pâle. Erlendur se demandait si ce regard flottant qui le toisait avait également, jadis, épié la fenêtre de Dagbjört.

– C'est pourquoi, conclut-il, je me suis dit que nous pourrions peut-être nous asseoir un moment tous les deux pour discuter. Vous étiez voisins et…

– Je crains que ce ne soit pas possible, objecta Rasmus. Je ne peux pas vous aider, hélas. Passez une bonne journée !

Il referma sa porte. Erlendur resta un long moment à s'interroger sur l'opportunité d'une seconde tentative. S'il voulait que cet homme lui parle, il allait devoir s'y prendre autrement. Au lieu de repartir, il se rendit dans le jardin, à l'arrière, et se posta de manière à pouvoir observer la fenêtre de Dagbjört entre les sapins. Depuis cet endroit, au ras du sol, on ne voyait quasiment que le plafond de la chambre. Il se retourna et regarda la maison de Rasmus. Les deux grandes fenêtres de l'étage étaient sans doute celles du salon depuis lequel il avait sans doute été facile d'épier la jeune fille à l'époque où les arbres n'étaient pas aussi haut. Erlendur vit un rideau bouger au rez-de-chaussée. Rasmus le surveillait, mais ne semblait pas avoir l'intention de faire la moindre remarque quant à cette intrusion sur sa propriété privée. Le policier sortit les feuilles manuscrites du journal intime et relut une fois de plus le mot de Dagbjört, surprise par l'étrange comportement de son voisin tapi dans la pénombre lorsqu'elle se mettait au lit. Il relut la question qu'elle avait couchée sur le papier avant de la dissimuler dans son placard. Qu'est-ce qu'il fait donc ?

– Sortez immédiatement de mon jardin ! s'écria Rasmus, qui avait ouvert la porte à l'arrière de sa maison. Vous n'avez pas le droit d'être ici !

– Je suppose que vous avez connu Dagbjört, insista Erlendur.

– Ça ne vous regarde pas ! Allez-vous-en ! Partez ou j'appelle la police !

– Ça tombe bien, la police, c'est moi, rétorqua Erlendur.

– Comment ça ?

– Je suis policier. Je voudrais seulement parler un peu avec vous de Dagbjört et je dois vous avouer que votre réaction est très surprenante.

– Surprenante ? Comment ça ?

– Vous préférez peut-être que je revienne accompagné, avec une autorisation de perquisition et un mandat d'amener.

– Un mandat d'amener ?! C'est-à-dire ? Me concernant, moi ? Et accompagné par qui ?

Erlendur hocha la tête. Il s'en voulait d'avoir recouru à de tels procédés. Il était si facile de déstabiliser cet ermite, de profiter de la détresse qu'il avait lue dans son regard. De la pâleur de ce visage dénué de relief et de vie. De l'isolement dans lequel il vivait et dont il ne concevait pas de sortir un jour.

– Vous étiez le voisin le plus proche de Dagbjört, reprit-il. La fenêtre de sa chambre donnait sur votre salon, ce qui vous permettait d'observer ses allées et venues.

Rasmus recula vers l'intérieur de sa maison.

– Vous la connaissiez bien ? s'entêta Erlendur.

Rasmus Kruse referma la porte et le rideau qui l'occultait sans un mot. Erlendur ne bougea pas d'un pouce. Un long moment s'écoula, le rideau bougea à nouveau, la porte s'ouvrit et Rasmus passa sa tête à l'extérieur.

– Je vous ai dit de sortir de mon jardin, cria-t-il, furieux. Partez ! Allez-vous-en !

Erlendur demeurait résolument immobile.

– Vous n'entrerez pas chez moi ! déclara Rasmus.

– Nous pouvons très bien discuter ici, suggéra Erlendur, s'efforçant d'adopter un ton amical. Je n'y vois aucune objection. Je voulais juste vous poser quelques questions, c'est tout. Je ne comprends pas pourquoi vous m'accueillez de cette façon.

– Je n'ai pas l'habitude de ce genre de visite, expliqua Rasmus, un peu plus calme.

– C'est évident. Je l'ai bien compris.

– Dans ce cas, pourquoi ne pas vous en aller ? Je ne pense pas pouvoir vous aider.

– Vous vous souvenez de Dagbjört ?

– Oui.

– Est-ce qu'on pourrait un peu en parler ensemble ? Ça ne sera pas long.

Debout à sa porte, Rasmus réfléchissait, plus pâle que jamais. Erlendur ignorait comment il assurait sa subsistance, mais son apparence et l'état de sa maison laissaient présager une grande pauvreté.

– Que voulez-vous savoir ?

– Tout ce que vous pourrez me dire.

Rasmus s'accorda à nouveau un instant de réflexion.

– Je l'ai tout de suite remarquée en arrivant ici avec ma mère, commença-t-il. C'était deux ans avant…

– Avant sa disparition, compléta Erlendur.

Rasmus hocha la tête.

– La vie explosait autour d'elle. Elle avait beaucoup de copines avec qui elle écoutait de la musique ou allait au bal, enfin, ce genre de choses. Elles s'amusaient beaucoup même si maman… même si ma mère disait qu'elles étaient…

– Que disait votre mère ?

– Aucune importance.

– Elle n'appréciait pas Dagbjört ?

– Toute cette agitation lui déplaisait, répondit Rasmus. C'est tout. Ce n'était pas le genre de Mme Kruse, madame ma mère… Elle trouvait que ce n'était pas convenable que des jeunes filles sortent autant et fassent la fête. Pour sa part, elle s'abstenait de ce genre de choses, voyez-vous. C'est pour ça qu'elle disait ça. Elle était différente de ces gamines. Et elle pensait différemment.

– Elles n'étaient pas si gamines que ça, non ?

– Ma mère n'était pas de cet avis. Elle disait que c'étaient des petites traînées et elle m'interdisait de les fréquenter.

– Mais vous les fréquentiez quand même ?

– Non, je ne leur adressais jamais la parole, répondit Rasmus, catégorique. Absolument jamais.

– Vous n'aviez donc aucun contact avec vos voisins ? s'étonna Erlendur.

– Si, d'une certaine manière, on leur disait bonjour, mais ma mère ne voulait pas trop les fréquenter. Mme Kruse tenait à sa tranquillité. Elle ne voulait pas être importunée, y compris par ses voisins.

– Donc, vous n'avez jamais parlé avec Dagbjört ?

– Non, très rarement.

– Vous viviez seul avec votre mère à cette époque ?

– Oui.

– Vous étiez les deux seuls occupants de cette maison ?

– Oui. Enfin non. Ma mère est morte six mois avant cette histoire.

– Et vous êtes resté seul dans cette maison depuis ?

– Oui.

– Et votre père ?

– Mes parents ont divorcé quand j'étais petit, les seuls souvenirs que j'ai de lui datent de l'époque où il me rendait visite chez ma mère. Puis, un jour, on n'a plus eu aucune nouvelle. Ma mère m'a dit qu'il avait déménagé à l'étranger.

– Il est encore vivant ?

– C'est possible. Je ne sais pas.

– Et vous n'avez pas envie de le savoir ?

– Pas du tout. Bon, vous avez fini ?

– Presque, le rassura Erlendur. Vous étiez chez vous le jour où Dagbjört a disparu ?

– Oui, répondit Rasmus, hésitant.

– Vous l'avez vue partir à l'école ?

– Non.

– Vous en êtes certain ?

– Oui.

– Mais vous la voyiez parfois partir à l'école, non ?

– Parfois.

– Mais pas ce matin-là ?

– Non.

– Vous avez une très bonne mémoire, observa Erlendur. Ça fait très longtemps et…

– Oui, une disparition n'est pas le genre de chose qu'on oublie facilement.

– Vous savez si elle avait un petit ami ?

– Un petit ami ? Non.

– Vous n'avez remarqué personne qui aurait rôdé dans les parages le soir et surveillé la maison ?

– Non. Je n'ai vu personne. Qu'est-ce qui vous fait croire que… ? Vous pensez que sa maison était surveillée ? Je ne l'ai jamais remarqué.

– Vous n'avez jamais vu des garçons de Kamp Knox traîner dans la rue ?

– Non… D'ailleurs, ça remonte à tellement loin que… enfin, on finit par tout oublier… et… je ne connaissais aucun garçon de Kamp Knox. Mme Kruse ne voulait pas. Elle disait que c'étaient des raclures, des rebuts.

– Et vous ?

– Moi ?

– Est-ce que Dagbjört vous intéressait ?

– Non, pas du tout.

– Est-ce que vous la voyiez parfois le soir ?

– Non, ça… je… elle ne m'intéressait pas du tout.

– Vous ne la voyiez jamais quand elle était dans sa chambre ? demanda Erlendur.

Rasmus sursauta à cette question.

– Vous pensez qu'elle vous voyait ? insista Erlendur. Vous pensez qu'elle voyait ce que vous faisiez ?

Rasmus eut beaucoup de mal à dissimuler sa surprise quand il comprit enfin pourquoi Erlendur le harcelait avec toutes ces questions qui pleuvaient sur lui comme des rafales de mitraillette et le déstabilisaient. Désemparé, il écarquillait encore plus ses grands yeux globuleux, l'incrédulité et la peur se lisaient sur son visage. Il se réfugia à nouveau dans la maison.

– J'ai autre chose à faire, marmonna-t-il avant d'ajouter, suppliant lorsque la porte se referma : Allez-vous-en, partez et ne revenez jamais.

Quelques instants plus tard, posté sur le trottoir devant la haute clôture en bois d'une école maternelle, Erlendur observait les gens qui venaient chercher leurs enfants sur le terrain de jeu : grand-mères avec leur sac à main à l'épaule et un foulard sur la tête, mères vêtues de tuniques et emmitouflées dans leurs anoraks. Elles s'attardaient quelques instants, certaines fumaient une cigarette. On voyait également quelques pères. Les assistantes qui surveillaient les petits dans le bac à sable ou sur la balançoire attendaient l'heure de la fermeture : elles allaient bientôt pouvoir rentrer chez elles. Bercé par les conversations des mamans et les cris des enfants, il regardait la directrice de l'école consoler une petite fille qui venait de tomber de la balançoire et s'était fait mal. Elle épousseta le pantalon de la gamine pour en ôter le sable en disant que ce n'était rien, puis l'accompagna au bac à sable où les autres gamins construisaient un château. L'enfant de cinq ans oublia immédiatement ses malheurs et entreprit aussitôt de remplir de sable un seau en plastique vert. Elle portait un pantalon imperméable rouge et un bonnet en laine qui glissait par moments sur ses yeux. La directrice veillait à ce que les autres enfants ne la mettent pas à l'écart. Erlendur avait remarqué qu'elle avait tendance à s'isoler.

Il la regarda jouer un certain temps dans le bac à sable, puis se retourna et poursuivit sa route d'un pas pesant. Il la connaissait bien, mais supposait qu'il commençait à s'effacer dans les souvenirs de la fillette. C'était sa faute à lui. Il espérait qu'un jour, ils pourraient devenir amis et qu'il ne serait plus forcé de l'observer à distance comme un proscrit. Il lui arrivait de venir ici, mais il n'adressait jamais la parole à personne et surtout pas à la petite pour ne pas créer de problèmes. Il ne s'attardait jamais très longtemps dans les parages. Il ne voulait pas qu'on le prenne pour un pervers.

Erlendur resserra son manteau autour de lui et rejoignit sa voiture en réfléchissant à cette enfant, à sa propre existence et à son échec. Il espérait qu'un jour, il pourrait dire à sa fille qui il était et lui expliquer pourquoi il avait dû partir.

29

Quand Erlendur était rentré à Kopavogur, un message l'attendait. Toujours en congé maladie, Marion demandait à le voir. On avait communiqué son adresse à son jeune équipier. Ce dernier se rendait pour la première fois chez Marion qui n'avait pas pour habitude d'inviter ses collègues. En tout cas, Erlendur n'avait jamais entendu quoi que ce soit dans ce sens et il ne savait vraiment pas à quoi s'attendre. Il avait toujours eu l'impression que Marion tenait à préserver sa vie privée. D'ailleurs, dans ce domaine, ils se ressemblaient.

L'heure du dîner approchait. N'ayant rien mangé de la journée, Erlendur s'était précipité au Skulakaffi pour y avaler du mouton salé accompagné de pommes de terre et de rutabaga avant de se rendre à son rendez-vous. En remontant dans sa voiture, il s'était dit que Marion avait peut-être envie d'un petit quelque chose, il était retourné dans le restaurant et avait commandé un smorrebrod à emporter. Son choix s'était avéré des plus judicieux.

– Merci beaucoup, tu es trop gentil, déclara Marion en prenant la boîte.

– Je me suis dit que tu devais avoir faim. Il ne restait qu'un sandwich aux crevettes, répondit Erlendur qui, balayant les lieux du regard, constata que Marion terminait la bouteille de porto posée sur la table. Alors, tu vas mieux ? ajouta-t-il.

Marion lisait énormément, ce qui était visible aux nombreuses bibliothèques présentes dans son appartement. Tous les murs étaient tapissés de livres : encyclopédies étrangères en plusieurs volumes, recueils de poésie de quelques pages à peine qui ponctuaient les rayons de leurs tranches élimées. Les sagas islandaises voisinaient à égalité avec les romans d'amour, les ouvrages de culture populaire nationale avec les biographies de personnalités étrangères et les romans policiers traduits d'autres langues, les traités de sciences de la nature et les livres d'art concernant toutes sortes de disciplines, aussi bien la danse classique que la musique baroque. Tous ces livres impeccablement alignés sur les étagères étaient un plaisir pour les yeux. Marion avait d'ailleurs autrefois travaillé à la bibliothèque municipale. Les nombreuses statuettes disposées devant les livres, certaines finement décorées et en porcelaine, d'autres plus grossières, en argile ou en bois sculpté, constituaient une collection des plus hétéroclites. Marion remarqua que le regard d'Erlendur s'attardait sur ces bibelots.

– Une vieille amie qui voyageait beaucoup m'a envoyé ces statuettes pendant des années. Toutes viennent d'endroits différents et chacune a son originalité.

– Une amie qui voyageait ? Elle a arrêté ?

– J'ai reçu avant-hier une lettre qui m'annonçait son décès. C'était un choc. Je ne m'y attendais pas du tout.

– Je comprends, compatit Erlendur. Tu n'as pas le cœur à venir au travail.

Son regard s'arrêta sur une table où trônait une photo représentant un vieil homme en costume, à côté de laquelle brûlait une bougie tenue par un bougeoir en lave.

– C'est un ami, commenta Marion. Il portait un drôle de nom, Athanasius. Il est mort depuis des années. Alors, tu as vu Caroline ? On m'a dit que tu avais fait un saut à la base.

Erlendur hocha la tête et lui relata son entrevue avec leur contact plus tôt dans la journée. Il lui parla de Joan, la serveuse, et de sa relation avec Kristvin en ajoutant que, selon toute probabilité, ce dernier avait passé la soirée avec elle avant sa chute mortelle. Dans l'impossibilité de repartir au volant de sa Corolla, il avait dû marcher et on pouvait supposer qu'il avait été emmené par ceux qui avaient crevé ses pneus. Erlendur avoua également qu'il avait eu un échange assez vif avec Caroline sur la présence de l'armée américaine en Islande : il n'était pas certain qu'elle continue à les aider.

– Caroline est un véritable génie d'avoir trouvé cette Joan en si peu de temps, observa Marion. Elle nous a été bien utile et nous devons faire de notre mieux pour ne pas la froisser et ne pas nous brouiller avec elle.

– Bien sûr, d'ailleurs j'ai fait d'énormes efforts, mais elle a un sacré caractère et elle sait ce qu'elle veut. J'espère quand même qu'elle cherchera à identifier ce W dont Joan nous a parlé, cet homme qui a permis à Kristvin d'être admis à l'Animal Locker.

– W ?

– Oui, c'est tout ce que nous savons de lui, répondit Erlendur. Caroline dit que c'est bien maigre, mais il fait très probablement partie des troupes américaines présentes ici.

– Et le mari de Joan n'était pas en Islande au moment du crime ?

– C'est ce qu'elle dit, mais Caroline va vérifier. Cet homme s'appelle Earl et Joan se plaint qu'il ne s'occupe pas assez d'elle. C'est une femme d'une franchise surprenante.

– Comme beaucoup d'Américains, commenta Marion.

– Cela dit, à en juger par la manière dont elle s'en est prise à Caroline, elle est pleine de préjugés racistes.

– Ah bon ?

– Elles en sont presque venues aux mains. Joan avait l'impression que Caroline lui parlait avec condescendance.

– Cette pauvre Caroline a dû passer un sale quart d'heure avec vous deux, répondit Marion, je la plains.

– Elle est peut-être à plaindre, en effet. Mais dis-moi, tu crois que Kristvin était surveillé par des gens de la base depuis un certain temps ? Que ces gens étaient au courant de ses allées et venues et qu'ils attendaient le moment propice pour lui régler son compte ?

– J'ai réfléchi à cet énergumène de Rudolf et à ce qu'il nous a raconté. Et si Kristvin avait effectivement découvert que ce hangar servait à des transports d'armes ? Qui sait ? Peut-être même qu'il tenait un scoop. Imaginons qu'il ait posé des questions et qu'il ait ainsi attiré l'attention sur lui. Se pourrait-il que les types qui se livraient à ces transports d'armes n'aient pas hésité à le tuer pour s'assurer de son silence ?

– Cet endroit sur la lande est quasiment un pays étranger, observa Erlendur. Nous ignorons tout de ce qu'ils y font et de la manière dont ils le font. Il n'y a qu'à penser au Viêtnam ou au scandale du Watergate.

– Tu bois du porto ? Je n'ai rien d'autre à t'offrir, s'excusa Marion en se resservant un verre.

– Non, merci, déclina Erlendur.

– Cela dit, ils ont envoyé des hommes sur la Lune, souligna Marion.

– Effectivement, et c'était un véritable exploit.

Erlendur appréciait beaucoup Marion bien qu'il ne le lui ait jamais dit. Depuis ses débuts à la Criminelle, il avait eu les mains tout à fait libres. Marion se contentait de le surveiller de loin en lui faisant parfois des remontrances qu'il considérait comme mesquines et insultantes. C'est pourquoi il était surpris de se trouver tout à coup à son domicile. Il se demandait ce qui lui valait cet honneur, mais n'osait pas lui poser la question.

– Et ton autre enquête, elle avance ?

– Tu parles de Dagbjört ?

– Oui.

Erlendur plongea sa main dans sa poche et en sortit les feuilles manuscrites qu'il lui tendit.

– J'ai trouvé ça dans sa chambre. La maison est à vendre et j'ai pu la visiter. Le voisin dont elle parle n'a jamais déménagé, c'est un homme assez bizarre. Il a été élevé seul par sa mère, il l'appelle Mme Kruse.

Marion lut à deux reprises les documents.

– C'est lui qui l'espionnait ?

– Je lui ai demandé, répondit Erlendur, mais il m'a claqué la porte au nez. Ce Rasmus Kruse est mi-danois mi-islandais. Son nom ne figure nulle part dans nos fichiers. Je vais lui laisser un peu de temps pour réfléchir avant de lui rendre une seconde visite.

– Cet homme lui faisait peur, résuma Marion, les yeux baissés sur les feuilles, mais elle ne voulait en parler à personne.

– Il la mettait mal à l'aise. Ces lignes ont été écrites peu avant sa disparition.

– C'était une jeune fille encore ignorante des choses de la vie. Elle était tout simplement choquée.

– Et elle se demandait ce qu'il faisait. Cela dit, il ne faut peut-être pas accorder trop d'importance à ces quelques lignes.

– En résumé, personne n'était au courant. Personne ne savait que cet homme l'épiait.

– Non, je n'arrive pas à imaginer qu'elle ait pu en parler à ses parents ou à ses amies. Cet homme n'apparaît nulle part dans les rapports d'enquête. Il ne semble pas que la police l'ait interrogé et, si elle l'a fait, nous n'en avons aucune trace.

– On ne peut bien sûr pas interroger tout le monde.

– C'est vrai.

– En tout cas tu as fait là une sacrée trouvaille, conclut Marion en rendant les feuilles à son collègue. Tu en as parlé à sa tante ?

– Pas encore. Je préfère creuser un peu et ne pas lui donner de faux espoirs.

– Tu as raison, convint Marion, l'air pensif, en observant les statuettes sur ses bibliothèques. Il ne faut pas donner de faux espoirs aux gens.

30

Il était désormais inutile de maintenir Ellert et Vignir en détention provisoire. Même s'ils niaient toute culpabilité, l'enquête était close et il n'y avait plus aucune raison de les garder à l'isolement. Ils seraient inculpés de trafic de drogue et de contrebande d'alcool et auraient interdiction de quitter le territoire jusqu'à leur procès. Ils ricanèrent au nez d'Erlendur en quittant la prison de Sidumuli, comme s'ils venaient de remporter une victoire face à la police. Erlendur était soulagé d'être débarrassé d'eux pour l'instant. Les deux frères l'insupportaient.

À son retour à Kopavogur, il trouva un message de Caroline lui demandant de la rappeler à un numéro qui n'était pas celui de son bureau, mais de son domicile. Elle décrocha dès la première sonnerie.

– Dans quel bourbier vous m'avez mise ?! lança-t-elle dès qu'elle eut reconnu la voix d'Erlendur.

– Que se passe-t-il ?

– Je dois vous voir tout de suite, mais pas ici. Plutôt en bas, au village.

– À Keflavik ?

– Oui, à Keflavik. Vous connaissez bien les lieux ?

– Pas vraiment, avoua Erlendur.

– Retrouvez-moi à côté du terrain de football. Sur le parking. Vous devriez trouver sans difficulté. Mettez-vous en route. Tout de suite !

Elle raccrocha. Erlendur fixa le combiné, déconcerté par cet appel. Caroline semblait affolée, les mots sortaient de sa bouche à toute vitesse dans un murmure où perçait une authentique frayeur.

C'était le lendemain de sa visite chez Marion qui, à nouveau, n'avait pas eu la force de venir travailler. Erlendur partit donc seul pour Keflavik sans se soucier des limitations de vitesse. Il n'avait pas menti à Caroline en lui disant qu'il ne connaissait pas bien Keflavik. Après avoir longé la rue principale dans un sens puis dans l'autre, il arrêta un passant qui lui indiqua le terrain de foot. Caroline descendit d'une des quelques voitures garées sur le parking et approcha, ouvrit la portière du passager avant de prendre place à ses côtés.

– Emmenez-moi ailleurs, à l'écart du village, supplia-t-elle.

– Que se passe-t-il ? De quoi avez-vous peur ?

– Démarrez !

Elle portait une veste de treillis et avait rabattu sur sa tête la capuche bordée de fourrure qui lui cachait presque entièrement le visage. Ni l'un ni l'autre ne dirent un mot tandis qu'Erlendur cherchait la route en direction de l'ouest. Il arriva au panneau indiquant les villages de Sandgerdi et de Gardar et décida d'aller jusqu'au phare de Gardskagaviti qu'ils rejoignirent dans un silence pesant. Il se gara juste à côté de l'édifice. Dehors, les vagues se brisaient en écume sur les rochers et ils entendaient le ressac.

– Quelque chose ne va pas ? s'enquit avec précaution Erlendur dès qu'il eut coupé le moteur.

– Je n'aurais jamais dû mettre mon nez dans cette histoire, déclara Caroline. J'aurais mieux fait de rester en dehors de tout ça.

– En dehors de quoi ?

– De votre enquête !

– Qu'est-ce qu'il se passe ?

– Des tas de choses ! s'exclama Caroline en se tournant sur son siège pour vérifier qu'ils n'avaient pas été suivis, comme elle l'avait fait plusieurs fois au cours du trajet. Voilà, j'ai un copain qui travaille aux services de renseignement militaire à Washington, reprit-elle. Je lui ai téléphoné parce que c'est mon ancien petit ami. J'ai entièrement confiance en lui et, surtout, je n'imaginais pas une seconde que les informations que je lui demandais pouvaient être sensibles. Mais il a absolument tenu à savoir pourquoi je l'appelais depuis notre base militaire en Islande pour lui poser des questions sur la Northern Cargo Transport. Il m'a demandé d'où je tenais ce nom, pourquoi je l'interrogeais sur cette compagnie et, surtout, si mes supérieurs étaient au courant de mes investigations. Mes supérieurs ! Cet homme est mon ami ! Je lui ai demandé s'il prévoyait de me dénoncer et là, il s'est un peu calmé.

– Il a tout de suite compris de quoi vous parliez ? demanda Erlendur.

– Immédiatement. Il est assez haut placé et il a accès à pas mal d'informations. Il m'a demandé si je l'appelais depuis mon bureau et m'a dit de rentrer chez moi, de lui donner le numéro de mon domicile et qu'il me rappellerait. Vous comprenez ? Nous sommes dans ce genre d'affaire. Il a fallu qu'on change de téléphone. Il a peur que les lignes soient sur écoute. Or, je m'étais contentée de mentionner le nom de cette entreprise et rien de plus.

– Vous l'avez appelé à son travail ?

– Non, chez lui, mais il allait justement partir au bureau.

– Il vous a rappelée ?

Caroline hocha la tête et orienta le rétroviseur de manière à pouvoir surveiller la lunette arrière.

– Dès son arrivée. Je lui ai dit que…

– Dites-moi, vous pensez être en danger ? s'inquiéta Erlendur.

– Je ne sais pas. Il m'a dit de faire attention et de ne plus vous aider. D'oublier la Northern Cargo Transport et toutes ces conneries.

– Et c'est votre petit ami ?

– Non, c'était mon petit ami, corrigea Caroline. Essayez d'écouter ce que je vous dis.

– Mais qui pourrait vous avoir repérée ?

– J'ai pris toutes les précautions. Je n'ai informé personne de notre collaboration. Cet ami à Washington est le seul qui soit au courant, et seulement depuis ce matin. Je ne l'ai même pas dit à mon supérieur. Mon ami m'a conseillé de ne pas le faire et m'a sommée de cesser de vous aider, il a ajouté qu'il fallait se méfier de tous les téléphones. Je l'ignorais. J'ai démonté le mien et je n'y ai rien trouvé de suspect, mais ça ne veut pas dire grand-chose car je ne sais même pas ce que je cherche ! Pour ce qui est de ma ligne professionnelle, je ne saurais dire si elle a été placée sur écoute et je n'ai pas démonté l'appareil. Vous ne devez plus m'appeler. Nous ne devons plus communiquer par ce canal.

– Qu'est-ce que vous avez dit d'autre à cet homme de Washington ?

– Qu'un Islandais avait perdu la vie, qu'il avait sans doute été assassiné et que vous pensiez que c'était arrivé dans un de nos hangars. J'ai précisé qu'il était technicien de maintenance aéronautique et qu'il avait eu accès au 885 qui accueille parfois les avions d'une compagnie islandaise. Je lui ai dit qu'il avait participé à la réparation d'un Hercules C-130 affrété par la Northern Cargo Transport, qu'il avait découvert que cet appareil transportait des armes lourdes, que ça lui avait semblé bizarre de voir une compagnie privée se livrer à ce type d'activités, qu'il avait posé des questions et que vous pensez que ces questions lui ont coûté la vie, que vous pensez qu'on l'a balancé depuis le plafond du hangar, et qu'ensuite on l'a sorti de la base pour se débarrasser du corps sur le champ de lave.

– Et qu'est-ce qu'il a répondu à tout ça ?

– Il m'a demandé pourquoi diable j'étais allée me fourrer dans cette affaire, répondit Caroline. Je lui ai expliqué qu'on m'avait prié de vous prêter main-forte et que vous m'aviez demandé de procéder à quelques vérifications pour gagner du temps, éviter de la paperasserie inutile et des querelles politiques, enfin, toutes les raisons que vous m'avez données. Il m'a répondu que vous vous serviez de moi, que je ne pouvais absolument pas faire ce genre de choses et que je devais arrêter tout de suite.

– Il voulait dire que vous risquez de perdre votre travail ?

– Je suppose. Voire pire. Il me semble plutôt qu'il suggérait que je me rendais coupable de haute trahison, ce qui est passible de la cour martiale ou je ne sais quoi.

– Mais qu'est-ce qu'il vous a dit au sujet de la Northern Cargo ?

– Que cette compagnie était dirigée par les services secrets américains.

– Les services secrets américains ?!

– Oui.

– Voilà qui explique un certain nombre de choses, fit remarquer Erlendur.

– C'est-à-dire ?

– Cette compagnie atterrit à l'aéroport de Keflavik sous identification militaire, expliqua Erlendur en se remémorant sa conversation avec Engilbert, le chef de Kristvin, qui avait été le premier à évoquer l'entreprise. Ses appareils atterrissent ici couverts par l'armée américaine. Quand ils pénètrent dans l'espace aérien islandais, ils ont exactement le même statut que les avions militaires. Cela leur permet de venir en Islande et d'en repartir ni vus ni connus.

– C'est exactement ce que m'a expliqué mon ami. Comment vous savez ça ?

– Nous savons que les autorités aériennes islandaises se posent des questions à ce sujet. Mais je ne crois pas qu'elles soient au courant que la compagnie est la propriété des services secrets américains, ni que ses appareils utilisent cet aéroport sous pavillon militaire. Si elles le savaient, elles ne manqueraient pas de faire des remarques.

– Probablement.

– Enfin, je n'en suis pas vraiment sûr, reprit Erlendur. Les rapports que nous entretenons avec l'armée sont assez particuliers, comme Marion et moi avons tenté de vous l'expliquer. Les enjeux financiers et politiques sont capitaux, mais aussi la question de l'indépendance de notre nation et là, personne n'est d'accord.

Caroline ne disait rien et regardait la houle en écoutant le bruit des vagues. Elle baissa sa vitre pour mieux les voir s'élever et s'affaisser comme un souffle venu des profondeurs. Elle s'était un peu calmée et avait cessé de surveiller le rétroviseur.

– Mais ce n'est pas là le problème, reprit-elle.

– Ah bon ?

– J'ai appris autre chose. Un Hercules affrété par cette compagnie a atterri ici il y a environ deux semaines. J'ai découvert que trois hommes sont repartis à son bord en direction du Groenland. Après que nous nous sommes… dit au revoir hier, j'ai fait quelques recherches. J'ai appelé quelques-uns de mes contacts en essayant de ne pas trop montrer ma curiosité et en disant simplement que quelqu'un m'avait demandé des nouvelles d'un paquet qui devait partir vers les USA par avion militaire.

– Je ne voulais pas vous mettre en colère, s'excusa Erlendur. J'agace parfois les gens avec mes questions, mais c'était involontaire.

– Oubliez ça, répondit Caroline. Cet appareil, affrété par la Northern Cargo, a bénéficié d'un traitement express, d'après un de mes copains à la base. Ils n'ont même pas pris la peine d'ouvrir la soute. L'avion a simplement fait le plein de kérosène et est reparti avant même qu'on ait le temps de faire ouf, pour faire escale au Groenland, puis aller ensuite en Amérique, enfin, je suppose. Je ne sais pas quelle était sa destination finale, peut-être qu'après tout, c'était le Groenland.

– Et ça vous semble suspect ? Ces escales au Groenland seraient inhabituelles ?

– Je ne suis pas spécialiste en la matière, mais comme vous m'avez interrogée sur cette compagnie et sur sa flotte, j'ai trouvé ça assez curieux. Surtout quand j'ai découvert l'identité d'un homme qui a quitté l'Islande à bord de cet avion.

– Un des trois hommes dont vous parliez à l'instant ?

– Exact.

– Et c'était qui ?

– Le registre des passagers, document difficilement accessible, indiquait le nom de W. Cain. Et je crois avoir découvert ce que représente ce W.

– W ?

– Oui, je me suis dit que c'était peut-être le fameux W dont nous a parlé Joan, le parrain de Kristvin à l'Animal Locker. J'ai découvert son nom complet : Wilbur Cain.

– L'homme que Joan… ? Donc, ce serait ce Wilbur ?

– J'ai vérifié. Wilbur est un prénom assez rare et il n'y a qu'un homme présent en ce moment sur la base qui le porte.

– Wilbur Cain ?

– J'ai interrogé mon copain de Washington, mais ça ne lui disait rien. Quand je l'ai appelé chez lui, il m'a promis de faire des recherches dès qu'il serait à son bureau. Il m'a rappelée tout à l'heure. Et voilà : ce Wilbur Cain travaille pour le renseignement militaire. On l'a envoyé en Islande il y a quelques mois pour s'acquitter d'une mission dont mon ami ignore la nature. Il m'a conseillé de me méfier de lui. Mon ami fait tout ce qu'il peut à Washington en ce moment pour découvrir ce qui peut bien se tramer ici. Il m'a demandé de ne plus poser aucune question et de ne parler à personne tant qu'il ne m'aurait pas recontactée.

À nouveau affolée, Caroline ajusta une nouvelle fois le rétroviseur pour surveiller la lunette arrière.

– Wilbur Cain n'est sans doute pas son vrai nom. Cet espion a participé à des tas d'opérations militaires confidentielles et son domaine de prédilection, ce sont les assassinats maquillés en accidents de manière à ne laisser aucune trace.

Caroline regarda intensément Erlendur.

– Et c'est lui qui me fait peur, conclut-elle.

31

Assis dans la voiture, ils écoutaient le bruit des vagues au pied du phare de Gardskagaviti tandis que la nuit hivernale tombait doucement. Erlendur fixait le bâtiment au sommet duquel le faisceau mourait puis ressuscitait, comme un métronome destiné à orienter les voyageurs maritimes. Il était désemparé.

– Qu'est-ce que ce genre d'individu peut bien venir faire ici ? demanda-t-il après un long silence.

– Je n'en ai aucune idée.

– Et si c'est bien lui qui accompagnait Kristvin à l'Animal Locker, qu'allait-il y faire ? Comment se sont-ils rencontrés ?

– Nous n'avons aucun moyen de le savoir, répondit Caroline. Peut-être que Kristvin s'est fait remarquer en posant des questions sur cet Hercules et sur la Northern Cargo. Quelqu'un a prévenu quelqu'un d'autre qui a fait appel à Wilbur Cain en lui demandant de surveiller le fouineur. Il n'est ici que depuis quatre mois et on peut penser qu'il a été envoyé en Islande justement pour faire taire cet Islandais avant que les choses ne deviennent incontrôlables.

– Enfin, il l'accompagne quand même au club, souligna Erlendur. On ne peut pas vraiment dire qu'il se cache. Joan sait qu'il se fait appeler W. Peut-être qu'après tout Kristvin était au courant que cet homme travaillait pour le renseignement militaire.

– Je crois…

– Mais bon, j'ignore tout des méthodes de ces gens-là.

– Je crois que ce n'est là qu'une de ses multiples identités, reprit Caroline. Wilbur Cain est ici en terrain conquis. Il n'a aucune raison de se cacher quand il est à la base. Il peut quitter le pays dans l'heure et, bien sûr, nos services nieraient qu'il ait jamais mis les pieds en Islande.

– On peut donc supposer que Kristvin n'a pas été assez prudent, qu'il a parlé à n'importe qui de ces transports d'armes et de cette compagnie privée et que ce Wilbur Cain a été envoyé ici histoire de vérifier ce qui se passait.

– Exactement.

– Apparemment, il est vite devenu ami avec lui.

– Kristvin tenait beaucoup à se procurer certains produits à la base. De la vodka et des cigarettes, c'est bien ça ? demanda Caroline.

– Et de la marijuana, compléta Erlendur.

– Dans ce cas, c'était un jeu d'enfant pour Cain de l'appâter.

– Vous êtes sûre que c'est bien l'homme que Kristvin appelait W ?

– Je ne suis pas tout à fait certaine, mais il y a de grandes chances, répondit Caroline. Cette entreprise est le lien qui les unit. Je veux dire, les questions que Kristvin posait sur les appareils de la Northern Cargo. Un homme se faisant appeler W a passé au moins une soirée en compagnie de Kristvin. Cain est un espion et il faut bien une raison pour qu'on l'envoie ici. Je suis convaincue que nous ne devons surtout pas négliger cette piste.

Erlendur garda le silence un long moment et se mit sans même s'en rendre compte à comparer les deux enquêtes qui lui occupaient entièrement l'esprit. Celle sur le décès de Kristvin, où la grande puissance mondiale avait sans doute joué un rôle capital par le biais de sa base militaire et de son espion, et celle sur Dagbjört, la disparition d'une jeune fille de cette nation insulaire au fin fond de l'Atlantique Nord. Caroline lui demanda ce qui le rendait aussi pensif. Il lui parla de la gamine disparue sur le chemin de l'école en 1953, lui expliqua que les recherches n'avaient jamais abouti et que toutes ces années avaient passé sans que jamais on ne découvre ce qui était arrivé à Dagbjört. Il ajouta que rien ne permettait de dire s'il s'agissait d'un meurtre et que, sans doute, on n'aurait jamais aucune certitude. Il lui exposa également la manière dont il envisageait l'enquête concernant Kristvin, l'implication de la base qui était une antenne de l'hégémonie américaine, peuplée de gens armés et spécialement entraînés à tuer.

– Ce qui est étrange, ajouta Erlendur, c'est que ces deux enquêtes sont liées à la présence des Américains en Islande. La route de cette jeune fille longeait Kamp Knox, un des anciens camps militaires construits à Reykjavik. Certains disent qu'elle avait rencontré un garçon qui vivait là-bas.

– Un Américain ?

– Non, à cette époque, les soldats étaient déjà ici, sur la lande, depuis un certain temps. Ce garçon était islandais. Ce que je voulais vous dire, c'est surtout que nous ne savons rien de ce qui se passe dans l'enceinte de cette base militaire.

– Moi non plus, je vous l'assure, ironisa Caroline.

– Ici, c'est votre univers, c'est un monde qui nous échappe. Nous avalons tout ce que vous faites sans vraiment savoir pourquoi et nous oublions aussitôt. En fin de compte, nous ne sommes que de pauvres paysans que le modernisme a forcés à s'installer dans des immeubles. Vous êtes la nation la plus riche du monde. La puissance militaire la plus importante de l'histoire mondiale. Nous, nous avons passé le plus clair de notre temps à mourir de faim.

– Ça n'a pas dû être drôle, observa Caroline, oubliant sa peur l'espace d'un instant. Ces famines… pourquoi ?

– À cause des éruptions, des tremblements de terre ou des épidémies. Le plus souvent, elles étaient dues au climat désastreux, à des hivers aussi rigoureux qu'interminables. Parfois, à une conjugaison de tous ces facteurs. Malgré ça, nous avons réussi à survivre, perdus au milieu de l'océan, et notre génération comme les suivantes connaîtront une vie bien plus douce et riche que les précédentes.

Erlendur prit son paquet de cigarettes et en alluma une, il inspira profondément la fumée tout en baissant sa vitre.

– Partant de là, les crimes qu'on connaît ici ont quelque chose d'archaïque et de campagnard, poursuivit-il. Les meurtres de sang-froid sont rares même si nous avons, nous aussi, nos histoires sombres et nos disparitions, comme les autres nations. Vous savez, dans ce pays, il est rare que les choses s'inscrivent dans un contexte international. C'est peut-être en train de changer. Évidemment, il y a la guerre froide et nous savons que des espions viennent ici se livrer à des tas de manigances. Nous savons que les Russes ont tenté de soudoyer des Islandais pour faire de l'espionnage et certains événements s'inscrivent effectivement dans le contexte international, mais bon, je suis perplexe…

Caroline esquissa un sourire.

– Tout change.

– En effet, tout change, convint Erlendur.

– On m'a dit qu'il ne fallait pas plus de vingt-quatre heures pour faire le tour de votre île en voiture. C'est vrai ?

– Oui. Nous ne sommes que deux cent trente mille à vivre ici et à parler cette langue étrange. Nous descendons des Vikings. Autrefois, la pire insulte qu'une femme pouvait faire à un homme était de le gifler.

– Pas mal !

– Et comme toutes les petites nations, nous sommes toujours en mal de reconnaissance, nous tenons à faire entendre notre voix dans le concert des grandes nations. Nous refusons de compter pour du beurre. Mais c'est évidemment le cas. Nous sommes quantité négligeable dans tous les domaines.

– Comme moi quand j'étais au lycée, commenta Caroline avec un sourire. J'ai toujours été sur la touche. Je n'ai jamais vraiment réussi à m'intégrer au groupe. Et me voilà maintenant ici, aux confins du monde.

– Vous venez de Washington, comme ce petit ami ?

Caroline regardait l'océan.

– Nous nous sommes connus dans l'armée. Je ne savais pas quoi faire après le lycée et mon père m'a conseillé de m'engager. Il avait fait la guerre et a été soldat pendant des années. Ça lui plaisait bien. C'est là que j'ai rencontré Brad, on a vécu ensemble quelques années, puis les choses se sont gâtées. Il était… Ah, je ne sais même pas ce qu'il était. J'ai demandé l'outremer. J'avais envie de fuir Washington au plus vite. Je voulais voir le monde et j'ai pensé que l'Islande présentait certains avantages. Je ne savais pas que c'était ce trou venteux au fin fond de l'Atlantique et je n'imaginais pas que j'allais devoir aider la police locale. Mais je me plais bien ici, ne vous méprenez sur mes paroles. J'ai un peu visité votre pays l'été dernier. Les paysages sont d'une beauté saisissante et j'aime beaucoup la période du soleil de minuit, quand le soleil ne se couche plus et que les nuits sont aussi claires que le jour.

– Certains d'entre nous ne le supportent pas, répondit Erlendur. Donc, vous ne pensez pas que l'Islande soit un lieu inhabitable ?

– Inhabitable ? Certainement pas !

– Ce que j'essayais de vous dire tout à l'heure, c'est que nous ne pourrons sans doute pas vous aider dans l'enceinte de la base car ce n'est pas notre univers. C'est à vous de nous dire comment vous entendez mener les choses.

– Mon ami m'a demandé de faire très attention tant qu'il n'aurait pas vérifié un certain nombre de détails, répéta Caroline. Je ferais sans doute mieux de me tenir tranquille en attendant qu'il me rappelle. Toutes vos histoires sur les paysans et les famines m'ont un peu calmée.

Erlendur eut un sourire.

– Ce Brad, vous lui faites confiance ?

– Oui, c'est quelqu'un de bien, il ne me mettrait jamais en danger.

– Vous lui avez parlé de moi et de Marion ?

– Bien sûr. Je n'aurais pas dû ?

– Si. Vous ne pensez pas qu'il serait préférable d'aller voir le commandement de la base au plus vite ? Est-ce utile d'attendre plus longtemps ? Si vous le souhaitez, Marion et moi on peut vous accompagner.

– Brad m'a clairement conseillé de ne me fier ni de ne parler à personne tant qu'il ne m'aurait pas donné de nouvelles, répéta Caroline. Il va essayer de découvrir la nature de la mission de Wilbur Cain. Il y a des chances pour qu'il soit venu ici à la demande du commandement de la base lui-même. Brad m'a dit que, le moment venu, je devrais aller voir l'amiral et là, vous devrez m'accompagner.

– Parfait. Si vous le souhaitez, je peux vous emmener dès maintenant à Reykjavik et vous installer dans une chambre d'hôtel ou…

– Non, tout se passera bien. Ça m'a fait du bien de vous parler. Je me sens plus calme. Je vais me débrouiller. Et j'ai aussi des amis vers qui me tourner à la base.

– Vous en êtes sûre ?

– Oui.

– En tout cas, vous ne retournez pas dans votre appartement, n'est-ce pas ?

– Non, j'attendrai que Brad me rappelle. Peut-être que tout cela n'est qu'un malentendu et que ce Wilbur Cain n'a rien à voir avec la mort de Kristvin. Brad m'a dit que c'était l'hypothèse la plus probable. Mais bon, je crois qu'il essayait surtout de me rassurer.

– Et vous êtes certaine de lui faire entièrement confiance ? insista Erlendur.

– Oui, entièrement confiance, affirma Caroline. Vous aussi, vous ne devez parler de cette histoire à personne avant que je vous recontacte. On ne sait jamais par quel canal les informations sont susceptibles d'arriver à la base. S'il s'y est produit un événement qui a coûté la vie à un citoyen innocent, le gouvernement islandais lui-même est peut-être au courant. Brad m'a dit de ne me fier à personne. Personne.

– Je ne pense pas que les autorités islandaises puissent…

– Tout le monde est achetable et vous m'avez bien dit que la présence de l'armée en Islande générait beaucoup d'argent de bien des manières.

– D'accord, mais j'espère tout de même que vous nous faites confiance à moi et à Marion, observa Erlendur.

– Oui, à vous deux peut-être, mais pas à beaucoup d'autres.

Caroline regardait l'océan d'un air mélancolique. Erlendur avait l'impression qu'elle avait encore des choses à lui dire, mais se refusant à lui forcer la main, il laissa les minutes passer en silence.

– Marion m'a interrogée sur l'identité des personnes présentes dans le hangar au moment de la mort de Kristvin, déclara-t-elle au bout d'un moment.

– Ah bon ?

– L'activité était au plus bas, principalement à cause de travaux, mais on a mis en place des gardes pour surveiller les lieux de jour comme de nuit. L'un d'eux s'appelle Matthew Pratt. Il est simple soldat. C'est un jeune homme d'à peine vingt-deux ans. Un de mes copains affecté à la surveillance du portail d'accès au périmètre de l'aéroport le connaît de nom. Celui des autres ne lui dit rien. Ils sont plusieurs à surveiller ce hangar à tour de rôle.

– Vous avez interrogé ce Pratt ?

– Eh bien, c'est justement ça qui est curieux.

– Quoi donc ?

– Je n'arrive pas à le trouver, répondit Caroline. Il n'est pas chez lui. Ses voisins ne l'ont pas vu depuis deux jours et il n'a assuré aucune garde ces derniers temps. On m'a dit qu'il était absent pour raison de santé. Autant que je sache, il compte encore parmi les hommes affectés à la base, mais j'ai l'impression qu'il a disparu.

– Vous croyez qu'il lui est arrivé quelque chose ?

– Je l'ignore, répondit Caroline. J'imagine qu'il se cache. Je ne sais pas, mais on dirait que la terre s'est ouverte sous ses pieds. Il s'est tout simplement évaporé.

32

Erlendur ne parvint pas à dissuader Caroline de retourner à la base et la déposa sur le parking du terrain de foot de Keflavik. Elle lui donna le numéro de ceux chez qui elle avait prévu de trouver refuge en ajoutant qu'elle le recontacterait bientôt.

– Prenez bien soin de vous, lui avait-il dit en guise d'au revoir.

– Je vous rappelle, avait-elle répété en remettant la capuche de son treillis avant de descendre de voiture.

Sur ce, Erlendur avait repris la route vers Reykjavik. Il jeta un œil vers les gros nuages de vapeur qui s'échappaient de la centrale géothermique de Svartsengi. Il lui semblait que des semaines s'étaient écoulées depuis qu'il avait vu le cadavre de Kristvin flotter à la surface du lagon. Depuis, la police islandaise avait tenté de découvrir les raisons de son décès en se concentrant uniquement sur la base de Midnesheidi et voilà maintenant que les services secrets américains et le renseignement militaire s'invitaient dans l'enquête. Erlendur trouvait incroyable qu'un homme comme Kristvin ait pu ébranler le colosse américain. Il y avait dans cette histoire quelque chose qui effrayait Caroline. Après tout, qu'est-ce qui empêchait Kristvin de découvrir des informations confidentielles plus qu'un autre dans cette base puisqu'il avait accès au plus grand hangar de l'armée ? Qu'est-ce qui permettait d'exclure qu'il avait été témoin d'une chose qu'il n'aurait pas dû voir ?

En revenant de Keflavik, Erlendur méditait sur toutes ces questions et sur ce qu'il avait dit à Caroline concernant la différence de conception du monde entre les petites nations et les grandes puissances. Il pensa une nouvelle fois à Dagbjört et à ce que la vieille Baldvina lui avait dit à propos de Kamp Knox. Erlendur avait vaguement cherché Vilhelm en interrogeant quelques personnes ici et là. Ses recherches ne lui avaient apporté aucune réponse concrète si ce n'est qu'il avait appris que le clochard était encore en vie et qu'il passait parfois la nuit au refuge pour alcooliques et sans-logis du quartier de Thingholt.

Quand il arriva aux bureaux de la Criminelle, il trouva Marion à sa table de travail, manifestement en meilleure forme. Il lui dressa un rapport détaillé de son entrevue avec Caroline au phare de Gardskagaviti en expliquant comment l'enquête de la jeune femme l'avait mise sur la piste de Wilbur Cain, cet homme qui lui inspirait une vraie terreur.

– Et elle a tout de même voulu rentrer à la base ? interrogea Marion quand Erlendur eut achevé son récit.

– Elle m'a dit qu'elle resterait chez des amis et qu'elle m'appellerait dès qu'elle en saurait un peu plus. Il ne nous reste qu'à espérer qu'elle sait ce qu'elle fait. Je lui ai bien expliqué que nous n'étions qu'un tas de paysans et que nous ne comprenions rien à l'univers dans lequel elle évolue.

– Et ce n'est peut-être pas plus mal qu'il en soit ainsi étant donné la tournure que prennent les choses, observa Marion.

– Effectivement, c'est peut-être mieux comme ça.

– Comment pouvons-nous l'aider de ce côté de la clôture ? s'enquit Marion. On peut faire quelque chose ?

– Elle ne fait pas plus confiance aux autorités islandaises qu'au commandement de la base. On pourrait sans doute lancer un mandat d'arrêt contre ce Wilbur Cain, mais on n'a aucun élément qui le justifie. En outre, Caroline m'a dit qu'il ne leur faudrait pas plus d'une heure pour lui faire quitter le pays et qu'ensuite, ils nieraient que cet homme ait mis les pieds ici.

– Quelle est la probabilité qu'il ait tué Kristvin ?

– Je ne sais pas, répondit Erlendur. Caroline pense que Wilbur a rencontré Kristvin et qu'il est allé avec lui à ce club, à l'Animal Locker. Ça va dans le sens du témoignage de Joan, qui ne connaît cet homme que par son initiale. Ce W ne suffit pas à prouver qu'il s'agit bien de Wilbur, mais ça a suffi pour que Caroline appelle un ami à Washington qui lui conseille de se méfier de Wilbur Cain.

– Espérons que nous ne regretterons pas d'avoir sollicité son aide, s'inquiéta Marion.

– Elle se débrouillera.

Erlendur déclara qu'il devait s'absenter un moment. Marion lui promit de rester à proximité du téléphone au cas où Caroline appellerait et Erlendur assura qu'il resterait en contact régulier afin d'être informé d'éventuels développements dans l'enquête concernant Kristvin. Puis il prit sa voiture pour se rendre dans le quartier de Thingholt, au refuge pour clochards. Il interrogea le directeur. Il connaissait bien Vilhelm et l'informa que ce dernier avait passé la nuit précédente au refuge, mais il ignorait s'il repasserait le soir.

– Le pauvre homme n'est pas très en forme, expliqua le directeur.

– Ah oui, il n'a pas la vie facile.

– Vous devriez essayer de le chercher en ville, lui et ses copains traînent parfois sur Austurvöllur, la place du Parlement, même s'il fait froid. Parfois ils vont aussi sur la colline d'Arnarholl. Ou encore à Hlemmur.

Erlendur reprit sa voiture et traversa le centre-ville sans apercevoir Vilhelm. Confronté à l'existence précaire des sans-logis à l'époque où il faisait des rondes en ville dans la police de proximité, il connaissait par leurs prénoms certains des hommes et des femmes qui erraient dans les rues dans un état d'alcoolisation plus ou moins avancé. L'une de ces femmes s'appelait Thuri. Il l'aperçut debout au coin de la Poste centrale, vêtue d'un épais anorak, deux écharpes nouées autour du cou et, sur la tête, un bonnet troué dont les protège-oreilles battaient au vent. Elle le reconnut immédiatement quand il s'approcha au volant de sa voiture. Ils étaient plutôt bons amis.

– C'est toi, mon petit ? demanda-t-elle.

– Je cherche Vilhelm, vous ne l'auriez pas vu ?

– Non, pas vu, répondit Thuri. Qu'est-ce que tu lui veux ?

– Vous sauriez où il peut être ?

– Il a fait une connerie ?

– Non, je veux juste lui poser quelques questions.

– Tu es sûr ?

– Oui, je suis sûr.

– Il se réchauffe parfois à la gare routière, mais je ne sais pas s'il y est en ce moment.

– Je vais vérifier. Et vous, comment vous allez ?

– Comme une merde, mais je n'ai pas le choix, hein ? répondit Thuri.

Erlendur ne trouva pas Vilhelm à la gare routière. Deux autocars long-courriers attendaient sur le parking à l'arrière du bâtiment, l'un à destination d'Akureyri et l'autre de Höfn i Hornafirdi. Les passagers confiaient leurs bagages aux chauffeurs qui les rangeaient dans les soutes. Un troisième autocar arriva. Les voyageurs descendirent, s'étirèrent, se dégourdirent les jambes et reprirent leurs valises. Erlendur s'attarda quelques instants pour observer ces gens qui allaient et venaient aux abords de la gare. Il était allé voir dans les toilettes à la recherche de Vilhelm, puis avait inspecté la cafétéria et la salle d'attente avant de scruter les environs sans apercevoir le clochard.

Il trouva une cabine téléphonique et appela Marion qui lui répondit que Caroline n'avait toujours donné aucune nouvelle et que l'attente commençait à être longue.

33

Erlendur était remonté en voiture et s'apprêtait à quitter les lieux quand il vit un homme traîner aux abords du local à ordures, sur le côté gauche du bâtiment. Le clochard souleva le couvercle d'une poubelle, regarda à l'intérieur, la fouilla puis remit le couvercle en place avant d'explorer le container suivant. N'ayant rien trouvé d'intéressant, il quittait le local quand Erlendur le rejoignit.

– Bonjour, Vilhelm, lança-t-il, le reconnaissant immédiatement à ses lunettes aux verres bombés qui lui faisaient d'énormes yeux globuleux et dont la monture était maintenue en deux endroits par des morceaux de ruban adhésif.

– Qui êtes-vous ? demanda Vilhelm sur la défensive.

– Je m'appelle Erlendur.

– J'ai perdu mes gants, répondit le clochard comme pour justifier pourquoi il fouillait les poubelles, je me suis dit qu'ils étaient peut-être là-dedans.

– Je suppose que vous m'avez oublié, mais nous avons discuté tous les deux il y a quelques années au sujet d'un homme qu'on a retrouvé noyé dans les anciennes tourbières de Kringlumyri.

– Ah bon ?

– Ça ne vous dit rien ?

– Vous parlez de… vous parlez d'Hannibal ?
– En effet, il s'appelait Hannibal.
– Quelqu'un l'a noyé, non ?
– Oui, quelle triste histoire. Je peux vous offrir un café ou un morceau à grignoter à la cafétéria. Vous n'avez pas envie de vous réchauffer un peu ?
Vilhelm le toisa de ses gros yeux, méfiant.
– Que… qu'est-ce que vous voulez ?
– Que vous me parliez du passé, répondit Erlendur.
– Du passé ? Comment ça ?
– J'aimerais que vous me parliez de Kamp Knox. Je sais que vous y avez grandi et j'avais envie que vous m'en disiez un peu plus sur cet ancien quartier de baraquements militaires.
– C'est quoi ces conneries ? s'agaça Vilhelm. Comme si Kamp Knox intéressait qui que ce soit. Tout le monde s'en fiche comme de l'an quarante !
– J'ai interrogé Baldvina, votre mère, il n'y a pas longtemps. Elle m'a parlé de la vie là-bas et m'a dit que vous pourriez sans doute m'aider.
– Ma mère ?! Quelle drôle d'idée ! Pourquoi donc ? Qu'est-ce qui vous a poussé à aller la voir ?
– Je rassemble des informations. Je l'ai interrogée, mais j'ai aussi parlé à beaucoup d'autres personnes et, maintenant, je voudrais bien m'asseoir avec vous pour discuter un moment. Je n'en ai pas pour très longtemps.
– Je ne sais pas… Je veux bien que vous m'offriez un café, mais je ne suis pas sûr de pouvoir vous aider. J'ai tout oublié, d'ailleurs laissez-moi vous dire que ça ne vaut pas le coup de se souvenir de quoi que ce soit concernant cet endroit. Il n'y a rien à en dire.
Erlendur l'accompagna à la cafétéria de la gare routière et s'installa à l'écart avec lui. Le clochard dégageait une odeur pestilentielle qui avait explosé

dès qu'ils étaient entrés dans le bâtiment. Il portait des guêtres en caoutchouc lacées sur le mollet, un manteau qu'il fermait à l'aide d'une ceinture et sous lequel il avait enfilé plusieurs pull-overs. Erlendur avait lu des descriptions de voyageurs qui arpentaient autrefois les campagnes, des vagabonds qui allaient de ferme en ferme. Certains étaient accueillis avec joie car ils apportaient des nouvelles et avaient bien des choses à raconter, ce qui rompait un peu la solitude et la routine. Vilhelm lui rappelait ces personnages.

– Alors, comment va-t-elle ? demanda-t-il dès qu'Erlendur fut revenu avec une grande tasse de café et une appétissante viennoiserie posée sur une assiette. Il lui apportait également le verre de Brennivin, la gnôle islandaise, qu'il lui avait demandé. Vilhelm le vida cul sec avant de s'essuyer la bouche d'un revers de la main.

– Qui donc ?

– Vous m'avez bien dit que vous avez vu ma mère, non ?

– Oui, j'ai passé un moment agréable en sa compagnie, c'est une femme forte, observa Erlendur.

– Oui, elle a toujours su se débrouiller, convint Vilhelm. Vous n'êtes quand même pas dans la police, hein ?

– Eh bien, si, avoua Erlendur.

– Pourquoi la police s'intéresse-t-elle à Kamp Knox ? Je croyais que tout le monde avait oublié ce machin !

– Vous l'avez peut-être oublié, mais à l'époque où vous viviez là-bas avec votre mère, une jeune fille qui fréquentait l'École ménagère a disparu et on ne l'a jamais retrouvée. Elle s'appelait Dagbjört et passait à proximité du quartier des baraquements tous les matins pour aller en cours. Une rumeur court qu'elle connaissait un garçon qui vivait dans un de ces taudis, mais il ne s'est jamais manifesté et, malgré les recherches, on n'a jamais découvert son identité. Votre mère m'a dit que vous pourriez peut-être me renseigner sur un jeune homme qui a quitté le quartier à cette époque. Sa mère s'appelait Stella.

Pendant qu'Erlendur relatait les événements, Vilhelm restait impassible et buvait à petites gorgées le café brûlant. Il enveloppa la pâtisserie dans un chiffon crasseux qu'il sortit de son manteau puis la rangea dans sa poche. Erlendur se dit qu'il voulait sans doute la garder pour la déguster à un moment plus adéquat.

– Et alors, renvoya le clochard. Même s'il a déménagé, qu'est-ce que ça change ?

– Vous savez pourquoi il est parti ?

– Les gens quittaient Kamp Knox dès qu'ils trouvaient un endroit plus agréable, c'est tout ce que je peux vous dire. De toute façon, on ne pouvait pas tomber plus bas.

– Vous vous rappelez la disparition de Dagbjört ? demanda Erlendur.

– Je m'en souviens.

– Et le fils de Stella, vous vous souvenez de lui ?

– Stella avait trois fils, répondit Vilhelm en caressant le verre de Brennivin du plat de la main. L'un d'eux s'est noyé à Skerjafjördur à treize ans. Il avait mon âge. Il est tombé à la mer. Tout le monde l'appelait Tobbi. C'était un garçon sympathique. On jouait souvent ensemble. Il était très doué au foot. Il s'est noyé avant l'événement dont vous parlez. Le deuxième s'appelait Haraldur, il était surnommé Halli. Je suis presque sûr qu'il est devenu boulanger. En tout cas, il disait tout le temps que c'était ça qu'il voulait faire. Il était énorme et passait son temps à s'empiffrer, je n'ai jamais connu personne aussi habile pour piquer des gâteaux dans les boulangeries. Je ne l'ai pas vu depuis des années. Le troisième, l'aîné de la fratrie, je le connaissais moins. On le surnommait Silli et, c'est vrai, il a déménagé. Je crois qu'il est parti s'installer en province.

– Et vous connaissez son vrai prénom ?

– Oui, il s'appelait Sigurlas.

– Ils étaient tous du même père ? Vous vous rappelez son nom ?

– Stella était mère célibataire. Si je me souviens bien, Tobbi et Halli étaient du même père. Mais Silli n'était que leur demi-frère. Et j'ignore qui était son père.

– Vous savez ce qu'est devenu ce Silli et pourquoi il a quitté Kamp Knox ?

– Non, je n'ai jamais entendu aucune explication précise. En général, les gens quittaient cet endroit dès qu'ils le pouvaient.

Les épaisses lunettes de Vilhelm avaient glissé sur son nez. Il les remonta et fixa Erlendur de ses yeux globuleux.

– Pourquoi venir me poser des questions sur cette fille après toutes ces années ? demanda-t-il.

– Sa famille est toujours à sa recherche, répondit Erlendur.

– Ce n'est pas sans espoir ? observa Vilhelm.

– Ils savent qu'elle n'est pas en vie, si c'est ce que vous voulez dire. Le seul but de mes recherches est d'obtenir des réponses et de découvrir ce qui lui est arrivé quand elle a disparu.

– Mais pourquoi maintenant ? Vous avez du nouveau ?

– Non, si ce n'est que le temps ne joue pas en notre faveur, comme dans bien des domaines. Que pensaient les habitants du quartier de ces recherches ? Est-ce qu'ils connaissaient Dagbjört ? Ils avaient une idée de l'identité du garçon qu'elle est censée avoir fréquenté ?

– Une foule de gens ont participé aux recherches, je m'en souviens, et tout le monde en parlait, mais je ne crois pas que les habitants du quartier aient pensé qu'un des leurs était impliqué dans cette histoire. Qu'un des leurs avait fait du mal à cette gamine. Je n'ai jamais rien entendu de ce genre. Il me semble que personne parmi nous ne la connaissait.

– C'était habituel qu'une fille de l'extérieur fréquente un garçon de Kamp Knox ?

– Je n'en sais rien, répondit Vilhelm. On n'était pas pires que les autres. N'allez pas croire ça. Les préjugés sont les préjugés et il est possible que certains individus de Kamp Knox les aient alimentés. Il y avait chez nous des salauds comme il y en a partout. Je ne les excuse pas. Mais, en général, on était des gens aussi bien que les autres. Je n'ai jamais connu une femme plus courageuse que ma mère.

Vilhelm caressait le verre de Brennivin vide et le poussait vers Erlendur comme pour lui demander une seconde tournée.

– Au fait, comment va-t-elle ? répéta-t-il.

– Elle m'a dit que bien des gens qui avaient vécu là-bas avaient mal tourné. Elle m'a aussi dit que ce sont toujours les enfants qui pâtissent le plus de la pauvreté.

– Elle parlait de moi ? Elle a dit mon nom ? Ça fait tellement longtemps qu'on ne s'est pas vus.

– Oui, je crois que c'est de vous qu'elle parlait, avança précautionneusement Erlendur en attrapant le verre.

Vilhelm le regarda longuement puis se leva en disant qu'il ne pouvait pas traîner là plus longtemps, il devait partir. Il lui présenta ses excuses pour ne pas lui avoir été d'un grand secours, resserra son manteau et prit congé. Erlendur le suivit jusqu'à la porte de la gare routière et le pria de rester encore quelques instants.

– Merci d'avoir accepté de vous asseoir un moment pour discuter, dit-il.

– Je vous en prie, répondit Vilhelm.

– Je ne voulais pas vous blesser.

– Me blesser ? Vous ne m'avez pas du tout blessé. Je ne vois pas de quoi vous parlez. Allez, au revoir.

– Vilhelm, attendez, j'ai encore une question. Vous saviez où habitait Dagbjört ?

– Où elle habitait ? Eh bien, tout le monde l'a su assez vite, on ne parlait plus que de ça. Alors, comme tout le monde, je connaissais l'adresse.

– Vous connaissiez des gens dans sa rue ? Vous connaissiez son voisin ?

Vilhelm s'accorda un instant de réflexion.

– Non, je ne peux pas dire ça.

– Vous vous rappelez un homme de mère danoise qui s'appelait Rasmus Kruse et qui vivait juste à côté de chez elle ? Il habitait avec sa mère, mais elle était déjà morte au moment de la disparition. C'est un homme assez spécial. En tout cas, pas très sociable.

– Je me souviens de Rasmus, répondit Vilhelm. Je m'en souviens très bien. Je ne le connaissais pas, mais je me rappelle qu'il vivait dans ce quartier. Et je n'ai pas oublié sa mère. C'était une vraie mégère. Elle nous détestait, nous, les gamins du camp. À ses yeux, on n'était que des rebuts. Elle conduisait une grosse Chevrolet verte et jouait les grandes dames. Puis, un jour, des gars de chez nous ont collé une raclée à ce Rasmus. Tout le monde le surnommait Rassi, le Trouduc.

– Comment ça ? Il a été agressé ?

– Oui, je ne sais pas qui a fait ça, mais des gars lui ont mis une sacrée rouste.

– Quand ça ?

– Je dirais quelques années après la disparition de votre gamine, enfin, il me semble.

– Pourquoi… c'était en rapport avec Dagbjört ?

– Non, je ne crois pas. Ils l'ont tabassé parce qu'ils croyaient qu'il était pédé.

Sur quoi, Vilhelm passa la porte de la gare routière. Erlendur le suivit du regard tandis qu'il se dirigeait vers le centre-ville à grandes enjambées, conscient que, pour l'instant, il n'apprendrait rien de plus de la bouche de cet homme.

34

Erlendur retourna à la cabine téléphonique et rappela Marion. Caroline ne s'était toujours pas manifestée. Erlendur pensait qu'ils devaient encore attendre, mais Marion préférait qu'ils aillent au plus vite à la base pour s'assurer que tout allait bien. Après discussion, les deux policiers se mirent d'accord. Ils lui accordaient encore un peu de temps.

– Elle nous a donné le numéro de ses amis, nota Erlendur. Si nous n'avons aucune nouvelle d'ici quelque temps, nous appellerons et…

– J'ai déjà essayé, répondit Marion.

– Comment ça ?

– J'ai appelé ce numéro. C'est l'employé du cinéma Andrews qui a décroché. Il n'a jamais entendu parler de Caroline.

Erlendur remarqua que le crédit de communication touchait à sa fin. Il allait devoir remettre quelques couronnes dans la glissière de l'appareil.

– Tu crois qu'elle nous a donné un faux numéro ?

– On dirait bien.

– Mais pourquoi ? Elle essaie de nous mettre sur une fausse piste ?

– Peut-être qu'elle a voulu te rassurer en te donnant le premier numéro qui lui est passé par l'esprit. Que sais-je ? Ou alors, elle ne nous fait plus confiance. J'imagine qu'elle ne se fie à personne.

– C'est ce qu'elle m'a dit. Elle ne se fie plus à personne, mais je pensais qu'on était une exception. Je me demande ce qu'elle peut bien faire là-bas ?

– Peut-être qu'en fin de compte, elle n'a aucun ami à la base, avança Marion.

– À moins que son copain de Washington n'ait réussi à lui faire peur et à la dissuader pour de bon de collaborer avec nous.

– Dans ce cas, pourquoi elle a tenu à te voir après l'avoir eu au téléphone ?

– Je l'ignore, répondit Erlendur. Peut-être simplement pour qu'on soit au courant de la nature de cette affaire. Elle est elle aussi susceptible de quitter l'Islande sans préavis, ou presque. Bon, je n'ai plus aucune pièce de dix couronnes. À tout à l'heure. Je dois juste faire un saut quelque part, puis je reviens au bureau.

La communication fut coupée. Il reposa le combiné et céda la place à un gros bonhomme débarqué de province. Chargé de deux imposantes valises, ce dernier attendait impatiemment qu'il libère le téléphone. Erlendur rejoignit sa voiture et scruta les environs à la recherche de Vilhelm avant de quitter la gare routière pour se mettre en route vers l'ouest de la ville, pour le domicile de Rasmus Kruse. Quelques minutes plus tard, il s'engagea dans la rue où Dagbjört avait vécu et où elle avait remarqué le voisin qui l'épiait à sa fenêtre le soir. Il se gara devant la maison, puis alla frapper à la porte.

Il crut voir un rideau bouger à l'étage, mais ce n'était peut-être qu'une illusion. Il frappa à nouveau quelques coups plus résolus. Il ne voulait pas brusquer cet homme. Il se rappelait son attitude étrange et apeurée lors de leur première rencontre. Il était peu probable qu'il ouvre sa porte s'il avait découvert depuis l'étage l'identité de son visiteur et compris la raison de cette visite. Erlendur frappa une nouvelle fois et appela à deux reprises avant de plaquer son oreille à la porte. On n'entendait aucun bruit à l'intérieur. Cette maison semblait reposer sous une chape de silence. Nul bruit ne l'atteignait et aucun son ne s'en échappait.

Il s'apprêtait à rebrousser chemin quand la porte s'ouvrit derrière lui, dévoilant un visage d'une pâleur extrême.

– Je vous ai demandé de ne pas revenir ici, déclara Rasmus d'une voix grêle en le toisant de ses yeux exorbités et globuleux qui rappelaient au policier les culs de bouteille de Vilhelm.

– Désolé, s'excusa Erlendur, mais je dois à nouveau vous déranger. Je voudrais qu'on ait une discussion tous les deux, même juste quelques minutes.

Rasmus Kruse le fixa longuement en silence et fit une nouvelle tentative pour l'éloigner.

– Je n'ai rien à vous dire.

– Permettez-moi d'en juger par moi-même. Peut-être… peut-être que cela vous fera du bien de parler à quelqu'un.

– Ça ne m'en fera aucun de vous parler à vous, objecta Rasmus. Je veux que vous partiez et que vous ne reveniez jamais ici.

– Pourquoi refuser une simple discussion ? De quoi avez-vous peur ? Je sais que vous connaissiez Dagbjört. Ça tombe sous le sens. Vous habitiez ici, dans la maison la plus proche de la sienne. Ce n'est pas un secret. Je sais aussi que vous surveilliez la rue et que vous avez vu un certain nombre de choses depuis vos fenêtres. Je crois que vous l'observiez depuis celle qui donne sur sa chambre. C'est en tout cas ce qu'elle dit dans une lettre que j'ai trouvée récemment.

– Quelle lettre ?

– Une feuille arrachée à son journal intime.

– Son journal intime ?

– Permettez-moi de vous la…

– Non, je suis désolé, mais je ne peux pas vous parler, murmura Rasmus d'une voix à peine audible. Je n'ai rien à vous dire.

Il s'apprêtait à refermer sa porte, mais Erlendur l'en empêcha.

– Allez-vous-en ! s'écria Rasmus. Je n'ai rien à vous dire ! Partez ! Je refuse de vous parler !

Les mots fusaient entre ses lèvres minces qui bougeaient à peine. Son visage hâve se crispait sous l'effort qu'il devait faire pour repousser le poids d'Erlendur et le faire fléchir. Mais Erlendur était déterminé à ne pas le laisser s'en tirer cette fois-ci. Rasmus n'étant pas très fort, Erlendur se retrouva bientôt dans l'entrée de la maison et la porte claqua derrière lui.

– Sortez ! s'écria Rasmus. Vous n'avez pas le droit de forcer ma porte !

– Je partirai d'ici quelques instants, répondit Erlendur. Je veux d'abord savoir ce que vous avez vu à votre fenêtre. Je dois vous poser quelques questions, puis je partirai. C'est promis. Ce ne sont que quelques questions.

– Non, j'exige que vous partiez !

– Je ferai le plus vite possible, répéta Erlendur. Tout dépend de vous. Plus vite vous serez disposé à me parler, plus vite je m'en irai. Vous comprenez ? Et je resterai ici tant que nous n'aurons pas discuté.

On ne voyait pas grand-chose de l'intérieur de la maison depuis l'entrée. Erlendur remarqua un escalier qui menait à l'étage d'où provenait de la lumière. À part ça, les lieux étaient plongés dans la pénombre. Une forte odeur d'humidité lui parvenait. La toiture devait fuir, ou peut-être une canalisation était-elle défectueuse. Il distingua quelques tableaux sur les murs et un recoin sombre qui servait sans doute de bureau à côté de l'escalier. Quand ses yeux se furent habitués à la pénombre, il aperçut un grand lustre juste au-dessus. Cette maison, inquiétante de l'extérieur, avait quelque chose de fantomatique dès qu'on entrait à l'intérieur.

Rasmus le fixait. Les deux hommes restèrent ainsi un long moment, l'un face à l'autre, puis le maître des lieux céda. Son corps se détendit, ses épaules s'affaissèrent, son visage redevint inexpressif et il soupira lourdement, renonçant à résister plus longtemps à cette intrusion.

– Vous resterez dans l'entrée et n'irez pas plus loin dans ma maison, prévint-il.

– Ça ne me dérange pas, répondit Erlendur. Je ne voulais pas forcer votre porte, mais…

– Je n'ai rien à vous offrir. Ni café ni gâteaux secs. Je ne suis pas sorti faire de courses depuis un moment.

– Ne vous inquiétez pas pour ça, assura Erlendur.

– Je ne m'attendais pas à recevoir de la visite.

– Je le comprends parfaitement.

– Sinon, j'aurais pris mes dispositions, expliqua Rasmus.

Erlendur lui répéta de ne pas s'inquiéter, étonné de voir la rapidité avec laquelle cet homme changeait d'attitude et se transformait brusquement en hôte embarrassé. Il semblait surtout navré d'être incapable de lui offrir un café digne de ce nom. Erlendur soupçonnait que c'était la marque de l'éducation danoise qu'il avait reçue de sa mère.

– J'aurais dû vous prévenir de ma visite, s'excusa-t-il, prenant part à un jeu social dont il ignorait les codes et sachant que, de toute façon, cela n'aurait rien changé. Pouvez-vous me dire quand et où vous avez vu Dagbjört pour la dernière fois ?

– Ça fait plus de vingt-cinq ans, répondit Rasmus, les lèvres pincées comme s'il refusait de laisser les mots sortir de sa bouche. Je ne sais pas… Il y a si longtemps. Je pensais que tout cela était oublié et enterré, puis vous débarquez ici avec vos manières déplaisantes pour me poser des questions sur elle. C'est… j'ai… je peux vous dire que je suis vraiment surpris.

Rasmus regardait Erlendur, l'air blessé et malheureux, comme si le policier portait toute la responsabilité de son malaise. Debout devant la porte qui permettait d'accéder au reste de la maison, il semblait prêt à défendre son territoire d'une intrusion supplémentaire. Erlendur ne ferait pas un pas de plus dans la forteresse de solitude que cet homme avait élevée autour de lui.

– Vous habitiez ici depuis deux ans au moment de sa disparition. Vous l'avez épiée tout ce temps à la fenêtre ?

– Vous vous trompez. Je vous interdis d'enlaidir cette histoire. Ça n'a rien à voir avec ce que vous croyez.

– J'ai l'impression qu'elle avait peur de vous, fit remarquer Erlendur. Ce que vous faisiez l'a beaucoup gênée, sinon elle en aurait immédiatement parlé à ses parents. Ou à ses copines. C'est tout juste si elle a osé l'évoquer dans son journal intime. D'ailleurs, elle a déchiré ces pages et les a cachées.

Rasmus le regardait, impassible.

– Elle aurait sans doute fini par se plaindre à quelqu'un si elle avait su plus tôt que vous l'espionniez, mais elle a disparu deux semaines après avoir découvert vos activités. S'est-il passé quelque chose de notable au cours de ces deux semaines ?

Rasmus ne répondit pas.

– Est-ce qu'elle est venue vous en parler ?

Rasmus secoua la tête.

– Vous aviez compris qu'elle vous avait vu ? Elle vous a vu alors que vous étiez dans le noir. Vous vous rappelez ?

– Oui, elle m'a vu, consentit à avouer Rasmus au terme d'un long silence. Un soir, elle m'a surpris et… j'ai arrêté. Je ne l'ai plus jamais regardée après ça. J'avais tellement honte. Je ne voulais pas qu'elle me découvre. De toute façon, après ça, elle a fermé ses rideaux et voilà, fin de l'histoire.

– Comment expliquez-vous qu'elle vous ait vu ?

– C'est à cause de ma maladresse, répondit Rasmus. Je me suis trop approché de la fenêtre et, tout à coup, j'étais très visible. J'ai tout de suite compris qu'elle soupçonnait que ce n'était pas la première fois que je… que je l'observais. Elle m'avait découvert et je m'attendais à ce que ses parents viennent ici avec elle pour m'accuser, j'imaginais qu'ils seraient fous de rage. C'était tellement honteux que je serais sans doute envoyé en prison. Mais… rien de tout ça n'est arrivé. Personne n'est jamais venu et voilà que vous débarquez ici après toutes ces années. Elle n'a jamais rien dit à personne.

La voix de Rasmus n'était plus qu'un murmure.

– Pourquoi avez-vous fait ça ? demanda Erlendur.

– Je n'en sais rien. Je n'ai pas beaucoup d'amis et…

Rasmus s'interrompit.

– Et vous pensiez qu'elle pouvait devenir amie avec vous ?

– Oh non ! Je n'osais même pas en rêver. J'aurais bien voulu la connaître, j'aurais vraiment aimé, mais c'était exclu. Absolument exclu.

– Vous m'avez dit l'autre jour que vous ne lui aviez jamais adressé la parole. C'est vrai ?

– Oui, répondit Rasmus en traînant sur le mot.

– J'ai du mal à croire que vous ayez vécu juste à côté de chez elle pendant deux ans sans avoir échangé ne serait-ce que quelques mots.

– Non, je… je n'ai sans doute pas été assez précis lors de votre première visite, j'avais l'impression que ça n'avait aucune importance. Il m'est arrivé d'échanger quelques mots avec elle, mais ce n'étaient que des banalités. J'ai l'impression que vous essayez de voir le mal partout dès que j'ouvre la bouche, excusez ma méfiance. Un jour, je l'ai croisée dans une boutique pas très loin d'ici, qui a disparu depuis longtemps. On faisait la queue et elle a eu la gentillesse de m'adresser la parole.

– Donc, elle s'intéressait un peu à vous ? C'est pour cette raison que vous l'espionniez comme ça en imaginant que vous étiez ensemble ?

Rasmus secoua la tête.

– Vous faites tout pour transformer ce que je dis, reprocha-t-il. Vous essayez de me mettre en difficulté. Mme Kruse disait que les filles ne faisaient que nous attirer des problèmes et que je devais m'en méfier, mais je savais qu'elle mentait. C'était une femme égoïste. Malveillante. Dagbjört n'était pas comme elle disait.

– Et il y a longtemps que vous faisiez ça ?

– Non ! Pas du tout ! Arrêtez d'enlaidir les choses comme ça !

– Elle était au courant ? Je veux parler de Mme Kruse ? Elle savait ce que vous faisiez le soir ?

Rasmus écarquilla les yeux.

– Je ne peux rien vous dire de plus. Ne me posez pas ce genre de questions. Je vous l'interdis.

– Mme Kruse vous a surpris pendant que vous espionniez Dagbjört ?

– Je refuse de répondre à cette question, insista Rasmus, bouleversé. Vous n'avez pas le droit. Vous n'avez pas le droit de me juger. Je ne suis pas un monstre ! Je veux juste qu'on me laisse tranquille. Je ne peux pas vous aider plus. J'ignore ce qui est arrivé à Dagbjört. Jamais je n'aurais pu lui nuire. Jamais. Maintenant, je veux que vous partiez. Vous ne pouvez pas rester ici plus longtemps.

– Mais vous aviez peur qu'elle vous surprenne, non ?

– C'était…

– Vous aviez une peur bleue que Dagbjört vous dénonce, s'entêta Erlendur, s'avançant vers Rasmus. Vous aviez peur qu'elle se plaigne à ses parents. C'est bien ça ? Vous ne pouviez pas envisager qu'ils découvrent ce que vous faisiez seul le soir en regardant leur fille se déshabiller. En la regardant enlever…

– Taisez-vous ! Ne dites pas des choses pareilles ! Vous ne savez pas de quoi vous parlez. Comment osez-vous tenir de tels propos ?!

– Ce n'est pas la vérité ?

– Non ! Non ! Pas du tout !

– Vous en êtes sûr ?

– Je n'aurais jamais pu lui faire de mal, s'écria Rasmus, la voix brisée, en reculant vers l'intérieur de la maison sous la pression d'Erlendur. Jamais. Je veillais sur elle pour qu'il ne lui arrive rien. J'étais comme son ange gardien et je l'accompagnais dans son sommeil. Jamais je n'aurais pu lui faire le moindre mal ! Je la vénérais ! Vous devez me croire ! sanglotait-il. Je vous en supplie, croyez-moi ! Moi aussi, j'ai participé aux recherches et j'ai prié Dieu tous les soirs pour qu'on la retrouve. Vous devez me croire ! Jamais je n'aurais pu lui faire du mal. Jamais je n'aurais pu lui faire quoi que ce soit !

35

Rasmus recula encore davantage dans l'entrée et s'engagea dans l'escalier jusqu'au moment où il trébucha sur la troisième marche. Il parvint à retrouver son équilibre, remonta sur la marche et s'y posta. Malgré la pénombre, Erlendur discernait plus clairement la petite pièce qui servait de bureau, la salle à manger et la cuisine à côté de lui. D'énormes piles de feuilles reliées par des ficelles longeaient les murs. Des sacs plastique remplis de détritus jonchaient le sol. Il distinguait des étagères, de vieux meubles et des tableaux. Des cartons et de petits paquets encombraient le plancher et les tables. Partout régnaient le chaos et l'incurie d'un homme qui faisait tout pour maintenir le monde à distance respectable, un homme qui s'était construit un abri dans les ténèbres de cette maison.

– Excusez-moi, j'ai dépassé les bornes, s'excusa Erlendur, plein de compassion pour l'ermite. Je ne voulais pas vous blesser. Je ne voulais pas vous effrayer.

Rasmus le regarda comme s'il ne croyait pas un mot de ce qu'il disait.

– Encore quelques petites choses et je partirai.

– Vous n'avez pas le droit d'entrer comme ça ici pour me poser ce genre de questions, reprocha Rasmus, furieux.

– Non. Je sais. Je suis allé trop loin. Je ne recommencerai pas. Encore quelques questions et je pars. Quand lui avez-vous parlé pour la dernière fois ?

– Comment ça ?

– Vous m'avez dit que vous aviez quelquefois discuté avec Dagbjört et qu'un jour, vous l'aviez croisée dans cette boutique. Mais quand lui avez-vous parlé pour la dernière fois ?

– Un peu avant sa disparition, le jour horrible où elle m'a aperçu à sa fenêtre, répondit Rasmus. Vous n'avez pas le droit de forcer ma porte comme ça pour proférer ces accusations et ces insinuations.

– Vous avez parfaitement raison, convint Erlendur, tenant absolument à éviter une nouvelle colère comme celle dont il venait d'être témoin. Où l'aviez-vous rencontrée ?

– Ici, un peu plus bas dans la rue. On a engagé la conversation. Elle m'a parlé d'une fête qu'elle prévoyait d'organiser dans la soirée et s'est excusée d'avance du bruit qu'elle risquait de faire avec ses copines. Je lui ai répondu de ne pas s'inquiéter. Elle était tellement contente.

– Vous avez parlé d'autre chose ?

– Oui, je m'en souviens très bien. Je me rappelle tout ça. Chacun des mots qu'elle a prononcés. Elle m'a dit que ses parents avaient un bon électrophone et m'a demandé si j'avais des disques à lui prêter. Je lui ai répondu qu'hélas, je n'en avais aucun, que la seule musique que j'écoutais était celle de la radio. Elle m'a dit qu'on n'y entendait jamais de musique pour les jeunes et j'étais d'accord avec elle. La radio nationale ne diffusait que du classique et des symphonies, d'ailleurs ça n'a pas changé.

Rasmus tenta de sourire, deux ridules apparurent au coin de sa bouche, dévoilant ses petites dents. Il se remettait progressivement de l'agression qu'il venait de subir. Erlendur était parvenu à le calmer.

– Et vous n'avez parlé que de musique ?

– Oui, seulement de musique.

– On m'a dit que vous aviez été agressé quelques années après la disparition de Dagbjört, c'est vrai ?

– Où avez-vous entendu ça ? rétorqua Rasmus, étonné.

– Un homme qui a passé son enfance à Kamp Knox m'en a parlé.

– Ils étaient deux, reprit Rasmus, hésitant. Je ne suis pas sûr d'avoir envie de vous en parler.

– Bon, d'accord, répondit Erlendur afin de ne pas trop le presser.

– C'est un mauvais souvenir.

– Je l'imagine sans peine.

– Des voyous. On sentait sur eux l'odeur des Kamparar, de ceux qui vivaient dans les baraquements. Ils m'ont insulté alors que je remontais du centre-ville, m'ont poursuivi comme si j'étais un phénomène de foire. Je ne les avais jamais vus, mais ils savaient des choses à mon sujet. Par exemple, ils étaient au courant que j'avais longtemps vécu seul avec ma mère. Ils savaient qu'elle était morte. Je leur ai demandé de me laisser tranquille, mais ils ne m'ont pas écouté. Ils m'ont poussé sous un porche et m'ont frappé à coups de poing et à coups de pied, puis ils m'ont volé mon portefeuille avant de prendre la fuite. J'étais étendu par terre en sang sous le porche, mais j'ai réussi à me débrouiller pour rentrer chez moi.

– La police les a retrouvés ?

– La police ? Je n'ai pas voulu la déranger pour ça. Ma défunte mère m'aurait dit que c'était inutile de faire tout un plat pour une telle broutille. Les gens comme nous font un certain nombre d'envieux, vous savez.

– Dites-m'en un peu plus sur ce dont vous avez discuté avec Dagbjört. C'était bien le jour où elle vous a surpris pendant que vous l'observiez, n'est-ce pas ?

– C'est exact.

– Et c'est bien la dernière fois que vous lui avez parlé ?

– Oui.

– Vous n'avez discuté que de musique et de cette fête qu'elle avait l'intention d'organiser dans la soirée ?

– Je m'en souviens très bien, elle cherchait à se procurer de nouveaux disques, répondit Rasmus. C'était bien plus difficile qu'aujourd'hui de mettre la main sur des disques étrangers où on entend tout cet affreux tintamarre.

– Et comment avait-elle l'intention de s'en "procurer" ?

– Elle m'a dit qu'une de ses amies allait lui apporter les derniers morceaux à la mode en Amérique. Cette amie les avait eus par son cousin qui travaillait à la base américaine de Keflavik. Dagbjört espérait aussi pouvoir en profiter.

– Elle avait l'intention de rencontrer le cousin de sa copine ?

– Je l'ignore. Elle m'a dit qu'il pouvait lui avoir des disques flambant neuf, directement importés d'Amérique, et même d'autres choses. Elle semblait très intéressée. Je lui ai dit que je n'avais aucun disque à lui prêter. D'ailleurs, je n'en ai toujours pas.

– Et cet homme travaillait à la base ?

– C'est ce qu'elle m'a dit.

– Est-ce qu'il y vivait également ?

– Je n'en sais rien, elle n'en a pas parlé.

– Vous savez son nom ?

– Tout ce que je sais, c'est que c'était le cousin d'une de ses amies.

– Et vous n'avez pas communiqué cette information à la police quand Dagbjört a disparu ?

– À la police ?

– Vous n'avez pas eu l'impression de dissimuler des informations importantes ?

– Comment ça, des informations importantes ? reprit Rasmus, surpris.

– Je ne crois pas avoir lu quelque part qu'elle prévoyait de rencontrer cet homme.

– Mais je n'en sais rien.

– Et cette idée ne vous a pas effleuré l'esprit après sa disparition ?

– Pas vraiment. Je suppose que je n'étais pas le seul à qui elle en avait parlé. Si elle voulait se procurer des disques auprès de cet homme, elle l'avait sans doute dit à d'autres que moi. En quoi est-ce important ? Ce n'était tout de même pas un secret d'État !

– Vous avez raison, convint Erlendur. Les rapports d'enquête ne dévoilent jamais toute la vérité. Peut-être que ce détail n'a aucune importance.

– C'est aussi mon avis.

– Avez-vous épié Dagbjört et ses copines pendant leur petite fête depuis votre maison ?

Rasmus fit oui de la tête.

– Et après la fête, quand ses amies étaient reparties, Dagbjört est montée dans sa chambre pour se coucher et vous a vu l'observer derrière vos rideaux ?

– Oui, reconnut Rasmus à contrecœur.

– C'était la première fois qu'elle vous apercevait ?

– Oui.

– Et plus tard ?

– Non, j'ai arrêté. Dès qu'elle m'a vu, j'ai cessé de le faire.

– Vous en êtes certain ?

– Absolument.

– Vous n'aimez pas beaucoup recevoir de visites, observa Erlendur en tentant de capter le regard fuyant de Rasmus pour voir s'il disait la vérité. Et encore moins celles de la police. Vous ne portez pas plainte après votre agression. Vous discutez avec Dagbjört peu de temps avant sa disparition et vous n'en dites rien à personne. Vous aviez peut-être peur qu'on découvre votre secret.

– Mon secret ? répéta Rasmus.

– S'il était apparu que vous l'espionniez le soir, on vous aurait soupçonné de ne pas vous être contenté de la regarder. Vous ne pouviez pas vous permettre de prendre un tel risque. À moins que vous n'ayez eu d'autres motifs d'avoir peur. Dites-moi, Rasmus, vous avez d'autres secrets ? Des choses que vous dissimuleriez dans cette maison ?

– Je ne lui ai rien fait, répéta Rasmus. Je n'aurais jamais pu lui faire du mal. Il faut que vous le compreniez. Jamais. Absolument jamais !

36

Quand Erlendur revint au quartier général de la Criminelle à Kopavogur, on n'avait toujours aucune nouvelle de Caroline. Marion surveillait le téléphone, mais pensait que l'Américaine ne les contacterait pas dans l'immédiat étant donné qu'elle leur avait donné un faux numéro. Ils n'avaient aucun moyen de connaître ses intentions ou la manière dont elle envisageait la suite des événements. Marion pensait qu'elle ne voulait plus collaborer pour l'instant et qu'elle les contacterait quand elle le jugerait nécessaire. Erlendur craignait qu'elle ne soit en danger s'il s'avérait que le décès de Kristvin était lié à la présence dans la base de Wilbur Cain, aux avions-cargos des services secrets et à une affaire de trafic d'armes.

– On ferait mieux d'aller y faire un saut, tu ne crois pas ? suggéra Erlendur.

– N'imagine pas que je vais rester ici les bras croisés en attendant qu'elle nous appelle si elle est en danger là-bas, rétorqua Marion. Je crois pouvoir me passer de toi pour y aller.

– Je ne suis pas certain qu'elle le souhaite. Je suppose qu'elle nous appellera dès qu'elle aura du nouveau.

– Ça ne peut pas faire de mal d'aller vérifier, conclut Marion en se levant. Je ferai preuve de discrétion.

Toi, tu restes ici pour surveiller le téléphone si elle se manifeste. À part ça, je suppose que tu ne t'es pas contenté de courir la ville histoire de m'appeler depuis des cabines téléphoniques. À quoi as-tu consacré ta journée ?

– À Dagbjört, répondit Erlendur.

– Tu as du nouveau ?

– Je ne sais pas. Peut-être.

Erlendur lui expliqua en détail ce qu'il avait appris depuis sa découverte des pages manuscrites. Il raconta sa visite chez Rasmus Kruse qui reconnaissait avoir espionné Dagbjört le soir. Il lui parla de Vilhelm, de la gare routière, de ce cousin qui travaillait à la base et avait accès à des disques récents venus d'Amérique ainsi qu'à d'autres choses convoitées par les jeunes filles les années d'après-guerre.

– Tu crois que cet homme se servait de ces disques comme appât ? demanda Marion.

– L'idée m'a effleuré.

– Évidemment, les boutiques étaient vides à cette époque. Le rationnement a duré des années. Et c'est justement là que cette gamine disparaît.

Erlendur savait qu'après-guerre, les importations étaient limitées en raison du manque de devises étrangères et des barrières douanières. Il fallait obtenir des permis spéciaux pour importer quoi que ce soit. On pouvait à peine faire entrer en Islande une chaussette trouée si on n'avait pas en sa possession un certificat tamponné par un commissaire assermenté. Des queues interminables se formaient dès que la population apprenait qu'une nouveauté arrivait dans les magasins. Parfois, les gens passaient la nuit entière à attendre devant les boutiques. Le marché noir fleurissait, de même que la corruption. Le contrôle des changes engendrait des tas de marchés parallèles et de dessous-de-table.

– Le trafic avec les militaires était plus important que jamais, déclara Erlendur.

– C'est le moins qu'on puisse dire.

– Nos rapports font état de ces disques. Les copines de Dagbjört les mentionnent quand elles parlent de la fête qu'elle avait organisée. La police n'a vu aucune raison de creuser cette piste. Aucun lien n'a jamais été établi entre cet homme et Dagbjört, et il y a peut-être à ça une bonne raison : on peut imaginer qu'ils ne se connaissaient pas et ne se sont jamais rencontrés. Ce serait tout de même intéressant de pouvoir interroger cet homme s'il est encore en vie.

– Tu devrais essayer de retrouver sa trace. Moi, je vais à la base pour chercher Caroline.

Marion salua Erlendur qui s'installa au téléphone et appela Silja, une des copines de Dagbjört. Elle décrocha au bout de quelques sonneries. Il lui demanda si elle savait laquelle de leurs amies avait eu un cousin qui leur procurait des disques sur la base.

– De quoi parlez-vous ? demanda Silja, déconcertée. Erlendur se dit qu'il l'avait peut-être dérangée pendant son dîner.

– Vous êtes allée à une fête chez Dagbjört avec vos amies un peu avant sa disparition. L'une d'entre vous a apporté des disques qu'elle avait eus par son cousin, et ce cousin travaillait à l'aéroport de Keflavik. Je voudrais connaître l'identité de cette jeune fille.

– J'ai complètement oublié ce détail.

– Vous pensez pouvoir le vérifier ?

– Je veux bien essayer, assura Silja. En quoi est-ce important ?

– Je ne le sais pas encore, mais j'aimerais connaître l'identité de cet homme, expliqua Erlendur.

– Vous avez du nouveau ? Qu'a-t-il fait ? Pourquoi tenez-vous à l'interroger ?

– Il n'y a rien de nouveau, répondit Erlendur qui voulait se garder d'éveiller chez Silja de faux espoirs. Je n'ai pas progressé dans mon enquête. Je voudrais simplement lui parler.

– J'avais oublié ce détail, répéta Silja, perplexe. Des disques sortis de la base américaine ?

– Peut-être que cet homme y habitait à l'époque, ajouta Erlendur. Vous pourriez retrouver cette amie pour moi ?

– Je vais essayer, promit Silja.

– Parfait, conclut Erlendur, j'attends de vos nouvelles.

Il n'y avait pratiquement pas de circulation sur la route de Keflavik. Le vent était tombé. La clarté de la lune montante nimbait les champs de lave alentour, ses rayons baignaient la montagne Keilir de leur lumière froide. Marion s'arrêta au portique de surveillance et demanda son chemin, puis alla se garer à côté du bâtiment aux abords duquel stationnaient des jeeps grises de la police militaire chargée de surveiller la clôture qui délimitait le périmètre de la base et de faire régner la loi et l'ordre parmi les soldats.

Marion entra dans le bâtiment et s'avança vers le grand comptoir derrière lequel un jeune policier lui demanda la raison de sa visite. Marion lui expliqua que la police islandaise avait récemment reçu l'aide de Caroline, membre de la police de la base et…

– Vous faites partie de la police islandaise ? s'enquit le jeune homme.

– Oui, répondit Marion avec un sourire. J'ai oublié de le préciser ? Je souhaiterais remercier cette femme pour son aide.

– Caroline est actuellement en congé pour quelques jours, répondit-il en feuilletant les documents qu'il avait sous les yeux. Je regrette. Je l'informerai de votre visite.

– Merci, mais je ne pense pas repasser dans les parages avant plusieurs jours. Vous ne pourriez pas me dire où elle habite ? Je voudrais juste la saluer. Je n'en ai pas pour longtemps. C'est qu'elle nous a vraiment beaucoup aidés, vous savez.

Le jeune homme avait à peine vingt ans. Les cheveux roux et le visage parsemé de taches de rousseur, il portait d'élégants favoris. Avec son uniforme froissé, il ne semblait s'intéresser ni à son travail ni à ceux qui passaient là.

– Puis-je voir votre pièce d'identité ? demanda-t-il tout en cherchant l'adresse.

– Bien sûr, répondit Marion en lui tendant sa carte de police avec sa photo.

Le jeune homme y jeta un œil, puis lui donna l'adresse de Caroline. Marion le remercia chaleureusement, retourna à sa voiture et se gara quelques minutes plus tard au pied d'un immeuble à un étage. Le parking était rempli de véhicules de tourisme et de pick-up garés le long de la rue. On trouvait dans le hall un bouton avec le nom de Caroline. Marion sonna plusieurs fois sans résultat. La porte de la cage d'escalier était ouverte. Un distributeur de cigarettes était placé contre le mur, à côté d'un autre où l'on pouvait acheter des sodas et de la bière. Marion commença à gravir les marches.

Ce doit être ici, pensa Marion en s'avançant pour frapper à la porte qui se trouvait sur la droite du palier, où ne figurait aucun nom. Marion frappa à nouveau, de plus en plus fort, et finit par crier le nom de Caroline. La porte de l'appartement d'en face s'ouvrit. Un homme sortit sur le palier.

– Qu'est-ce que c'est que ce boucan ?!

Marion leva les yeux.

– Veuillez m'excuser. Je cherche Caroline. Vous savez où je peux la trouver ?

– Qui êtes-vous ? rétorqua le voisin, vêtu d'un pantalon de survêtement et d'un t-shirt aux couleurs d'une université américaine, une bière à la main. On apercevait derrière lui une femme qui n'osait pas franchir la porte, mais lançait des regards curieux dans le couloir.

– Je voulais seulement la saluer, plaida Marion. On a travaillé ensemble il n'y a pas longtemps et… elle m'a promis de… de m'emmener au club des officiers.

– Vous êtes de nationalité islandaise ?

– Oui.

– Vous voulez acheter quelque chose ?

– Acheter ? Non.

– Vous n'avez pas pris de cigarettes dans le distributeur de l'entrée ?

– Non, pas du tout.

– Vous voulez de la bière ? demanda l'homme en agitant sa canette.

– Non, merci, répondit Marion en se demandant s'il se moquait.

– C'est vous qui passez votre temps à vider les distributeurs de notre immeuble ?

– Je n'y ai jamais touché, c'est la première fois que je viens ici.

– Vous êtes tous les mêmes, fichus Islandais ! Espèce de parasites !

– Eh bien…

– Nous n'avons pas vu Caroline aujourd'hui, reprit l'homme. Je crois qu'elle vous aurait répondu si elle était chez elle. Vous pouvez arrêter de tambouriner comme ça à sa porte.

La femme recula dans son appartement. Marion entendit le téléphone sonner à l'intérieur.

– Vous savez où je peux la trouver ?

– Elle va parfois faire un tour à l'Animal Locker, répondit l'homme. Elle ne met jamais les pieds au club des officiers. Elle a peut-être prévu de vous y emmener, mais autrement elle n'y va pas. C'est votre *sponsor* ?

– L'Animal Locker ? répéta Marion qui se rappelait avoir entendu Erlendur prononcer ce nom quand il lui avait parlé de Joan. Kristvin y était allé en compagnie de ce Wilbur Cain et c'était le lieu que Caroline fréquentait. Ce n'est pas… je veux dire, c'est bien… ?

– Un bar, répondit l'homme.

– Vous le surnommez le Zoo ?

– Exact.

– Ah oui, c'est là qu'elle voulait m'emmener. Je suppose qu'elle y est déjà. Excusez-moi d'avoir fait tout ce bruit. Je ne voulais pas vous déranger.

– N'oubliez pas qu'elle n'est pas la seule à vivre dans cet immeuble, conclut l'homme en avalant une gorgée de bière.

Marion fit un sourire en guise d'excuse, le salua, descendit l'escalier, remonta en voiture et démarra avec l'impression d'être en terre étrangère dans son propre pays. Un peu plus tard, un militaire qui passait par là lui indiqua la route de l'Animal Locker.

37

Erlendur entendit le téléphone sonner dans son bureau. S'étant absenté brièvement pour aller chercher un café, il accourut et décrocha le combiné.

– Caroline ?

– Caro… ? À qui ai-je l'honneur ? Pourrais-je parler à Erlendur ?

Il reconnut la voix de Silja.

– Excusez-moi, je suis bien Erlendur, mais j'attendais un autre appel.

– J'ai retrouvé laquelle d'entre nous avait un cousin qui lui procurait ces disques. Vous voulez son numéro ?

– Oui, merci beaucoup, répondit Erlendur en attrapant une feuille et un stylo.

– Il s'agit de Rosanna, déclara Silja avant de lui dicter le numéro. Vous n'avez qu'à l'appeler, je lui ai dit que vous le feriez. Elle était très surprise par cette question sur les disques et ça ne m'étonne pas. Évidemment, je n'ai rien pu lui dire, à part que vous vous intéressez à cette affaire. Est-ce que votre enquête progresse ?

– Très peu, répondit Erlendur en avalant une gorgée de café. Il considérait qu'il n'avait pour l'instant aucune raison de faire état du voyeurisme de Rasmus.

– N'hésitez pas à me rappeler si vous pensez que je peux encore vous aider.

– Merci beaucoup.

Après cette brève conversation, Erlendur composa le numéro de Svava, la tante de Dagbjört, pour lui demander si elle se souvenait des voisins de son frère. Une femme et son fils, prénommé Rasmus, de mère danoise, avec un père islandais qui ne vivait pas avec eux.

– Ça vous dit quelque chose ? Elle est morte depuis longtemps, mais son fils vit toujours dans la maison.

– Non, d'après ce que m'a raconté mon frère, ils ne s'adressaient quasiment pas la parole, répondit Svava. Cette femme et son fils vivaient reclus et mon frère n'a pas essayé plus que ça de faire connaissance.

– Il ne s'est jamais plaint d'eux ?

– Non, en tout cas je ne m'en souviens pas.

– Et il n'avait rien à reprocher à Rasmus ?

– Non, à part qu'il trouvait cette maison mal entretenue, expliqua Svava. Cet homme ne s'est jamais occupé de son jardin, qui est devenu une véritable friche. C'est un pauvre type. Et sa mère était assez bizarre. Enfin, loin de moi l'idée de vouloir juger qui que ce soit. Je me souviens quand même que…

– Oui ?

– Un jour, mon frère s'est disputé avec elle pour une histoire de chat. Elle l'accusait d'avoir tué le sien. Ça ne tenait pas debout. Il n'aurait pas fait de mal à une mouche. Il ne supportait pas de voir la souffrance, le pauvre. Enfin bref, elle aimait beaucoup son chat et l'affaire est allée si loin qu'elle a fini par lui envoyer la police. Il a eu beaucoup de mal à se débarrasser de cette bonne femme.

– Et l'animal a été retrouvé ?

– Oui, mon frère disait que cette pauvre bête avait sans doute eu besoin d'un peu de vacances loin de la mégère.

– C'était après que Dagbjört… ?

– Non, non, c'était avant sa disparition. Puis cette femme est morte, elle l'était déjà quand ma nièce a disparu, mais son fils a continué d'occuper la maison. Il y vit toujours ?

– Oui.

– Pourquoi ces questions ?

– Il n'y a pas de raison particulière, répondit Erlendur, qui tenait à éviter d'éveiller les soupçons sur Rasmus. Je me suis renseigné sur ceux qui occupaient les maisons voisines à l'époque et ces gens ont piqué ma curiosité. Vous vous souvenez de leurs autres voisins ?

– Non, je ne me rappelle personne en particulier. C'était un bon quartier, un endroit sans problèmes où vivaient de braves gens, je pense.

Ils prirent congé l'un de l'autre. Erlendur appela le numéro que venait de lui donner Silja. Au bout de quelques sonneries, quelqu'un décrocha. Pensant reconnaître la voix d'un adolescent, le policier se présenta et demanda à parler à la mère du jeune homme, Rosanna, qui arriva presque aussitôt. Il se présenta à nouveau. Comme le lui avait dit Silja, Rosanna attendait son coup de téléphone.

– Vous m'appelez au sujet de Dagbjört ? demanda-t-elle, manifestement surprise.

– Tout à fait.

– Vous continuez d'enquêter sur cette affaire ?

– Il ne s'agit pas d'une enquête officielle. Disons que je fais ça pour rendre service à la tante de Dagbjört.

– Mais cette histoire date de vingt-cinq ou vingt-six ans, non ?

– En effet. On m'a dit que vous avez un cousin, ou plutôt que vous aviez un cousin qui travaillait à la base militaire à l'époque, et qu'il s'y procurait un certain nombre de choses, dont des disques.

– Et alors ?

– C'est vrai qu'il vous fournissait de la musique ?

– Eh bien… je… je trouve assez gênant de parler de tout ça au téléphone, répondit Rosanna. Vous ne pourriez pas plutôt passer chez moi ? Il n'est pas très tard.

– Je ne peux pas m'absenter pour l'instant, regretta Erlendur en pensant à Caroline et à Marion.

– Dans ce cas, venez me voir demain, proposa Rosanna. Ou un autre jour. Je risque d'être assez occupée demain, et c'est l'anniversaire de mon fils…

– Bon, je passerai peut-être, si ça ne vous dérange pas, répondit Erlendur pour la retenir au bout du fil. Je n'en ai que pour quelques instants.

– Parfait, conclut Rosanna avant de lui donner son adresse. À très bientôt !

Erlendur se dépêcha d'informer ses collègues de l'accueil qu'il attendait un coup de téléphone. Il les pria de le lui transmettre au domicile de Rosanna où il se rendait, c'était capital que le standard le fasse. Puis il descendit l'escalier au pas de course pour aller à la rencontre d'un passé qui l'envahissait au point que plus rien d'autre ne comptait pour l'instant.

38

Marion détaillait du regard ce lieu qu'on surnommait le Zoo. L'atmosphère y était étonnamment calme en dépit de l'appellation. Quelques tables étaient occupées çà et là dans la salle et, au bar, de simples soldats en uniforme et des hommes en civil avaient devant eux une pinte de bière ou une boisson plus forte. D'invisibles haut-parleurs diffusaient de la country en sourdine. La fumée des cigarettes planait au-dessus des tables. Apparemment, il n'y avait là que des Américains. L'un d'eux portait un chapeau de cow-boy. Les deux seules femmes présentes étaient les barmaids, l'une blonde et l'autre brune. Elles discutaient avec un serveur plus âgé qui se tenait debout derrière le comptoir. L'homme leur raconta une blague et elles éclatèrent de rire avant de jeter des regards dans la salle pour s'assurer que les clients ne manquaient de rien.

Marion avait commandé une bière et la buvait à petites gorgées en se disant qu'elle était aussi fadasse que la bière sans alcool. Soit la surveillance se relâchait, soit l'exigence d'être introduit ici par un *sponsor* n'était pas prise au sérieux par le personnel de cet établissement. Il n'y avait aucun videur à la porte et personne ne lui avait demandé qui était son parrain. Le patron s'était peut-être dit que Marion faisait partie de la foule d'entrepreneurs, de contremaîtres, d'ingénieurs et de techniciens qui n'étaient pas dans l'armée mais travaillaient pour elle et séjournaient à la base plus ou moins longuement. Le plus probable était toutefois qu'il avait eu la flemme de l'interroger car il était évident que Marion tranchait sacrément avec les habitués.

Marion avait demandé à la barmaid blonde de parler à Joan, mais cette dernière lui avait répondu que sa collègue ne travaillait pas ce soir. Elle connaissait également Caroline qui venait parfois ici et l'avait décrite comme une véritable championne de bowling en ajoutant qu'elle faisait partie de la meilleure équipe de la base. Marion se rappela son entrevue avec Caroline dans la salle de bowling et comprit la raison pour laquelle elle lui avait donné rendez-vous dans ce lieu surprenant. La barmaid lui avait dit que Caroline était "single", c'est-à-dire célibataire, qu'elle n'était pas spécialement ouverte ni bavarde, mais plutôt solitaire.

Un homme se leva de sa table, s'approcha du comptoir, échangea quelques mots avec la blonde et regarda vers la table de Marion. Vêtu d'une chemise de travail à carreaux, d'un jean et de baskets, il avait de l'embonpoint et l'air méridional, avec ses cheveux bruns et son teint mat. Il sourit à une observation de la serveuse et s'avança vers la table de Marion.

– You Icelandic ?

– Oui.

– Ça ne vous gêne pas si je m'installe avec vous ? demanda-t-il en s'asseyant sans même attendre la réponse. C'est la première fois que je vous vois ici. Vous travaillez à la base ?

– J'attends une amie, répondit Marion.

– Caroline ?

– En effet.

– Je la connais, annonça l'homme avec un sourire. Je m'appelle Martinez, Carlos Martinez, et je viens du Nouveau-Mexique. Je joue au bowling avec elle. Les serveuses m'ont dit que vous la cherchiez. Comment l'avez-vous connue, si je peux me permettre ?

– Elle nous a bien aidés dans notre enquête sur quelqu'un qui travaillait ici, répondit Marion. Je suis de la police islandaise.

– Elle ne parle pas beaucoup de son travail. Nous sommes au courant pour ce décès… on nous a dit que vous pensiez que cet homme avait été tué dans le périmètre de notre base. C'est vrai ?

– L'enquête est en cours, nous ne pouvons donc pas…

– Ne vous inquiétez pas, je comprends très bien. C'est la première fois que vous venez dans ce bar ?

– Oui.

– Alors, qu'en pensez-vous ?

– J'ai l'impression d'être au Texas, répondit Marion, je ne suis pourtant qu'à cinquante kilomètres de chez moi.

Martinez éclata de rire.

– C'est le bar le plus sympa, je ne fréquente que celui-là, observa en souriant cet homme aussi avenant que loquace.

– Il y a aussi des Islandais parmi les clients ?

– Oui, parfois. J'en connais quelques-uns. En général, ce sont des boute-en-train, des gens très sympathiques, et laissez-moi vous dire que vous avez des groupes de musique du tonnerre qui viennent jouer ici. Vos musiciens sont excellents.

Martinez ne tarda pas à lui confier qu'il avait séjourné aux Philippines avant d'être affecté ici. Dans l'armée depuis trois ans, il était en Islande depuis huit mois. Il ne savait rien du pays, hormis qu'il y faisait froid, qu'il était pratiquement désert et se trouvait aux confins du monde habitable. Il n'était encore jamais sorti de la base et ne savait pas s'il en avait envie. Il s'était beaucoup plu aux Philippines et n'imaginait pas qu'il puisse exister deux endroits aussi différents que ces îles et l'Islande. Là-bas, il faisait toujours beau et chaud, le soleil brillait tous les jours, les filles étaient sublimes et les gens adorables. En Islande, il faisait froid, on manquait de lumière et le vent hurlait constamment. Martinez avait l'habitude des climats chauds. Le froid ne lui réussissait pas. Il n'était pas venu en Islande par choix, on l'avait juste affecté ici.

– En plus, vous ne nous aimez pas beaucoup, non ? demanda-t-il.

– Tout dépend de la personne à qui vous posez la question, répondit Marion.

Martinez hocha la tête et se remit à raconter sa vie. Il lui expliqua que, dès son arrivée, ses collègues lui avaient dit que beaucoup d'Islandais étaient opposés aux activités de l'armée américaine en Islande et que la présence des troupes avait depuis le début divisé la nation en deux camps. La base militaire était soigneusement bordée d'une clôture et les contacts avec les autochtones très réduits. En revanche, beaucoup d'Islandais venaient y travailler le jour car tous les travaux entrepris par l'armée, qu'il s'agisse de la construction des immeubles destinés à héberger les soldats, de l'entretien des rues ou de la construction des hangars, étaient effectués par des entreprises locales qui n'hésitaient pas à user et abuser des largesses de l'armée. Martinez ajouta qu'il ne comprenait pas une telle hypocrisie.

– On regarde l'armée de travers et on lui trouve tous les défauts, mais ça ne pose aucun problème de s'enrichir sur son dos, s'étonna-t-il en allumant une cigarette.

Marion n'avait rien à lui répondre là-dessus.

– Excusez-moi, je ne voulais pas être désagréable, s'excusa Martinez. De toute façon, je quitterai l'armée dès la fin de mon séjour ici. Je rentrerai au Nouveau-Mexique. Il est temps. Vous ne voulez pas une autre bière ? C'est ma tournée.

Déjà parvenu au comptoir sans avoir attendu la réponse, il revint avec deux bières.

– Vous connaissez un homme qui venait ici, un Islandais qui s'appelait Kristvin ? demanda Marion. Il travaillait à la base comme technicien de maintenance en aéronautique.

– Qui c'est ? C'est le gars qui a été tué ?

– On ignore s'il a été tué, corrigea Marion. Vous vous souvenez de lui ? Ses collègues l'appelaient Krissi.

– Krissi ? Non, ça ne me dit rien. Pourquoi est-ce qu'on l'a tué ?

– On ignore ce qui s'est passé, insista Marion. Nous essayons de reconstituer le puzzle en nous intéressant à ceux qu'il fréquentait ici, à ses faits et gestes avant son décès. Nous rassemblons simplement des informations générales, à l'intérieur du périmètre de cette base et à l'extérieur, et Caroline nous assiste car la police militaire doit être au courant de ce que nous faisons ici.

– Je comprends.

– J'ai une question. Je ne sais pas vraiment comment vous la poser, alors autant le faire de façon directe. Si je voulais par exemple acheter de la marijuana à quelqu'un d'ici, à qui je devrais m'adresser ?

– De la marijuana ? hésita Martinez.

– Je n'insinue pas que vous pratiquez ce genre de commerce, ni vous ni qui que ce soit.

– Je ne sais pas. C'était le genre de l'homme dont vous parlez ?

– Sans doute. Ce sont des questions qui nous occupent, vous comprenez, et nous ne savons pas à qui les poser. Nous ne connaissons quasiment rien de l'univers de la base. Étant de nationalité islandaise, si je voulais acheter de la marijuana à un militaire affecté ici, à qui je devrais m'adresser ? Aux simples soldats ? Aux gradés ? Aux pilotes de l'armée ? Comment se dérouleraient les transactions ? Chez eux ? À l'extérieur ? Et si ensuite je n'arrivais pas à payer mes dettes et que cela m'attirait des ennuis, qui je risquerais d'avoir à mes trousses, d'après vous ?

Marion reprit son souffle. Martinez semblait interloqué par cette batterie de questions.

– Vous ne frappez pas à la bonne porte, répondit-il, méfiant. Je ne connais rien à tout ça.

– Je pourrais par exemple m'adresser à quelqu'un comme Wilbur Cain ? reprit Marion. Vous le connaissez ?

– Je n'ai jamais entendu ce nom-là, assura Martinez. Wilbur Cain ? Qui c'est ?

Marion s'excusa de devoir se contenter de lui dire que l'enquête avait conduit la police islandaise jusqu'à ce bar parce que la victime le fréquentait. Le nom de ce Wilbur Cain était apparu, mais on ne parvenait pas à trouver cet homme. Martinez l'écouta avec intérêt.

– Une certaine Joan travaille ici. Vous devriez peut-être lui poser vos questions concernant l'herbe, chuchota-t-il.

– Joan ? La serveuse ?

– Je ne devrais pas… Dites-moi, Caroline n'est pas en danger ? s'inquiéta Martinez.

– Pas plus qu'elle ne l'est habituellement dans le cadre de son travail, enfin, espérons-le, répondit Marion, craignant d'en avoir trop dit et d'avoir dévoilé beaucoup trop d'informations dans ce boui-boui à soldats.

– Elle n'est pas venue à l'entraînement ce soir. J'ai appelé chez elle, mais ça ne répond pas. Puis vous venez ici, à l'attendre. J'avoue que je suis assez inquiet. C'est tout.

– Dites-m'en un peu plus sur Joan. Elle vend de la drogue ?

– Pas elle, mais son mari. Earl. Ne dites à personne que c'est moi qui vous ai raconté ça.

– Il en vend aux Islandais ?

– C'est ce qui se dit. Elle travaille ici. Ce sont des rumeurs. Ce n'est pas mon style de rapporter ce genre de chose, mais si ça peut aider Caroline…

– Je ne pense pas que vous ayez des raisons d'être inquiet pour elle, assura Marion. Vous ne savez vraiment pas où je pourrais la trouver ?

– Non. Elle est assez solitaire et ne se confie pas facilement.

– Elle se plaît ici ?

– Oui, je crois. C'est le cas de beaucoup de soldats malgré le mauvais temps, répondit Martinez en souriant à nouveau. Elle m'a dit qu'elle allait assez souvent au cinéma. J'ai l'impression qu'elle et Bill se rapprochent. J'ai entendu dire ça l'autre jour.

– Bill ?

– Il s'occupe du cinéma.

– Le cinéma, vous voulez dire l'Andrews ?

– Eh bien, il n'y en a qu'un seul ici.

Quelques instants plus tard, Marion quitta le bar, monta en voiture, prit la direction du cinéma et sortit de sa poche le numéro de téléphone que Caroline avait confié à Erlendur en se demandant si l'Américaine n'avait pas simplement passé tout ce temps à l'Andrews.

Le doute l'envahissait. Peut-être aurait-il mieux valu ne pas prononcer le nom de Wilbur Cain dans ce bar. Cela présentait toutefois l'avantage de montrer que la police islandaise occupait le terrain et de secouer un peu tout ce petit monde. Peut-être ce Wilbur Cain apprendrait-il qu'on le recherchait. Dans ce cas, que ferait-il ? Allait-il prendre la fuite ? Quitter le pays ? Quoi qu'il fasse, la police islandaise n'avait rien à dire. L'armée agissait à sa guise sur le périmètre qu'elle contrôlait.

– Ils peuvent nous interdire l'accès à cette base à tout moment, murmura Marion dans le silence en observant le contour du cinéma Andrews derrière le pare-brise de sa voiture.

39

Mère célibataire, Rosanna vivait avec ses trois enfants dans un appartement en sous-sol du quartier de Laugarneshverfi. L'aîné, celui qui avait décroché quand Erlendur avait appelé, quittait les lieux à son arrivée. Il fallait descendre un certain nombre de marches pour accéder à la porte de l'appartement, profondément enfoncé sous terre. Erlendur avait atteint la dernière marche quand la porte s'était ouverte d'un coup. Le gamin l'avait regardé puis, avant de lui passer sous le nez et de gravir l'escalier à toute vitesse, avait lancé à sa mère :

– Le vieux est là !

Erlendur avait sursauté en entendant ce qualificatif. Personne n'avait jamais employé ce mot le concernant, d'ailleurs il n'avait que trente-trois ans. Il regarda l'adolescent en se demandant s'il ressemblait vraiment à un vieil homme. Quand il se retourna, Rosanna était arrivée à la porte. Elle l'invita à entrer. Cette femme assez petite et à la mine fatiguée le scrutait d'un air inquisiteur.

– Je vous imaginais plus âgé, observa-t-elle.

– Ah bon… je suppose que ce petit est votre fils.

– Vous n'êtes pas accompagné ?

– Hein ? Non, je suis seul.

Elle s'efforça de dissimuler un sourire qu'Erlendur remarqua quand même, puis l'invita à entrer en s'excusant pour le désordre qui régnait chez elle. Elle faisait des heures supplémentaires au travail et n'avait pas fait le ménage de toute la semaine. Et ces mômes se laissent vivre, ajouta-t-elle. Erlendur la rassura : il comprenait. Ils évoquèrent longuement les anciennes camarades de Rosanna et ce qu'elles étaient devenues. Elle lui raconta ce qu'elle avait fait depuis qu'elle avait quitté l'École ménagère. Cette femme avait une conception pragmatique de l'existence, elle n'hésitait pas à se livrer et n'était pas du genre à s'apitoyer sur son sort. Elle dirigeait une petite boutique qui vendait des produits biologiques en haut de la rue Skolavördustigur. Hélas, l'activité était loin d'être florissante. Les Islandais consommaient principalement des viandes bien grasses arrosées de sauces épaisses, mais elle pariait que l'avenir était dans l'alimentation biologique. Erlendur avoua qu'il mangeait surtout des viandes grasses arrosées de sauce ou du poisson faisandé baignant dans de la graisse de mouton, mais que cette idée de produits biologiques lui semblait intéressante. Elle eut alors un nouveau sourire. Les gens pensent de plus en plus à leur santé, heureusement, se réjouit Rosanna, optimiste. Au lieu de poursuivre ses études après l'École ménagère, elle avait rencontré un homme qu'elle avait épousé. Son mari avait fondé une petite entreprise où elle l'avait assisté jusqu'à la naissance des enfants. Là, elle était devenue mère au foyer. Peu à peu, l'activité de l'entreprise avait périclité et le couple croulait sous les dettes. Son mari était tombé malade. On lui avait diagnostiqué un cancer du pancréas. Un an plus tard, il était décédé. Elle avait alors vendu l'entreprise, la maison et les deux voitures qu'ils possédaient, ce qui lui avait permis de régler presque toutes les dettes, puis s'était installée dans cet appartement en sous-sol.

– Je n'étais pas celle qui connaissait le mieux Dagbjört, déclara-t-elle après un moment de réflexion, mais je me souviens combien toutes les filles de notre classe ont été choquées. On n'arrivait pas à y croire. On pensait qu'elle était allée quelque part sans le dire à personne et qu'elle reviendrait en cours dès le lendemain. Il ne pouvait s'agir que d'un malentendu. Malheureusement, elle n'est pas revenue. J'ai été très surprise par le coup de fil de Silja, puis par le vôtre. Ça fait des années, des années qu'on ne m'a pas posé ce genre de questions sur elle.

– Il n'y a rien de nouveau, prévint Erlendur. J'ignore si Silja vous l'a expliqué, mais la tante de Dagbjört continue d'espérer des réponses et j'ai accepté de l'aider. C'est une dernière tentative.

– J'imagine que ce genre d'événement atteint la famille au plus profond. À l'époque, toute notre classe a dû répondre à des tas de questions. J'ignore si je peux ajouter quoi que ce soit à tout ça et je ne comprends pas en quoi cela concerne mon cousin.

– Ce n'est qu'un des nombreux détails sur lesquels je m'interroge, répondit Erlendur afin de couper court aux inquiétudes de son hôtesse. À l'époque, certains affirmaient que Dagbjört avait un petit ami. Ça vous dit quelque chose ?

– Vous parlez de ce garçon de Kamp Knox ? Vous ne croyez pas que c'est une histoire à dormir debout ?

– C'est possible.

– Je me rappelle en avoir entendu parler. J'ignore si c'était vrai. À l'époque, les garçons étaient le cadet de nos soucis. Une ou deux filles de la classe devaient avoir un copain, mais je n'en ai aucun souvenir précis.

– Et Kamp Knox ? Est-ce qu'il lui arrivait d'en parler ?

– C'est possible, mais dans ce cas j'ai oublié. J'habitais à l'autre bout de la ville et je ne connaissais pas du tout la partie ouest. Je savais évidemment comment ça se passait dans les quartiers des baraquements. La vie n'y était pas drôle. Une de mes tantes maternelles habitait dans celui de Mulakamp.

– On m'a dit que vous avez gardé contact avec vos anciennes camarades de classe, reprit Erlendur.

– Effectivement, on se retrouve au moins une fois par an. Ça vous semblera peut-être un peu morbide, mais on trinque toujours à la santé de Dagbjört. Elle est toujours là, près de nous. Puis on écoute la musique en vogue à l'époque. Dean Martin et ces artistes-là.

– Doris Day ?

– Oui, Doris Day, convint Rosanna avec un sourire.

– Je sais que tout cela date de très longtemps, mais Dagbjört ne vous a jamais parlé de ses voisins les plus proches ?

– Non, jamais. Ou alors, je ne me rappelle pas.

– J'ai parlé avec l'un d'eux. Il a discuté avec elle un peu avant sa disparition. Elle lui a raconté qu'elle espérait pouvoir se procurer les derniers succès à la mode en Amérique. C'est dans ce contexte qu'elle a évoqué votre cousin, en disant qu'il avait accès à des disques de Doris Day et d'autres chanteurs américains parce qu'il travaillait à la base de Keflavik. Vous deviez d'ailleurs lui en apporter quelques-uns pour sa fête d'anniversaire. Ça vous revient ? Vous savez si Dagbjört a ensuite contacté votre cousin ?

Rosanna l'écoutait avec intérêt en essayant de reconstruire mentalement les événements qui avaient précédé le drame.

– Si elle souhaitait le contacter, j'imagine qu'elle est passée par vous, poursuivit Erlendur.

– Je n'avais qu'un cousin qui travaillait là-bas, répondit Rosanna, pensive. C'est le fils du frère de mon père. Il a environ dix ans de plus que moi et s'appelle Mensalder. J'essaie de me souvenir si Dagbjört m'a demandé son numéro de téléphone, mais ça ne me revient pas. S'ils se sont appelés ou rencontrés, ils ne m'ont pas mise au courant. Mensalder habitait à la base et travaillait pour l'armée. Il nous apportait toujours des tas de choses qu'on lui donnait ou qu'il achetait. Des cigarettes, de la dinde, des steaks de bœuf et des jeans. À l'époque, c'étaient des produits de luxe parce qu'on manquait de tout à Reykjavik. Il voulait s'enrichir un peu avec ce petit trafic. En fait, il nous offrait pas mal de choses et papa se contentait de lui donner la pièce. Mensalder avait des dollars et tous les derniers disques. Je me souviens très bien qu'il m'en a prêté trois ou quatre quand je suis allée chez Dagbjört pour fêter son anniversaire. J'ai peut-être donné ses coordonnées à Dagbjört, mais si elle l'a contacté, je ne l'ai jamais su. D'ailleurs, elle a pu obtenir son numéro de téléphone d'une autre manière.

– Donc, vous n'avez pas servi d'intermédiaire ? demanda Erlendur.

– Non. Je n'ai jamais rien acheté à mon cousin pour Dagbjört, si c'est ce que vous voulez dire. Par contre… il y a… attendez une minute…

– Oui ?

– Eh bien, je me demande s'il ne les a pas tout simplement apportés chez elle.

– Vous parlez des disques ?

– Oui. Ou plutôt non, en fait, il est passé chez elle pour les reprendre, ça me revient. Il m'a prêté ces disques et tenait à ce que je les lui rapporte immédiatement car il les avait déjà vendus à quelqu'un. En fait, je les ai oubliés chez Dagbjört et, comme je ne pouvais pas aller les chercher, je lui ai dit où elle habitait et il m'a répondu qu'il y ferait un saut pour les reprendre. Il était assez pressé de les récupérer.

– Ils ont donc été en contact.

– Évidemment.

– Elle lui a peut-être demandé s'il pouvait lui vendre des produits venus de la base ?

– C'est possible. Et alors, vous voyez quelque chose de suspect là-dedans ? Vous pensez qu'il y a un lien avec… avec ce qui lui est arrivé ?

– Que fait-il aujourd'hui ? Ce Mensalder ?

– Aux dernières nouvelles, il travaillait dans une station-service, répondit Rosanna.

– À Reykjavik ?

– Oui.

– Il est marié ? Il a des enfants ?

– Non, il n'a ni femme ni enfants, répondit Rosanna. Erlendur comprit qu'elle entrevoyait le véritable motif de la visite de cet inconnu venu l'interroger sur Dagbjört en cette fin de soirée. Mensalder a toujours vécu seul, ajouta-t-elle, hésitante. Pourquoi vous le mêlez à cette histoire ? Qu'est-ce qu'il a fait ?

Erlendur ne savait pas quoi répondre.

– Je ne crois pas du tout que… Non, Mensalder ne ferait pas de mal à une mouche. Il ne pourrait jamais… Vous insinuez qu'il pourrait être à l'origine de la disparition de Dagbjört ? C'est ça que vous essayez de me dire ?

– Je n'en sais rien, répondit Erlendur, voyant combien Rosanna était bouleversée. Je n'en ai absolument aucune idée.

40

Marion se gara devant le cinéma Andrews, le parking était presque plein. On diffusait en ce moment *Apocalypse Now*, qui remportait manifestement un grand succès auprès des soldats. Marion éteignit son moteur à l'extrémité du parking mal éclairé en s'interrogeant sur le meilleur moyen de trouver Caroline en toute discrétion dans ce cinéma quand, tout à coup, la porte arrière de sa voiture s'ouvrit. Caroline s'installa sur la banquette et claqua la portière. Marion se tourna vers elle.

– Pourquoi vous n'avez pas appelé pour me prévenir que vous veniez ?! s'exclama l'Américaine en jetant des regards inquiets aux alentours. J'espère que cette voiture n'a pas été suivie ?

– Suivie ?

– Oui !

– Je n'ai rien remarqué, assura Marion en démarrant, s'apprêtant à quitter les lieux.

– On ne bouge pas. On ne risque rien sur ce parking, expliqua Caroline.

– Nous avons appelé le numéro que vous nous avez donné. Nous avons bien cru que vous nous meniez en bateau quand nous sommes tombés sur le cinéma.

– Que je vous menais en bateau ? Dans ce cas, pourquoi venir jusqu'ici ?

– On m'a parlé de Bill, éluda Marion, coupant à nouveau le moteur.

– De qui ?

– J'ai rencontré votre ami Martinez, un homme très sympathique, je dois dire.

– Carlos Martinez ?

– Oui. Il était à l'Animal Locker. J'ai cru qu'il n'allait jamais arrêter de me raconter sa vie.

– Bill travaille ici, au cinéma. C'est un ami. Il m'a autorisée à occuper son bureau pendant qu'il est chez lui. J'ai passé toute la journée au téléphone.

– Et tout va bien ?

– Oui, ça va. Même si toute cette histoire commence à me porter sur les nerfs. Toutes ces cachotteries. Vous avez fait un saut chez moi ? Je n'y suis pas encore passée.

– Oui.

– L'immeuble était surveillé ? Vous avez remarqué quelque chose ?

– Je n'ai vu personne, répondit Marion. Mais ça ne veut rien dire, tout ça est assez nouveau pour moi.

– Oui, je sais, Erlendur m'a déjà tenu tout un discours là-dessus. Vous ne comprenez pas comment ça se passe ici, ce n'est pas votre univers, tout ça, tout ça. Je ne vois vraiment pas de quoi il parlait, mais bon…

– Je n'ai vu que votre voisin de palier. Il m'a parlé de l'Animal Locker et Erlendur m'avait dit que vous y alliez de temps en temps. Vous êtes au courant que vous avez manqué l'entraînement de bowling ?

Marion vit Caroline sourire dans son rétroviseur.

– C'est qui ce Martinez ?

– Je ne le connais pas très bien. Il est lieutenant dans l'armée de terre. On joue ensemble. C'est un gars sympa et plutôt doué au bowling.

– Il est très bavard. Il m'a dit qu'il faisait partie des habitués de ce bar. Je lui ai posé des questions sur Kristvin et demandé s'il connaissait un certain Wilbur Cain.

– Qu'est-ce qu'il a répondu ?

– Que ça ne lui disait rien.

– Je viens d'apprendre que Cain a fait un long séjour au Groenland avant de venir ici, annonça Caroline. Il s'y rend régulièrement, tout comme les appareils de la Northern Cargo en provenance d'Europe et à destination des USA. Ces avions font escale à l'aéroport de Keflavik, se ravitaillent en kérosène, et parfois en nourriture, et Cain monte de temps en temps à bord pour se rendre au Groenland avant de revenir en Islande.

– Qu'est-ce qu'il y a au Groenland ? demanda Marion.

– Thulé, répondit Caroline, notre plus grande base militaire de l'hémisphère nord.

– D'où tenez-vous ces informations ?

– De diverses sources. Mon copain de Washington m'a énormément aidée, mais aussi une femme que je connais, ici à la base, et qui travaille au trafic aérien. Je l'ai aidée par le passé et elle me renvoie l'ascenseur. Son mari avait la sale habitude de la tabasser. Elle l'a donc quitté et a demandé le divorce. Mais cet imbécile a continué de la harceler chaque fois qu'il buvait. C'était par ailleurs plutôt un brave homme. Mais il se transformait en pauvre type dès qu'il avait un coup dans le nez. Bref. Je me suis arrangée pour qu'il soit muté et qu'il la laisse tranquille. Tout ça s'est bien sûr fait à l'insu de cet homme. Il n'a appris qu'il était muté là-bas que le jour où il y est arrivé. Devinez où il est parti.

– À Thulé ?

– Exact. Elle l'a appelé là-bas. Il travaille lui aussi au trafic aérien. Il lui a dit ce qu'il savait de la Northern Cargo, côté Groenland, et expliqué qui voyage à bord de ces appareils. En général, il revient vers elle en rampant après lui avoir mis une bonne raclée et il se met en quatre pour lui faire plaisir.

– Alors, qu'est-ce qu'il se passe au Groenland ? Pourquoi un espion de l'armée fait-il des allers-retours entre Keflavik et Thulé ?

– Ça, je ne l'ai pas encore découvert.

– Vous pensez que Kristvin le savait ?

– Je ne vois pas comment il aurait pu l'apprendre, répondit Caroline. Il s'agit de vols secrets. Votre service du trafic aérien n'est même pas au courant de leur existence. Il aurait fallu que notre homme interroge quelqu'un de bien renseigné et, surtout, disposé à parler.

– Comme par exemple ? demanda Marion.

– Je n'en ai aucune idée. Ces appareils ne passent en général que très peu de temps ici et s'arrangent pour être très discrets.

– Puis, voilà qu'un de ces avions tombe en panne et qu'on doit faire appel à des techniciens de maintenance. L'un d'eux se montre assez curieux, il pose un certain nombre de questions et se retrouve mort en deux temps, trois mouvements, résuma Marion. On sait qu'il est très probablement décédé des suites d'une chute vertigineuse et on nous a dit qu'il y a dans le hangar 885 des échafaudages gigantesques. Peut-être que Kristvin est monté sur l'un d'eux et en est tombé.

– Ou peut-être que quelqu'un l'a poussé dans le vide, c'est ce que vous voulez dire, c'est bien ça ? demanda Caroline.

– Nous n'avons pas été autorisés à accéder à cet endroit ni à aucun autre. Sans doute essayait-il de fuir un assaillant. Il s'est réfugié dans le hangar, a escaladé les échafaudages, et celui ou ceux qui étaient à ses trousses l'ont rattrapé. Vous en savez un peu plus sur la base militaire de Thulé ?

Le parking était calme. Des projecteurs illuminaient le cinéma Andrews dans la nuit hivernale. Les affiches des derniers grands films hollywoodiens ornaient les murs du hall. *Kramer contre Kramer. Alien. Le Syndrome chinois.*

– Je sais très peu de choses, répondit Caroline. Elle a une importance stratégique dans notre ligne de défense contre les Russes dans le Nord. De là-bas, on peut atteindre l'Union soviétique en passant par l'Arctique et la Sibérie où la surveillance est plus relâchée, contrairement à l'Europe de l'Est et la Russie qui sont des territoires très surveillés. Thulé est donc d'une importance stratégique capitale. Sans doute plus encore que la petite base que nous avons ici en Islande.

– À propos d'endroits invivables, ironisa Marion, j'imagine que l'Islande fait figure d'île paradisiaque comparée à Thulé.

– Je suppose.

– Il y a aussi au Danemark des gens qui ne voient pas la base de Thulé d'un très bon œil, tout comme certains Islandais n'aiment pas beaucoup notre petite base, reprit Marion avant d'expliquer à Caroline que le sort des Esquimaux ou des Groenlandais vivant à proximité de Thulé avait donné lieu à des débats houleux quelques années plus tôt au Danemark. En construisant cette base, on avait détruit les habitations des chasseurs locaux qu'on avait transférés plus loin au nord dans un endroit nommé Qaanaaq sans leur demander leur avis, ce qui avait eu des conséquences désastreuses.

– Je suppose que vous nous considérez comme de véritables monstres, observa Caroline.

Marion ne lui répondit pas. Caroline prit son silence pour un acquiescement.

– Mon Dieu ! Je me demande vraiment pourquoi je fais ça ! s'emporta-t-elle soudain. Vous détestez tout ce que je représente. Et vous mettez en doute tout ce que nous faisons.

– Ce n'est pas vrai, assura Marion. Votre aide nous est très précieuse et j'espère que nous ne faisons pas preuve d'ingratitude simplement parce que nous émettons quelques réserves sur vos activités militaires. Vous avez fait pour nous beaucoup plus que ce que nous aurions osé vous demander et je crois que c'est parce que vous avez envie de découvrir ce qui se passe ici.

Caroline ne répondit pas. La porte du cinéma s'ouvrit et les spectateurs quittèrent la salle. Certains étaient venus à pied, d'autres en voiture. Tous regagnèrent rapidement leur domicile. La prochaine séance allait commencer et les spectateurs suivants affluaient déjà. On entendait quelques cris çà et là, des coups de klaxon et des rires. Marion avait appris que ce cinéma portait le nom d'un général américain décédé pas très loin d'ici dans un accident d'avion pendant la Seconde Guerre mondiale.

– Thulé est bien sûr un secteur très sensible, reprit Caroline qui, inclinée sur la banquette arrière, regardait par la vitre les gens à l'extérieur comme s'ils venaient d'un monde plus sympathique. Tout le monde ne le sait pas, mais on m'a dit qu'autrefois ce périmètre était survolé par des B-52 qui se relayaient vingt-quatre heures sur vingt-quatre. Cette surveillance permanente était censée garantir une vitesse de réaction maximale en cas d'attaque soviétique sur l'Europe de l'Ouest et sur cette base. On supposait que Thulé serait l'une des premières zones à être détruites par une bombe atomique. Ce survol permanent permettait d'assurer qu'au moins un B-52, ayant échappé à l'attaque de la base de Thulé, pénétrerait l'espace aérien soviétique pour riposter et y larguer ses bombes.

– C'était quel genre de bombes ? s'enquit Marion.

– Des bombes à hydrogène. Quatre dans chaque appareil. Chacune d'elles était cent fois plus puissante que celle qui a détruit Hiroshima.

– Suggérez-vous qu'il y a des bombes atomiques au Groenland ? s'inquiéta Marion.

– Il semble bien. Il y a une dizaine d'années, l'un de ces B-52 s'est écrasé lors d'une tempête violente comme il y en a parfois là-bas. Il a été retrouvé à dix kilomètres de la base de Thulé, on a retiré les bombes, heureusement intactes, et mis fin au survol permanent effectué par ces avions. Les bombes sont en revanche toujours stockées à la base.

– Les autorités danoises ont toujours nié la présence d'armes atomiques au Groenland, observa Marion. C'est une question politique très sensible pour les Danois. C'est votre ami de Washington qui vous a dit ça ?

Caroline hocha la tête.

– Il pense avoir une dette envers moi, murmura-t-elle.

– Ah bon ?

– J'ai longuement hésité avant de faire appel à lui, mais je ne le regrette pas. Je savais que c'était la seule solution.

– Quelle… pourquoi pense-t-il avoir une dette envers vous ?

– Il a mauvaise conscience.

– Pourquoi ?

– À cause d'une autre femme.

– D'une autre femme ?

– Je ne suis pas sûre que cela vous concerne.

– Je suppose que non, en effet.

– Je croyais que nous étions un couple heureux jusqu'au moment où il m'a trompée, expliqua Caroline. J'ai l'impression qu'il essaie toujours de réparer le mal qu'il a fait. Il m'a fait une étrange plaidoirie ce soir avant de me raconter tout ça. C'est à cause de lui que je suis en Islande. J'ai fui le plus loin possible. Et maintenant il s'imagine que c'est sa faute si je me suis mise en danger ici, loin de tout.

– Mais quel est le rapport entre tout cela, le hangar 885 et Wilbur Cain ? s'enquit Marion.

– Je devrais garder ça pour moi, mais il est possible, j'ai bien dit, possible, que les Hercules de la Northern Cargo aient transporté des armes atomiques depuis Thulé pour les entreposer en Islande. Il est aussi possible que la personne chargée d'assurer la sécurité de la mission soit notre ami. Cain.

– Wilbur Cain ?

– Exact.

41

L'un des deux hommes qui travaillaient à la station-service semblait avoir une bonne cinquantaine. Erlendur pensait qu'il s'agissait du cousin de Rosanna. L'âge correspondait. Assis dans sa voiture, il observait discrètement les lieux. Les employés servaient les rares véhicules garés devant les pompes en dispensant quelques menus services quand le conducteur le leur demandait, remplissant le réservoir de l'essuie-glace et passant un coup de chiffon sur le pare-brise. Le plus âgé servait l'essence et échangeait quelques mots avec les clients tandis que le plus jeune s'occupait surtout de la caisse. Il faisait aussi froid que les jours précédents. Le pompiste était emmitouflé dans un anorak aux couleurs de la station-service et portait une casquette de base-ball assortie. Légèrement voûté, ses gestes étaient lents comme le sont souvent ceux des travailleurs de force vieillissants. Quand il n'y eut plus aucune voiture à la pompe, il alla s'installer derrière le comptoir et s'absorba dans une activité quelconque. Erlendur ne voyait pas ce qu'il faisait.

Une voiture arriva sur le parking. L'employé le plus âgé se leva et enfila ses gants de travail. Rosanna avait dit à Erlendur que Mensalder travaillait dans l'une des rares stations-services ouvertes en soirée. Elle ne savait pas grand-chose de lui, n'ayant plus aucun contact avec ce cousin depuis des années. Bien que cousins germains, ils n'étaient pas proches, leurs familles ne s'entendaient pas très bien. Erlendur était d'abord passé au domicile de cet homme et, comme il avait trouvé porte close, il était venu à la station-service que lui avait indiquée Rosanna. Elle avait proposé de l'accompagner, mais Erlendur l'en avait dissuadée en lui disant de ne pas s'inquiéter : elle ne devait pas s'alarmer du fait que le nom de son cousin ait été cité.

La station-service, l'une des plus importantes de la capitale, se trouvait à l'orée de la ville en allant vers l'est. Après être resté à distance pour observer les lieux un moment, Erlendur se gara à côté d'une des pompes et entra dans la boutique. Celui qu'il pensait être Mensalder se leva et le policier découvrit qu'il faisait une réussite. L'homme lui demanda s'il voulait faire le plein. Erlendur lui répondit que oui et fit un tour d'horizon du magasin qui vendait des journaux, des magazines et du matériel automobile, des essuie-glaces et des raclettes. Sur les étagères à l'arrière du comptoir étaient disposés des cigarettes, des confiseries et des cigares. Il suivit le pompiste qui avait déjà ouvert le réservoir de sa voiture. On entendait le ronronnement de la circulation. Appuyé à l'aile du véhicule, l'homme vérifiait de temps à autre le montant et la quantité de carburant distribué.

– La soirée est plutôt calme, observa Erlendur. Il s'apprêta à sortir une cigarette, puis se rappela qu'il était dans une station-service.

– Oui, convint le pompiste. Ç'a été plutôt calme. Il y avait nettement plus de circulation hier soir. Il y a des jours avec et des jours sans dans tous les domaines.

– En effet.

La pompe continuait de délivrer l'essence. Le pompiste vérifia la quantité de litres distribuée d'un coup d'œil. Erlendur ne voyait que son visage. Une barbe de deux jours, des traits émaciés, un petit nez, des sourcils épais et la goutte au nez.

– Vous étiez à sec ?

– Pratiquement, confirma Erlendur.

– On y est presque. C'est quand même étonnant de voir qu'ils fabriquent des réservoirs aussi gros pour ces petites voitures de tourisme, observa le pompiste en s'essuyant le nez d'un revers de la main. Vous n'auriez pas besoin d'une nouvelle paire d'essuie-glaces ou d'autre chose ?

– Non, je vous remercie.

– On est obligés de poser la question, regretta le pompiste. Ce sont les nouvelles règles. On doit demander aux clients s'il leur faut autre chose.

– Je comprends, répondit Erlendur.

– On en apprend tous les jours.

– Dites-moi, vous ne seriez pas Mensalder ? demanda innocemment Erlendur.

– Oui, confirma le pompiste. C'est bien moi. En tout cas, c'est mon prénom. On se connaît ?

– Vous êtes le cousin de Rosanna ?

– Effectivement, j'ai une cousine qui s'appelle Rosanna. Pourquoi cette question ? Vous la connaissez ?

– Un peu, répondit Erlendur. Juste un peu. On a discuté ensemble récemment et votre nom est venu dans la conversation.

– Ah oui, alors, quoi de neuf de son côté ?

– Pas grand-chose. Elle m'a dit que vous travailliez autrefois à la base américaine.

On entendit le clic du pistolet de la pompe. Le réservoir était plein. Mensalder ajouta encore quelques gouttes tout en regardant le montant à payer. Erlendur pensa qu'il essayait d'atteindre un compte rond.

– Eh oui, j'ai travaillé là-bas dans le temps. Pourquoi… vous avez parlé de moi ? Pour quelle raison elle a mentionné mon nom ?

– On parlait juste de la base et elle m'a dit qu'elle avait un cousin qui y travaillait avant, elle a ajouté qu'il procurait à ses copines un certain nombre de choses qu'on trouvait chez les Amerloques, comme on dit. Vous étiez très efficace, d'après elle.

– Je vois, répondit Mensalder, ça fait très longtemps. C'est vrai, il y avait là-bas des tas de choses introuvables en ville. Ici, on manquait de tout, mais les soldats de l'armée américaine ne connaissaient pas la pénurie. C'était l'abondance. Ils avaient toutes les dernières nouveautés, et les meilleures.

– Bien sûr.

– Par exemple, c'est là-bas que j'ai vu mon premier fast-food.

– Ce n'était pas compliqué de sortir des produits de la base ?

– Pas pour moi, répondit Mensalder. Et je n'étais pas très gourmand. D'autres l'étaient peut-être, mais je n'ai jamais été très avide. Je travaillais directement pour l'armée qui me payait en dollars, c'était déjà un sacré plus.

– Vous habitiez à la base ?

– Oui, avec quelques autres, répondit Mensalder en passant un coup de raclette sur le pare-brise. On était hébergés dans les baraquements militaires. Beaucoup de soldats habitaient en bas, à Keflavik ou dans les environs. Ils louaient des petits appartements, parfois en sous-sol. À l'époque, on se mélangeait plus. Puis, certains s'en sont inquiétés et ils ont construit des immeubles pour héberger les troupes et tout a changé et… enfin, vous savez bien, on n'a jamais vraiment voulu se mélanger avec ces gens-là.

– C'est vrai. Vous deviez pouvoir facilement vous procurer des produits convoités puisque vous viviez là-bas et qu'on vous payait en dollars.

– Ah ça, oui, et il y avait de beaux magasins. On pouvait acheter de la vodka, de la bière, des cigarettes et plein de vêtements pratiquement introuvables à Reykjavik. Laissez-moi vous dire que, depuis, les choses ont bien changé. Aujourd'hui, toutes les boutiques débordent de produits dernier cri, mais ce n'était pas comme ça à l'époque.

– Et les disques ? glissa Erlendur.

On ne voyait toujours qu'une partie du visage de cet homme sous sa casquette de base-ball et son anorak. Il avait l'expression lasse de celui qui ne connaît que la routine d'un labeur pénible. Mensalder s'acquittait de sa tâche avec calme, le pas pesant et le geste lent. Erlendur le trouvait plutôt sympathique. Il semblait apprécier d'évoquer son passé à la base, même s'il avait un parfait inconnu face à lui. Erlendur supposait que peu de gens lui posaient ce genre de questions. Cela expliquait sans doute à quel point il était loquace quand on lui en donnait l'occasion. Peut-être aussi lui faisait-il la conversation par esprit commerçant, à la demande de ses employeurs. Il parlait sur un ton monocorde. Sa voix ne montait ni ne descendait, comme si plus grand-chose ne l'atteignait en ce monde et qu'il n'avait rien d'intéressant à raconter. Peut-être voulait-il simplement témoigner un minimum de politesse à ses clients.

– Évidemment, répondit Mensalder. On y trouvait toutes les dernières nouveautés, aussi bien dans leurs magasins que parce que les soldats en rapportaient de chez eux. C'est là-bas que j'ai entendu Elvis pour la première fois. Et Sinatra y était aussi très apprécié.

– Vous aviez une bonne collection de disques ?

– J'en avais un certain nombre.

Mensalder le regarda d'un air inquisiteur comme s'il se disait que cette conversation avec un parfait inconnu commençait à aller un peu loin, à prendre un tour un peu trop précis et étrange pour le parking de la station-service. Il s'apprêtait à le lui faire remarquer quand deux voitures arrivèrent devant les pompes. L'une d'elles se plaça juste derrière celle d'Erlendur qui reprit le volant et alla se garer devant la boutique. Il y entra, régla la note, acheta un petit truc à grignoter et traîna à l'intérieur. Il finit par prendre un journal et lut un article qui parlait de la prise d'otages à l'ambassade américaine de Téhéran. Mensalder servit les deux voitures, une troisième arriva, puis quelques autres. Le caissier quitta la boutique pour aller l'aider et accélérer le service. Au bout d'un quart d'heure, le flux de voitures se tarit à nouveau et Mensalder put venir se rasseoir et reprendre sa réussite.

– Merci beaucoup, dit Erlendur, s'apprêtant enfin à partir.

– Je vous en prie, répondit Mensalder en levant les yeux de son passe-temps. Vous aviez besoin d'autre chose ?

– Non, c'était tout. Je ne voulais pas vous retarder avec toutes ces histoires sur la base.

– Le sujet semble vous captiver.

– Je m'y intéresse beaucoup en ce moment, c'est vrai, avoua Erlendur. Tout ce qui concerne la base, les soldats, les Islandais qui y travaillent et la cohabitation avec l'armée, me passionne. Et vous connaissez tout ça d'expérience.

– C'est vrai, reconnut Mensalder.

– Vous aviez une voiture ? s'enquit Erlendur. À cette époque, tout le monde n'en avait pas, contrairement à aujourd'hui.

– Vous voulez dire quand je travaillais là-bas ? Oui, j'avais une vieille Morris. Visiblement, Rosanna vous a tout raconté.

– En fait, elle m'a surtout dit que vous étiez très doué pour lui fournir les derniers succès en musique, répondit Erlendur.

– Ah bon ?

– Elle s'en souvient très bien. Vous lui en apportiez à elle et à ses amies. Elle se rappelle surtout ces disques que vous lui aviez prêtés quand elle fréquentait l'École ménagère et qu'elle était allée à une de ces fêtes entre filles. Mais je suppose que ça ne vous dit rien.

– Non, rien du tout, confirma Mensalder.

– C'est resté gravé dans sa mémoire, elle se souvient d'un disque de Doris Day et d'un autre de Key Starr qui vous lui aviez prêtés.

Mensalder se replongea dans sa réussite sans lui répondre. Il n'avait pas retiré sa casquette de base-ball ni son anorak et s'était contenté de poser ses gants de travail sur le comptoir. Erlendur se dit qu'il commençait à soupçonner qu'il n'était pas du tout un simple client venu faire le plein par hasard dans cette station-service.

– Vous ne vous en souvenez pas ?

– Non, vraiment pas.

– Elles se sont retrouvées chez une jeune fille du nom de Dagbjört, poursuivit Erlendur, ça ne vous dit rien ?

– Absolument rien.

Un camion se gara devant la pompe, Mensalder se leva et enfila ses gants.

– Désolé, mais j'ai du travail, déclara-t-il en passant devant Erlendur avant de se diriger d'un pas pressé vers les pompes, le dos voûté, visiblement déconcerté par cette étrange visite.

42

Caroline garda un long moment le silence, pensive. Les abords du cinéma étaient à nouveau déserts. La dernière séance avait débuté et les spectateurs regardaient le film, insouciants, leurs sachets de pop-corn, leurs confiseries et leurs sodas sur les genoux.

– Vous avez un moyen de vérifier ces informations ? demanda Marion.

– Non, à moins de trouver ces bombes, répondit Caroline. Il n'y a rien de sûr dans tout cela, ce n'est qu'une possibilité que mon copain a évoquée, d'ailleurs il l'a plus ou moins fait sur le ton de la plaisanterie. Tout ce qu'il sait, c'est que la Northern Cargo a effectué ce type de transports par le passé et que le nom de Cain est apparu dans le contexte de ces missions. Mais il ne m'a dit ça qu'à mots couverts, en ajoutant que j'étais capable d'opérer les rapprochements qui s'imposaient.

– Si tout ça est vrai, vous croyez que ces bombes sont entreposées dans le hangar 885 ?

– Ça me semble improbable. Il y a beaucoup de passage dans cet endroit, et s'ils ne veulent pas qu'on découvre la présence d'armes atomiques ici, ils les ont sans doute bien cachées. Enfin, je suppose.

– Vous avez accès à ce hangar ? demanda Marion.

– Je peux y entrer, si c'est ce que vous voulez dire. J'imagine que votre pays n'a pas donné son accord pour la présence d'armes atomiques sur son territoire.

– Une des conditions de la présence de la base est justement qu'on n'y stocke pas ce type d'armes sans avoir obtenu la permission des autorités islandaises, observa Marion.

– Vous croyez qu'elles ont donné leur aval ?

– J'ai du mal à imaginer que quelqu'un puisse s'y risquer. Il sera impossible de justifier la présence militaire si la population locale apprend qu'il y a ici des armes nucléaires. Évidemment, l'armée américaine a peut-être passé avec les autorités islandaises des accords dont nous ignorons l'existence.

Marion regarda Caroline dans son rétroviseur.

– Si on apprenait ce genre de choses, la situation serait incontrôlable.

– C'est un sujet très sensible ? s'enquit Caroline.

– Je dirais même inflammable.

– Assez pour que certains veuillent faire taire un homme qui en saurait trop ?

– C'est bien possible, répondit Marion. Kristvin fouinait. Il était en contact avec un journaliste de Reykjavik et connaissait très probablement Wilbur Cain. J'imagine que Cain a tenté de découvrir ce qu'il savait. Il a même sans doute apporté de l'eau à son moulin en prétendant détenir des informations pour l'amener à lui dévoiler ce qu'il comptait faire de ce qu'il avait découvert. Ensuite, on peut supposer que Cain a pris une décision.

– Et ?

– Il lui a sans doute donné rendez-vous dans le hangar, puis l'a poussé dans le vide depuis le sommet de l'échafaudage. Puis il a emmené le corps en voiture et s'en est débarrassé sur le champ de lave de Svartsengi.

– C'est une hypothèse.

– Dites-m'en un peu plus au sujet de ces bombes…

– Elles peuvent être de plusieurs types, répondit Caroline. Nous avons par exemple ici des avions Orion-Lockhead capables de transporter des missiles à têtes nucléaires destinés à détruire les sous-marins soviétiques. Nous avons aussi des avions de combat F-4 Phantom arrivés à la base il y a six ans. On peut y charger des missiles nucléaires à longue portée.

– Vous disposez donc de tout le matériel nécessaire ?

– Oui.

– Il faut absolument que nous accédions à ce hangar, expliqua Marion. Si Kristvin y a été assassiné, s'il est réellement tombé de cet échafaudage, il faut au moins que nous examinions ce lieu avant que toutes les traces n'aient été effacées. Je suppose qu'on a déjà commencé à démonter les échafaudages, nous devons faire vite. On pourrait y aller maintenant ?

Caroline s'accorda un instant de réflexion.

– Et que faites-vous de Cain ?

– Le mieux serait de l'enfumer et de le forcer à se découvrir pour que vous n'ayez plus aucune raison d'avoir peur de lui, répondit Marion. On ferait bien d'aller le voir, de lui exposer nos soupçons en lui disant que nous avons des preuves. Ce serait une manière de vous mettre à l'abri, je pense. Nous lui dirons clairement que, s'il vous arrivait quelque chose, nous saurions qui est le coupable. Vous connaissez son adresse ?

– Non, je n'en ai pas la moindre idée. Vous trouvez vraiment votre suggestion valable ? Je ne pense pas que quiconque ici craigne la police islandaise.

– Je ne vois pas ce que nous pourrions faire d'autre. Nous devrons tôt ou tard rencontrer cet homme et je pense qu'il est préférable que nous le prenions par surprise. Il est susceptible de disparaître, de quitter l'Islande n'importe quand. Vous n'avez dit à personne ce que vous savez, sauf à Erlendur et à moi. Cain n'est pas censé être au courant de vos investigations, vous nous avez assuré que vous agiriez seule. Vous n'avez toujours pas informé votre hiérarchie, n'est-ce pas ?

– De ce que je viens de découvrir ? Non, je n'en ai parlé à personne à part vous. Et je ne suis pas certaine d'avoir bien fait.

– Peut-être pas. En tout cas, mieux vaut être prudent.

– Je sais, Cain est un homme très dangereux, reprit Caroline. Si vous avez l'intention de lui rendre visite comme vous le dites, vous devez prendre toutes les précautions. En plus, nous ignorons s'il est en Islande en ce moment. Il va et vient à sa guise. On peut aussi imaginer qu'il est au courant de mes investigations. J'ai parlé à des tas de gens aujourd'hui. C'est pour ça que je vous ai posé la question de la surveillance de mon immeuble.

– Je me demande si nous ne pourrions pas l'arrêter dans le cadre de l'enquête sur le décès de Kristvin.

– Et pour quel motif ?! rétorqua Caroline. Vous n'avez rien contre lui à part de vagues soupçons. Et il vous faudra des preuves tangibles. Il ne suffira pas de dire qu'on l'a aperçu dans un bar en compagnie de la victime. Nous ne sommes même pas sûrs que c'était lui qui était avec Kristvin.

– On peut peut-être demander à l'interroger ? suggéra Marion.

– Rien ne vous empêche de solliciter cette autorisation, mais j'imagine que le commandement de la base fera traîner les choses pour finalement refuser en arguant bien sûr qu'il est inconnu dans les services de l'armée, expliqua Caroline. D'ailleurs, Wilbur Cain est probablement une fausse identité, j'en mettrais presque ma main à couper.

– Dans ce cas, où allons-nous trouver des preuves ?

– Sans doute dans le hangar.

– On ferait mieux d'y aller, vous ne croyez pas ?

– Maintenant ?

– Pourquoi pas ? rétorqua Marion.

Caroline se redressa sur la banquette arrière.

– Ce n'est pas un peu… ?

– Nous avons une autre solution ?

– Eh bien…

– Je ne crois pas, conclut Marion.

– Bon, allons-y, déclara Caroline après un instant de réflexion. Autant le faire avant qu'on me mette aux arrêts pour me traduire en cour martiale puis me fusiller.

Marion démarra, quitta la place de parking, prit la direction des locaux de la police militaire et se gara à proximité. Caroline inspecta scrupuleusement les environs, les voitures garées dans les parages et les gens qui se déplaçaient à pied. Dix minutes s'écoulèrent, puis elle courut vers le bâtiment et disparut à l'intérieur. Un quart d'heure plus tard, ayant revêtu son uniforme de la police militaire, elle ressortit, se dirigea vers les véhicules de service, monta dans l'un d'eux, et prit Marion à bord.

– Tout s'est bien passé ?

– Comme sur des roulettes. J'ai appris que vous aviez demandé à me voir, répondit Caroline avec un sourire.

Elle démarra en direction du hangar 885. Les rues de la base étant presque désertes, elle atteignit en quelques instants le poste de garde.

– Je le connais ! déclara-t-elle, soulagée, en voyant le militaire approcher. Trois hommes surveillaient le périmètre, les deux autres n'avaient pas bougé. Pas un mot, ajouta-t-elle en regardant Marion.

Elle baissa sa vitre.

– Salut, Spence, comment ça va ? demanda-t-elle avec un large sourire.

Également noir, Spence avait une vingtaine d'années et lui rendait son sourire. Il jeta un regard vers le siège du passager où, sans lui accorder aucune attention, Marion se plongeait dans la lecture du manuel de l'utilisateur pris dans la boîte à gants.

– Tu es de garde toute la nuit, mon pauvre ? demanda Caroline.

– Eh oui, répondit Spence. Tu as besoin d'aller au hangar ?

– Technicien de maintenance aéronautique, répondit-elle en désignant Marion d'un signe de tête. Donc, je ne te verrai pas au Zoo ce soir ?

– Peut-être demain, promit Spence en lui faisant signe d'avancer.

– À plus tard, cria Caroline à son collègue après avoir passé le portique d'accès au hangar.

– Spence ? s'étonna Marion dès que la voiture se fut un peu éloignée.

– Oui. Aucun commentaire, répondit Caroline.

Elle longea le gigantesque bâtiment et se gara à un endroit invisible depuis le poste de garde. Situé à l'extrémité du périmètre de l'aéroport, le hangar était éclairé par de puissants projecteurs fixés sous le toit, qui illuminaient les alentours. On apercevait en contrebas les lumières de Keflavik et celles d'autres villages de la péninsule de Reykjanes. Au loin, on distinguait Reykjavik dont l'éclairage public faisait rougeoyer le ciel. La capitale se développait de plus en plus vers l'est.

– Alors, vous venez ? lança Caroline à Marion qui contemplait le paysage, debout dans la nuit.

– Regardez un peu cette vue qu'on a d'ici !

– On n'est pas là pour contempler la vue ! s'agaça Caroline, à nouveau tenaillée par le doute. Je ne comprends pas comment vous vous y prenez pour me convaincre de faire une chose pareille, marmonna-t-elle entre ses dents. Je ne suis qu'une idiote. Une pauvre fille et une putain d'idiote !

Elle indiqua à Marion une porte sur la façade nord, mais cette dernière était verrouillée à double tour. Caroline continua à marcher vers l'angle du bâtiment et longea le grand portail du hangar, percé à intervalle régulier de gigantesques portes, elles-mêmes percées d'ouvertures plus petites, destinées à l'entrée du personnel. Elle actionna l'une des poignées, mais celle-ci était également fermée. Elle s'apprêtait à continuer sa route quand elle entendit du bruit à l'intérieur. Elle poussa alors Marion dans le renfoncement formé par les deux grandes portes coulissantes à l'avant du hangar. Deux soldats sortirent et se dirigèrent vers l'autre extrémité du bâtiment. La porte commença à se refermer, mais avant qu'elle ne claque, Caroline accourut et la retint. Elle inspecta l'intérieur pour s'assurer qu'il n'y avait pas d'autres militaires, puis fit signe à Marion de la suivre.

43

Erlendur observait Mensalder tandis qu'il faisait le plein du camion. Il échangea quelques mots avec le chauffeur, jetant de temps en temps des regards furtifs dans sa direction. Le caissier était allé aux toilettes. Quand il en ressortit, Erlendur lui demanda si Mensalder travaillait là depuis longtemps.

– Mensi ? reprit le jeune homme. Je dirais environ cinq ans. Vous… vous le connaissez ?

– Non, répondit Erlendur, pas vraiment. Donc, on l'appelle Mensi ?

– Oui, c'est un brave gars, répondit le caissier tout en décrochant le téléphone qui s'était mis à sonner sur le comptoir. Erlendur ressortit sur le parking pour rejoindre Mensalder et croisa en chemin le chauffeur du camion qui se dirigeait vers la boutique.

– Quel froid de canard ! s'exclama ce dernier en dépassant Erlendur, pressé d'aller se réchauffer à l'intérieur.

– Je n'ai pas été tout à fait honnête avec vous, déclara Erlendur dès qu'il fut à portée de voix de Mensalder. J'essaie de comprendre ce qui a pu arriver à Dagbjört, cette jeune fille dont je viens de vous parler. Elle a disparu. Ses proches n'ont jamais cessé de penser à elle et de se poser des tas de questions. Ils m'ont demandé de reprendre cette enquête, d'interroger des gens, de découvrir ce qui s'est passé. Je suis policier. Votre cousine Rosanna pense que vous avez peut-être rencontré Dagbjört et que vous lui avez parlé. Je voulais juste savoir si c'est le cas. C'est tout.

Penché au-dessus du réservoir à diesel qui dépassait sur le côté du camion, Mensalder continuait de distribuer le carburant. D'un revers de la main, il essuya la goutte qu'il avait au nez sans accorder un regard à Erlendur, comme s'il n'était pas là. Pensant que le bruit de la pompe avait couvert sa voix, Erlendur s'approcha.

– Vous avez parlé à Dagbjört quelques jours avant sa disparition ? demanda-t-il, plus fort.

Mensalder ne disait rien et continuait de fuir son regard.

– Mensalder, vous devez me parler. Vous serez forcé de répondre à cette question.

– Je n'ai rien à vous dire, marmonna le pompiste. Vous venez ici en vous faisant passer pour... vous arrivez là et... je n'ai rien à vous dire !

Le réservoir se remplissait, Mensalder se pencha un peu plus en avant comme pour se mettre à l'abri, à demi dissimulé par le camion. Erlendur préféra le laisser tranquille pour le moment. Mensalder remit le pistolet en place sur la pompe et le chauffeur du camion réapparut au même instant. Les deux hommes échangèrent quelques mots. Le chauffeur demanda au pompiste d'ajouter le montant au compte qu'il avait ouvert à la station-service, il allait dans le nord du pays et roulerait toute la nuit. Puis ils se saluèrent et le camion démarra en vrombissant dans un nuage de fumée.

Le policier et le pompiste se retrouvèrent seuls sur le parking. Erlendur s'approcha de Mensalder.

– Qu'avez-vous à craindre ?

– À craindre ? Je n'ai rien à craindre.

– Avez-vous discuté avec Dagbjört ?

– Je ne lui ai rien fait, répondit Mensalder en tournant le dos au vent du nord.

– Lui avez-vous parlé ?

– Pourquoi cette question ? Vous croyez que j'ai fait du mal à cette gamine ? C'est ridicule. C'est totalement absurde ! Je ne sais pas ce que Rosanna vous a raconté, mais si elle affirme que… si elle vous a dit ça… Je ne peux pas croire qu'elle ait dit une chose pareille. Je ne le crois pas une seconde.

Mensalder s'interrompit.

– Vous vous souvenez de quand elle a disparu ? demanda Erlendur. Vous vous souvenez des recherches ?

– Oui, j'étais au courant qu'elle fréquentait la même école que Rosanna.

– Mais vous ignorez ce qui lui est arrivé ?

– Moi ? Bien sûr que je l'ignore. Je ne vois pas ce qui vous fait penser le contraire. Je ne comprends pas le sens de vos questions.

– Vous êtes allé chez elle.

– Oui, pour récupérer mes disques, répondit Mensalder. Je les avais prêtés à Rosanna qui devait passer une soirée avec ses copines. Ces gamines avaient prévu une fête et…

– Et ?

– J'avais vendu ces disques à quelqu'un, vous comprenez ? Ils n'étaient pas à ma cousine et je ne pouvais pas les lui donner car ils ne m'appartenaient plus. Je les avais promis à une jeune fille que je connaissais. Il y avait du Doris Day, du Dean Martin et ce genre de choses.

Les deux hommes s'étaient approchés de la boutique pour se mettre à l'abri du vent. Mensalder expliqua à

Erlendur comment il avait gagné de l'argent en revendant des produits qu'il sortait en douce de la base à cette époque où le contrôle des changes et la pénurie empoisonnaient les Islandais. Il transportait le tout à bord de sa vieille Morris et veillait toujours à ne pas trop se charger. S'il était pris, ce qui arrivait parfois, il pouvait répondre que ces produits étaient réservés à son usage personnel, ce qui ne posait pas problème. Il achetait directement aux soldats des vêtements, des jeans et même parfois des costumes. Ces derniers lui fournissaient également la plupart des disques. Il allait au magasin de la base pour dépenser ses dollars en achetant des appareils ménagers. Les grille-pains étaient, par exemple, très prisés. Copain avec les cuisiniers du mess des officiers, ces derniers lui donnaient de la viande de bœuf qu'il revendait à des restaurants de Reykjavik ou à des membres de sa famille. Il avait ainsi amassé un bon petit pécule jusqu'au moment où la chance avait tourné. Il s'était fait prendre deux ou trois fois de suite et avait perdu son travail.

Un jour, à l'époque où tout allait pour le mieux, Rosanna lui avait demandé s'il avait des disques récents à lui prêter. Ce n'était pas la première fois qu'elle lui posait la question, d'autres membres de la famille la lui avaient aussi posée et il lui était même arrivé de prendre des commandes, tout comme il avait un jour fourni à un de ses amis un costume trois pièces sur mesure et une paire de chaussures en cuir. Pour ce qui était de la musique, pas mal de gens cherchaient à mettre la main sur les toutes dernières chansons à la mode en Amérique. Il transportait justement dans sa Morris quatre disques récents qu'il devait livrer à quelqu'un et les avait prêtés à Rosanna. Le problème, c'est qu'elle avait oublié de les reprendre à la fin de cette fête. Elle lui avait donc donné l'adresse de sa copine avant de partir à la campagne. Pressé de récupérer son bien, Mensalder s'était rendu chez Dagbjört.

– Elle était vraiment adorable, elle m'a rendu mes disques et je suis reparti.

– Elle était seule chez elle ?

– Je pense. En tout cas, je n'ai vu personne d'autre.

– Et c'est tout ? insista Erlendur.

– Oui, c'est tout. Ensuite, j'ai appris qu'on la recherchait. Rosanna m'a dit qu'elle avait disparu, qu'elle s'était évaporée sur le chemin de l'école et que personne ne savait où elle était.

– Vous avez dit à Rosanna que vous aviez rencontré Dagbjört ?

– Je ne crois pas, répondit Mensalder. Je ne m'en souviens pas, mais je suppose qu'elle a pu vous le dire, elle s'en souvient sans doute.

– Effectivement, répondit Erlendur.

– Quel choc !... Excusez-moi, mais ça m'a fait un sacré choc quand j'ai compris la raison de votre visite, vous l'avez vu. Vous pensez sans doute que j'ai quelque chose à cacher, mais je vous assure que... C'est juste que... Quand on trompe les gens comme vous venez de le faire, on doit s'attendre à ce genre de réaction.

– Je ne pensais pas que c'était un sujet aussi délicat étant donné que vous ne l'avez rencontrée qu'une seule fois pour récupérer vos disques, s'étonna Erlendur.

– Bien sûr. C'est surtout votre façon de faire qui m'a choqué. J'ai souvent pensé à elle et à sa disparition subite peu après notre rencontre. Je n'en ai jamais rien dit à la police, pensant que ça n'avait aucune importance. D'ailleurs, c'est toujours mon opinion, vous savez. Puis vous débarquez ici... en me parlant d'elle, comme un fantôme du passé.

– C'est normal que vous soyez choqué, reconnut Erlendur, désireux de témoigner une forme d'empathie à son interlocuteur. Vous n'avez rien à ajouter à ce que vous m'avez dit ?

– Je ne pense pas, je ne vois pas ce que je pourrais dire de plus, répondit Mensalder.

– Vous en êtes sûr ?

– Oui. Je suis passé reprendre mes disques, puis je les ai apportés à mon amie, voilà tout.

Erlendur scruta longuement Mensalder, son visage impassible sous la visière de sa casquette aux couleurs de la station-service et son gros anorak. Ses épaules s'affaissaient au fil de leur conversation, il sentait l'essence et l'huile de vidange.

– Je crois que vous me mentez, déclara le policier.

– Non, je ne vous mens pas, pas du tout, assura Mensalder. Pourquoi…

– La manière dont vous réagissez… expliqua Erlendur.

– Justement, je viens de vous dire pourquoi j'ai… pourquoi j'ai réagi comme ça quand vous avez abordé le sujet.

– Mais ce n'est pas tout. Peu avant de disparaître, Dagbjört a dit qu'elle voulait savoir si vous pouviez lui fournir des disques de la base. Elle vous en a sans doute parlé quand vous êtes passé chez elle. Elle avait évoqué la question avec votre cousine. Je suppose que vous avez accepté, étant habitué à tout ça. On m'a dit que vous aimiez bien rendre ce genre de services et que ça vous rapportait pas mal d'argent. Je ne vois pas pour quelle raison Dagbjört ne vous en aurait pas parlé puisque vous étiez sur le pas de sa porte. Et je ne vois pas non plus pourquoi vous auriez refusé.

– Elle ne m'a rien demandé, rétorqua Mensalder.

– Vous êtes sûr que vous n'aviez fixé aucun rendez-vous ? insista Erlendur.

– Oui, tout à fait. Tout à fait. Nous n'avons jamais fixé aucun rendez-vous.

– Elle ne vous a pas demandé de lui trouver de la musique ?

– Non… ou alors, je ne m'en souviens pas. Vous m'embrouillez la tête avec toutes vos histoires. En tout cas, on n'avait pas rendez-vous, contrairement à ce que vous affirmez. Je ne l'ai pas revue après ça. Jamais. Je ne l'ai vue que cette seule et unique fois. Je vous dis la vérité. Je vous assure que je vous dis toute la vérité !

– Donc, vous n'aviez pas rendez-vous avec Dagbjört ?

– Non.

– Elle n'est pas montée dans votre voiture le jour de sa disparition ?

– Absolument pas.

– D'accord. Je pense que je ferais mieux de laisser tomber. Voyons ce que vous direz à la police quand elle vous emmènera. Vous me forcez à la contacter, vous comprenez. Vous ne me laissez pas le choix, Mensalder.

– Je ne comprends pas pourquoi vous me harcelez comme ça. Pourquoi vous refusez de me croire ? Je ne lui ai rien fait. Je ne comprends pas votre attitude. Mais alors vraiment pas.

– En effet. Enfin, on verra bien. D'autres que moi sauront peut-être s'y prendre pour vous tirer les vers du nez.

Erlendur traversa le parking pour rejoindre sa voiture. Le vent et le froid piquant l'enveloppèrent d'un coup. Il prit ses clefs et s'apprêtait à ouvrir sa portière quand il entendit une voix crier dans son dos. Il ne distinguait pas les mots et ça ne l'intéressait plus. Il avait assez cuisiné Mensalder et refusait d'aller plus loin. Cette conversation ne lui avait pratiquement rien appris. Sa menace de contacter la police était vaine. Il n'avait rien en main pour accuser cet homme. Il valait mieux reprendre le volant pour se rendre à la base et tenter d'y retrouver Marion et Caroline qui, de leur côté, avaient peut-être progressé. Il espérait que Caroline allait bien et qu'elle ne s'était pas mise en danger en leur prêtant main-forte.

Il entendit à nouveau la voix de Mensalder dont les mots étaient dispersés par le vent.

– … jamais venue…

Erlendur se retourna.

– Pardon ?

– Elle n'est jamais venue, cria Mensalder en lançant aux alentours quelques regards inquiets afin de s'assurer que personne ne l'entendait.

Erlendur claqua sa portière et le rejoignit.

– Qu'est-ce que vous dites ?

– Je l'ai attendue plus d'une demi-heure avec ces disques, ensuite j'ai dû repartir à la base. Elle n'est jamais venue. On avait fixé un rendez-vous, mais elle n'est jamais venue.

– Dagbjört ?

– Évidemment, je parle de Dagbjört. Ensuite, j'ai appris qu'elle avait disparu et je n'ai jamais parlé de cette histoire à personne parce que je pensais que ça ne me concernait pas, expliqua Mensalder, j'étais persuadé que tout ça ne me regardait pas.

44

Marion ne tarda pas à s'habituer à la pénombre et suivit Caroline vers le gigantesque échafaudage qui atteignait le plafond. Apparemment, aucun soldat ne surveillait les lieux, uniquement éclairés par de faibles ampoules disposées le long des murs. L'activité semblait à l'arrêt. On distinguait les contours de deux avions de combat à une extrémité du bâtiment. Des pièces détachées s'alignaient le long du mur de droite et on voyait un réacteur suspendu à un treuil. Caroline avait précisé que le hangar fonctionnait au ralenti pendant l'installation du nouveau système anti-incendie.

Marion mesura du regard l'échafaudage qui s'élevait sous leurs yeux, aussi haut qu'un gigantesque immeuble. Il était constitué d'une quantité de plaques d'acier emboîtées les unes dans les autres et, au centre, une sorte de cage d'escalier permettait d'accéder au sommet. Il n'y avait plus aucune trace visible du passage des plombiers et de leurs arpettes qui, du reste, avaient achevé leur tâche. Marion avait imaginé que, si Kristvin était tombé de l'échafaudage, on trouverait en contrebas des traces de sa chute, mais le sol était si crasseux, taché d'huile et de saletés de toutes sortes accumulées au fil des ans qu'il était impossible de dire si certaines de ces taches étaient dues au sang de

Kristvin, à moins de les soumettre à une analyse, ce qui n'était pas à l'ordre du jour étant donné les conditions.

Tout était calme. Immobile dans la pénombre, Caroline écoutait et observait, tendue comme un animal aux aguets. Puis, s'étant assurée que personne n'avait remarqué leur présence, elle fit signe à Marion de la suivre dans l'escalier. Elle passa devant, gravissant précautionneusement les marches, manifestement réticente à entreprendre cette ascension.

– J'espère que vous n'avez pas le vertige, chuchota Marion.

– Si, un vertige terrifiant, et depuis toujours, j'ai aussi peur en avion, mais là, je suis avant tout morte de trouille, répondit Caroline.

Elle atteignit toutefois le sommet en un clin d'œil, suivie de près par Marion. De là, on voyait distinctement l'extrémité du hangar où deux avions de combat F-16 stationnaient côte à côte. Les lieux étaient déserts.

– Personne ne surveille cet endroit ? s'étonna Marion.

– J'aurais pourtant cru le contraire.

– Vous n'êtes jamais venue ici ?

– Non, je n'ai jamais aucune raison de le faire. Je ne pensais pas que c'était aussi immense.

– C'est tout simplement gigantesque.

Marion fit un tour d'horizon depuis le sommet de l'échafaudage, sécurisé de tous côtés par un garde-corps haut d'environ un mètre. Les tuyaux du nouveau système anti-incendie couraient le long des poutres métalliques de la charpente et les puissants sprinklers dorés placés à intervalle régulier ressemblaient à des décorations de Noël. Sur la plateforme de l'échafaudage étaient placées deux petites estrades à roulettes utilisées par les ouvriers pour atteindre les poutres d'acier et fixer les tuyaux.

– Vous croyez qu'ils cachent des bombes ici ? demanda Marion.

– Je ne vois pas à quel endroit ils pourraient les planquer, observa Caroline en balayant les lieux du regard. Ils les entreposent peut-être dans d'autres hangars. Nous avons aussi des abris souterrains spécialement destinés au stockage des armes.

– Ces bombes se trouvent sans doute dans un endroit où on peut facilement les charger à bord d'un avion, le principal étant la rapidité d'action, non ?

– En effet. Kristvin les a peut-être vues ici et on les a entreposées ailleurs. Et rien ne prouve qu'elles sont toujours en Islande.

– C'est vrai.

– Vous pensez que Kristvin est tombé de là ? demanda Caroline en baissant les yeux vers le sol. C'est une sacrée hauteur, j'en ai la tête qui tourne.

– Il est mort sur le coup, répondit Marion. C'est évident. Personne ne survit à une chute pareille, et encore moins s'il atterrit sur un sol en béton comme celui-ci. Ça explique amplement les lésions que présentait son corps. Nous pensons depuis le début qu'elles ont été causées par une chute vertigineuse.

– Que venait donc faire Kristvin en haut de ce truc ? murmura Caroline. Quelle raison avait-il de monter ici ? Il n'y avait que des Islandais qui travaillaient à cet endroit et ils se contentaient d'installer le système anti-incendie, enfin, je suppose. Et si c'était tout simplement une bagarre entre Islandais qui aurait dégénéré avant de s'achever de cette manière tragique ?

– Les hommes qui travaillaient sur ce chantier nous ont affirmé ne pas connaître Kristvin, répondit Marion. Cela dit, on ne peut pas exclure qu'ils nous aient menti. En tout cas, aucun élément ne nous permet d'établir un lien. Je pense plutôt qu'il s'est réfugié ici pour se cacher.

– C'est vraiment le dernier endroit où je viendrais me cacher, observa Caroline en regardant à nouveau brièvement par-dessus le garde-corps.

– Il n'avait pas le choix s'il avait quelqu'un à ses trousses.

– Ou peut-être qu'une personne a pensé que c'était un bon endroit pour lui donner rendez-vous, reprit Caroline, surtout si cette personne prévoyait de le pousser dans le vide.

– Il est peut-être tombé de ce côté-là, conjectura Marion, les yeux rivés sur l'espace d'environ quatre mètres entre l'échafaudage et le mur.

Caroline ne supportait pas ce séjour en altitude et cela empirait à chaque minute. Elle n'avait pas menti en disant qu'elle souffrait d'un vertige phénoménal, elle osait à peine baisser les yeux. Elle caressa la rambarde.

– C'est un jeu d'enfant de pousser quelqu'un dans le vide malgré cette protection. Pas besoin d'y aller bien fort. Il suffit d'une pichenette.

– Le légiste pense qu'il a reçu un coup à la tête avant sa chute, précisa Marion.

– D'accord. Dans ce cas, voilà ce qui a dû se passer : Kristvin traîne dans ce hangar à la recherche des bombes de la base de Thulé, ou bien il est venu ici pour rencontrer quelqu'un qui a promis de lui en parler, voire de les lui montrer. S'il y avait une autre raison à sa présence ici, tout simplement, nous l'ignorons. Quelque chose se produit et Kristvin se réfugie au sommet de cet échafaudage. Ou alors les deux hommes se retrouvent là pour discuter. Pour ma part, je ne ferais jamais ce genre de choses, mais je ne suis pas Kristvin. Il se passe quelque chose. Ils ont un différend. L'autre assomme Kristvin qui tombe dans le vide.

– Qui est avec lui ?

– Wilbur Cain ?

– Dans ce cas, l'affaire est en rapport avec les bombes atomiques de la base de Thulé et leur transfert ici.

– Sans doute, convint Caroline.

– On ferait mieux d'y aller, suggéra Marion en secouant la rambarde ici et là pour vérifier si elle ne présentait pas une faiblesse. Nous ne trouverons rien d'intéressant ici. Je vais faire quelques prélèvements sur le béton à côté du mur, ensuite nous pourrons quitter les lieux.

– Ce sera un soulagement de descendre de cet échafaudage de malheur, commenta Caroline.

– Vous n'aimez pas l'altitude ? demanda Marion en se penchant par-dessus la rambarde.

– Je ne supporte pas ça. Dans mes pires cauchemars, je tombe d'une falaise et il n'y a personne pour me rattraper.

– Il vous faut un homme, observa Marion sur le ton de la plaisanterie.

– Ça m'étonnerait qu'il puisse y remédier, répondit Caroline.

Elle descendit l'escalier et se retrouva sur la terre ferme, à son grand soulagement. Marion contourna l'angle de l'échafaudage, s'avança vers le mur, leva les yeux et s'étonna une fois encore de la hauteur du bâtiment. Caroline l'appela discrètement pour lui montrer quelques taches qu'elle avait repérées en bas du mur, et qui ressemblaient à des projections. Marion s'approcha, se pencha en avant et passa son doigt sur une des quatre taches sombres.

– C'est de la peinture ? demanda Caroline.

– Je ne sais pas.

– Vous devriez faire un prélèvement.

– Rien ne dit que ces taches ont quelque chose à voir avec Kristvin. Je crains qu'il ne soit trop tard pour qu'on puisse espérer trouver des preuves ici.

Marion gratta les taches avec son couteau, l'essuya sur son mouchoir, se releva, observa la position des projections par rapport à l'échafaudage en se demandant si c'était du sang qui avait ainsi éclaboussé le mur.

– On ferait mieux d'y aller, suggéra Caroline.

– Martinez m'a appris quelque chose au sujet de Joan et d'Earl, son mari, annonça Marion. Je n'ai pas encore eu le temps de vous le dire, mais j'ai l'impression que vous avez en Martinez un peu plus qu'un ami.

– Comment ça ?!

– Vous n'avez rien… vous n'avez vraiment rien vu ?

– Qu'est-ce qu'il vous a dit exactement ? Et ne vous mêlez pas de ma vie privée !

– Il pense qu'Earl vend de la drogue, de la marijuana aux Islandais, répondit Marion. Et si Kristvin lui en avait acheté ?

– En plus de coucher avec sa femme ?

– On devrait peut-être retourner interroger cette femme.

– D'accord, même si elle est insupportable.

– Et les armes, vous ne voulez pas qu'on inspecte cet endroit d'un peu plus près, histoire de voir si nous trouvons des choses en provenance du Groenland ? De Thulé ? proposa Marion.

– Je doute qu'ils les entreposent ici s'ils veulent les cacher, chuchota Caroline en avançant à pas de loup vers la porte. Il y a beaucoup trop de passage. Elles peuvent être n'importe où sur la base. Venez, nous devons sortir au plus vite.

45

Debout devant la boutique pour se protéger des bourrasques, Mensalder regardait Erlendur à la dérobée, ayant enfin avoué ce qu'il n'avait osé confier à personne depuis plus de vingt-cinq ans.

– Elle n'est jamais venue, répéta-t-il, insistant sur cet élément capital pour lui pour que ce soit bien clair.

Parvenu à ses côtés, Erlendur était témoin de sa détresse. La tête inclinée, adossé à la station-service, osant à peine le regarder, Mensalder baissait les yeux. Son collègue apparut au coin du bâtiment.

– Mensi ! cria-t-il, impérieux. Tu vas servir ces clients, oui ou non ?! Je ne peux pas être partout ! ajouta-t-il, lançant tour à tour à Erlendur et à son collègue un regard furieux avant de retourner à son poste.

– J'arrive ! répondit Mensalder d'un ton las en regardant Erlendur. Vous devez me croire. Elle n'est jamais venue.

– Vous finissez votre journée quand ? demanda le policier.

– D'ici une heure.

– Je vous attends. Il faut que vous m'emmeniez à l'endroit où vous aviez rendez-vous avec Dagbjört. Vous voulez bien ?

Mensalder accepta d'un hochement de tête et regarda les pompes où l'attendaient trois voitures.

– Je ne lui ai rien fait, assura-t-il. N'allez pas croire le contraire.

– À tout à l'heure, conclut Erlendur.

Il retourna s'asseoir dans sa voiture. Il avait allumé la radio et mis le chauffage, transi d'être resté à questionner Mensalder dans le vent glacial qui soufflait du pôle. Aux informations on annonçait que les recherches entreprises dans le Nord n'avaient toujours pas donné de résultat. Aux dires des sauveteurs, les conditions étaient nettement meilleures sur la lande d'Eyvindarstadaheidi. Certes l'épaisse couche de neige qui y était tombée rendait la progression difficile et avait effacé toutes les traces laissées par les deux hommes, mais le vent s'était calmé et le clair de lune avait permis de délimiter quelques zones où se concentreraient les recherches, appelées à se poursuivre jusque tard dans la nuit.

Erlendur observait Mensalder. Ses gestes étaient encore plus lents, il n'adressait plus la parole aux clients et évitait de regarder dans sa direction. À l'approche de la fermeture, les voitures se firent plus rares encore et les lumières éclairant les pompes ne tardèrent pas à s'éteindre. Le collègue de Mensalder nettoya et rangea le magasin avant la nuit. Les deux hommes sortirent ensemble de la boutique et se souhaitèrent une bonne nuit. Puis, après quelques instants d'hésitation, Mensalder s'avança jusqu'à la voiture d'Erlendur qui baissa sa vitre.

– Vous êtes prêt ?

– Il faut vraiment qu'on le fasse ? demanda Mensalder. Je ne vous en ai pas assez dit ?

– Vous ne m'avez rien dit du tout, rétorqua Erlendur. Allez, finissons-en. Le plus vite sera le mieux.

– Mais il ne s'est rien passé… Je ne comprends pas ce que vous cherchez, protesta Mensalder. Elle n'est jamais venue et je ne sais pas…

– Vous êtes en voiture ?

– Oui.

– Laissez-la ici et allons-y. Vous ne pourrez pas vous dérober cette fois-ci. Vous le faites depuis beaucoup trop longtemps.

Mensalder continuait de renâcler, mais comprenant bientôt qu'Erlendur ne plierait pas, il fit le tour de la voiture et s'installa sur le siège du passager. Erlendur prit la direction du quartier ouest. Les deux hommes gardèrent le silence pendant tout le trajet : Mensalder se contenta de guider le policier. Ils atteignirent bientôt le lieu où il disait avoir attendu Dagbjört dans sa voiture le matin de sa disparition, non loin de la piscine de Vesturbaer, là où s'élevait autrefois Kamp Knox. Le vent était retombé. Les volutes de vapeur qui montaient des bassins rappelèrent à Erlendur l'instant où, debout à côté du lagon bleuté, il avait observé les énormes nuages de fumée rejetés par la centrale géothermique de Svartsengi.

– Arrêtez-vous ici. Je crois que c'était à peu près à cet endroit. Depuis, on a construit toutes ces maisons et ces immeubles, et évidemment cette piscine, mais c'est là que je me suis garé pour l'attendre.

– Quant au quartier des baraquements il a disparu, nota Erlendur.

– Oui, il se trouvait juste devant nous, précisa Mensalder. Juste à côté de la piscine.

– Pourquoi ne pas être simplement allé l'attendre chez elle ? demanda Erlendur en coupant le contact. Pourquoi la voir en cachette ?

– Parce qu'elle ne voulait pas que j'aille chez ses parents. Elle préférait qu'ils ne soient pas au courant qu'elle dépensait son argent de cette manière. Elle prévoyait de leur dire qu'on lui avait prêté ces disques. Et puis, je faisais du marché noir et je n'avais pas spécialement envie que ça s'ébruite. J'avais passé la nuit en ville et je devais retourner à la base ce matin-là. Ce rendez-vous me convenait donc parfaitement.

– C'est elle qui vous a indiqué cet endroit ?

– Oui, enfin… si je me souviens bien.

– Racontez-moi comment ça s'est passé.

Mensalder avait gardé son anorak, mais abaissé sa capuche et ôté sa casquette. On lui donnait bien plus que son âge. Erlendur voyait ses joues tombantes et ses cheveux grisonnants, mais surtout les rides profondes qu'il avait autour de la bouche et des yeux. Mensalder fixait le sol et se tordait les mains pendant qu'il évoquait le jour où il était venu récupérer les disques prêtés à Rosanna, qui lui avait dit d'aller les chercher chez sa copine Dagbjört en assurant que cela ne posait aucun problème. Il s'était donc rendu chez cette jeune fille avec qui il avait échangé quelques mots. Seule chez elle, elle lui avait demandé s'il pouvait lui avoir des disques à la base. Elle voulait aussi qu'il lui apporte des jeans importés d'Amérique et elle lui avait donné sa taille. Ce qui l'intéressait le plus était pourtant la musique. Il se rappelait très bien les artistes qu'elle avait mentionnés : Billie Holiday, Nat King Cole et Frankie Lane.

Très vite, il avait dégoté deux disques de Billie Holiday auprès d'un sous-lieutenant et un autre de Frankie Lane dans une boutique à laquelle il avait accès. Il n'avait pas eu autant de chance pour les jeans. Il était allé avec ses dollars dans le magasin de la base où il avait trouvé des pantalons un peu trop grands pour Dagbjört. Même si la taille ne convenait pas, il les avait achetés, sachant qu'il parviendrait sans peine à trouver preneur en ville. Il avait également acheté cette fois-là un beau manteau qu'il comptait offrir à sa mère en cadeau d'anniversaire.

Dagbjört lui avait donné son numéro de téléphone. Il avait appelé, elle avait décroché et ils avaient pris rendez-vous. Il lui avait proposé de passer dans la soirée, mais Dagbjört avait alors expliqué qu'elle préférait ne pas faire état de leurs transactions à ses parents. Il ignorait pourquoi. Il lui avait expliqué qu'il devait repartir pour la base le lendemain matin. Elle lui avait demandé s'il ne pouvait pas la retrouver devant l'École ménagère. Il avait alors objecté que ce n'était pas plus discret et ils s'étaient mis d'accord pour se rencontrer à proximité de son domicile, en face de Kamp Knox. Ensuite, il la déposerait à l'école.

Arrivé en avance, il s'était garé à l'endroit convenu. À l'époque, le lieu n'était pas aussi fréquenté. Aujourd'hui, il y avait toutes ces maisons et ces immeubles. Il avait apporté les disques et les jeans en se disant qu'elle prendrait peut-être le pantalon même s'il n'était pas à sa taille. Si elle n'en voulait pas, il le proposerait à sa cousine Rosanna.

Le temps passait et Dagbjört n'arrivait pas. Il se demandait s'il avait bien compris, s'il était à l'endroit qu'elle lui avait indiqué. Certes, il connaissait assez peu le quartier, ayant passé son enfance et sa jeunesse dans l'est de la ville, mais les indications fournies par la jeune fille étaient claires et précises. Il était certain de l'attendre au bon endroit. Il avait patienté un quart d'heure supplémentaire, puis avait redémarré sa Morris et quitté les lieux.

– Je vous le jure, elle n'est jamais venue, conclut Mensalder.

– Et vous imaginez que je vais croire votre histoire ? rétorqua Erlendur, qui avait gardé le silence pendant tout le récit.

– Bien sûr, ça s'est passé comme ça et je ne peux rien vous dire de plus. J'ai fait ce qu'elle m'a demandé, je l'ai attendue et, voyant qu'elle ne venait pas, je suis reparti à la base. Ensuite, j'ai appris que tout Reykjavik était à sa recherche.

– Et vous avez participé à ces recherches ?

– Non, je…

– Vous n'avez pas dit que vous la connaissiez, ni que vous aviez rendez-vous avec elle ce matin-là, ni tenté d'aider sa famille et tous ceux qui étaient plongés dans la douleur. Vous savez, Mensalder, il y a dans votre version quelque chose qui cloche. Soit vous me mentez sur toute la ligne, soit vous omettez une partie de la vérité. J'ignore de quelle manière, mais je vous crois responsable de sa disparition. Vous ne pensez pas qu'il est temps de tout raconter ?

Mensalder garda le silence.

– Le moment est venu de mettre fin à ce jeu de cache-cache après toutes ces années, vous ne trouvez pas ? insista Erlendur.

46

Joan voulut leur claquer la porte au nez dès qu'elle les reconnut, mais Caroline poussa le battant avec vigueur et la fit reculer. Elle entra, suivie de près par Marion, puis referma la porte. L'appartement empestait le haschich, la chaîne hi-fi diffusait de la musique psychédélique. La lumière allumée dans la cuisine éclairait légèrement l'entrée. Des bougies étaient disposées çà et là dans le salon.

– Comme c'est cosy ! ironisa Caroline.

– Sors de chez moi ! vociféra Joan. Tu n'as pas le droit d'être ici ! Et c'est qui, ce phénomène de foire que tu traînes avec toi ?

– Je vous prie de rester correcte, rétorqua Caroline. Earl est rentré ?

– Dégage, salope !

– Moi qui croyais que le hasch adoucissait les mœurs, commenta Caroline en observant l'appartement. Ça ne m'a pas l'air de vous faire beaucoup d'effets. Où est votre mari ? Il est rentré ?

– Je n'ai rien à vous dire, s'entêta Joan. Je vais appeler la police et ils vous enverront au trou. Vous n'avez pas le droit d'entrer comme ça chez les gens.

– Vous n'avez pas peur que nous vous confisquions votre hasch ?

Joan hésita. L'esprit manifestement embrouillé, elle avait oublié que Caroline était policière et regardait son uniforme, interloquée.

– Qu'en penserait Earl ? reprit Caroline. Que dirait-il si les flics lui piquaient toute sa came ?

– Je ne vois pas de quoi vous parlez. Quelle came ?

– Celle que Kristvin lui achetait, glissa Marion.

– Kristvin ?

– Earl lui vendait de la marijuana, je me trompe ? poursuivit Marion en s'efforçant de parler le plus distinctement possible afin que Joan comprenne la raison de leur irruption.

– C'est lui qui vous a fourni ce que vous venez de consommer ? s'enquit Caroline.

– Non, je…

– Vous reconnaissez avoir couché avec Kristvin, reprit Caroline. Vous reconnaissez avoir trompé Earl avec lui. Nous devons savoir si Earl avait découvert votre liaison, si Kristvin lui devait de l'argent et s'il avait des difficultés à le payer. Vous êtes au courant ?

Joan n'écoutait que d'une oreille, regardant tour à tour Caroline et Marion. Elle semblait se creuser la tête pour comprendre la raison de leur violente intrusion et ce que cela avait à voir avec sa liaison avec Kristvin ou avec le décès de l'Islandais.

– Earl ne lui a rien fait, répondit-elle dès qu'elle pensa avoir fait le tour du problème.

– C'est lui qui fournissait la came à Kristvin ? insista Marion.

– Quelle came ?

– Celle que vous êtes en train de fumer, ma chère, s'agaça Caroline.

– Votre mari en vend ? demanda Marion.

– Je… je ne comprends pas de quoi vous parlez, s'entêta Joan.

– D'accord, annonça Caroline. Dans ce cas, vous m'accompagnez au quartier général de la police pour y être interrogée.

– Interrogée… ? Non, ça… je… je ne peux… je n'ai pas le droit… de parler de ces choses-là. Vous devez poser la question à Earl. Je ne suis au courant de rien. Je ne sais rien du tout.

– Je vous conseille de me suivre, dit Caroline.

– Comment va sa sœur ? demanda tout à coup Joan.

– La sœur de Kristvin ?

Joan hocha la tête.

– Qu'est-ce que vous savez sur cette femme ? Il vous a parlé d'elle ?

– Je sais qu'elle est malade. C'est pour elle qu'il avait besoin d'herbe.

– Elle voudrait comprendre ce qui est arrivé à son frère, expliqua Marion. Elle pense qu'il est mort parce qu'il lui procurait de la drogue. Elle a mauvaise conscience. Nous savons que Kristvin achetait de la marijuana à la base. C'est Earl qui la lui fournissait ?

– Mais dites donc, reprit Caroline. Vous m'avez affirmé ignorer que Kristvin consommait de la marijuana et maintenant vous savez tout sur sa sœur et sur la raison pour laquelle il lui fallait de l'herbe ? Sur quoi d'autre avez-vous menti ? Vous savez faire autre chose que mentir ?

– Taisez-vous et ne me traitez pas de menteuse !

– Earl était en Islande quand Kristvin est mort ? poursuivit Caroline.

Joan ne répondit rien.

– Je n'ai pas encore eu le temps de vérifier ce point, expliqua-t-elle à Marion. Cette femme a dit que son mari n'était pas à la base le jour où Kristvin a été assassiné. J'attends d'obtenir confirmation. Il ne faut pas croire un mot de ce qu'elle nous raconte.

– Bien sûr que si ! protesta Joan.

– Votre mari était en Islande ? demanda Marion en s'approchant d'elle.

– Il a pris l'avion dans la soirée ou dans la nuit. Il n'était pas ici, j'en suis certaine.

– Dans la soirée ou dans la nuit ?! Laquelle des deux ?

– La nuit où Kristvin est passé me voir.

– Vous avez déclaré qu'il vous avait quittée avant minuit, vers onze heures. Est-ce qu'à ce moment-là, Earl avait quitté l'Islande ?

– Earl m'a quittée vers dix-huit heures, répondit Joan. J'ai appelé Kristvin dès son départ et… je ne me rappelle pas très exactement… mais c'était bien ce jour-là. Earl était absent.

Joan se rendit dans le salon. Ayant renoncé à protester contre cette visite et à s'en prendre à Caroline, elle s'installa sur le canapé, à la douce lueur des bougies. Une expression de lassitude lui envahit le visage. Silencieuse, comme absente, elle observait les flammes vacillantes, sa perruque à la Dolly Parton légèrement de travers sur la tête.

– Vous savez où il se rendait ? demanda Caroline.

– Au Groenland. Et je suis sûre qu'il était déjà parti quand Kristvin est passé me voir. Earl n'était pas au courant de notre liaison. Il ne savait rien. Il était parti.

– Où ça au Groenland ?

– J'oublie toujours le nom.

– Ce ne serait pas Thulé ?

– Si, c'est bien ça, Thulé, confirma Joan en regardant Caroline, surprise. Comment vous le savez ? C'est moi qui vous l'ai dit ?

– C'est l'une de nos plus importantes bases militaires, informa Caroline. Vous savez ce qu'il allait y faire ?

– Non. Il veut demander sa mutation là-bas. Earl n'aborde pas beaucoup ces sujets. Il ne m'adresse presque jamais la parole, vous savez. Il ne me dit pas grand-chose et n'est pas très gentil avec moi, contrairement à Krissi. Il était différent. Il était…

Elle s'interrompit. Caroline vint s'installer à côté d'elle. Une télévision trônait dans un coin de la pièce. Une petite bibliothèque abritait des romans à l'eau de rose et des policiers à succès en édition de poche. Deux romans de Danielle Steel étaient posés sur la table. La décoration était quasi absente dans cet appartement. Un grand poster encadré du groupe AC/DC ornait le mur. Sur un guéridon, on voyait la photo de mariage de Joan et d'Earl. Marion remarqua une vitrine contenant une petite collection de couteaux de chasse qui appartenaient sans doute au mari. Peut-être pratiquait-il la chasse dans son pays ? Ces couteaux semblaient acérés et propres à dépecer du gros gibier. Marion se demanda si Earl savait faire ce genre de choses. Par la porte ouverte de la chambre, on apercevait un porte-perruque nu, posé sur la coiffeuse.

– À votre avis, qu'est-ce qui est arrivé à Kristvin ? demanda Caroline.

– Je l'ignore. Il allait bien quand il est parti d'ici. Je n'en sais pas plus. Inutile de me poser la question. J'ignore ce qui s'est passé. Il venait souvent au Zoo et il adorait l'Amérique, il avait adoré y vivre et il était… il était avenant, vous voyez ce que je veux dire ? C'était un gentil garçon. On a discuté, j'aimais parler avec lui, et un jour Earl était absent alors… alors je l'ai invité ici. C'est moi qui l'ai invité. Et nous… je ne sais pas pourquoi il a fallu que ça se passe comme ça. Je n'en sais rien. Je ne sais pas du tout ce qui s'est passé. Pas du tout. Il est parti et n'est jamais revenu.

Joan leva les yeux.

– Comment va sa sœur ? demanda-t-elle à nouveau. Krissi m'a dit qu'elle souffrait beaucoup.

– Dites-nous-en un peu plus sur Earl. Que fait-il exactement à la base ?

– Ce qu'il fait ? Comment ça ? Il est militaire.

– Dans quel corps sert-il ? Quelles sont ses activités ?

– Il fait des tas de choses. En ce moment, il s'occupe de surveillance. Enfin, je crois. Je ne sais pas exactement ce qu'il fait. Il ne me dit pas grand-chose. Il ne me parle jamais de son travail. Je crois… je crois qu'il n'en a pas le droit. Enfin, je suppose. Il est tellement taciturne. Il ne me dit jamais rien. Pas le moindre mot. Il y a longtemps que je ne lui pose plus de questions.

– Où travaille-t-il ? reprit Caroline.

– Dans le hangar.

– Le hangar ?

– Oui, le grand hangar.

– Le 885 ?

– Il y passe tout son temps et ne me dit jamais rien de ce qu'il y fait.

– Il est chargé d'assurer la surveillance du grand hangar ? interrogea Caroline en regardant Marion.

– Oui, aux dernières nouvelles. Je ne sais pas si c'est toujours le cas. Je me fiche de ce qu'il fait.

– Il est où en ce moment ? demanda Caroline. Au Groenland ?

– Il est parti là-bas. Je pensais qu'il devait rentrer ce soir.

– Que fait-il là-bas ?

– Il veut demander sa mutation et vivre dans cette base militaire dont j'oublie constamment le nom. J'imagine qu'il veut m'y emmener.

– Il y a longtemps qu'il y pense ?

– Non, c'est nouveau. C'est sa dernière lubie.

– C'est lui qui a crevé les pneus de Krissi ? glissa Marion.

– Pourquoi vous refusez de me laisser tranquille ? s'agaça Joan.

– Il attendait Kristvin devant votre immeuble ? insista Caroline.

– Pourquoi vous me posez toutes ces questions ? Pourquoi ne pas les lui poser directement à lui ?

– J'en ai bien l'intention, répondit Caroline, mais je veux d'abord entendre votre version.

– Je ne peux rien vous dire.

– Pourquoi ? De quoi avez-vous peur ?

Joan se leva d'un bond et se précipita vers la porte. Caroline réagit aussitôt et la rattrapa. Joan tenta de la repousser, mais Caroline la ceintura et l'immobilisa. Joan se débattait et la suppliait de la laisser tranquille. Marion, qui se contentait d'observer la scène, vit tout à coup entre les mains de Caroline la perruque qui avait glissé de la tête de Joan. Quand cette dernière s'en rendit compte, elle cessa de se débattre et plaça ses mains sur sa tête rasée avant de s'effondrer devant la porte. Elle portait sur le crâne des bandages et des pansements. Marion crut d'abord qu'ils servaient à maintenir sa perruque, mais remarqua ensuite des taches de sang dessus.

– Qu'est-ce que c'est que ça ? demanda Caroline, abasourdie, les yeux fixés sur la tête de Joan, sa chevelure entre les mains. Que… que vous est-il arrivé ?

– Ne regardez pas ça, sanglota Joan en lui arrachant la perruque. Laissez-moi tranquille. Allez-vous-en et laissez-moi tranquille. Ne me regardez pas…

Caroline consulta Marion du regard et s'assit par terre à côté de Joan pour la prendre dans ses bras.

– Que s'est-il passé ? C'est Earl qui vous a fait ça ? Qu'est-ce qu'il vous a fait ?

– C'est repoussant, n'est-ce pas ?

– C'est…

Caroline était interloquée.

– Il a… il a pris un de ses affreux couteaux de chasse. Hein que… c'est terrifiant ? sanglota Joan, tenaillée par l'angoisse, la fureur et la honte. Il a sorti sa tondeuse et… je n'ai rien pu faire, il est tellement fort, il est affreusement fort… et il m'a menacée… il m'a dit… qu'il me tuerait…

Les bandages qu'elle portait sur la tête dessinaient un motif irrégulier. Marion et Caroline les regardaient, incrédules. Joan les retira, dévoilant un grand K gravé à la pointe d'un couteau dans le cuir chevelu, du front jusqu'à la nuque.

– K ? s'enquit Caroline. C'est… ?

– Krissi. Earl s'en est pris à moi un soir en rentrant de l'Animal Locker. Il avait appris… ma liaison avec Kristvin. Il était hors de lui.

– Qui l'a mis au courant ?

Joan ne répondit pas. Elle regardait ses mains et pleurait abondamment, les épaules tremblantes. Caroline lui accorda un instant de répit. Marion lui tendit un mouchoir. Joan la remercia. Elle avait renoncé à toute résistance. Assise sur le sol, elle n'était plus qu'une femme apeurée et désemparée.

– Comment Earl a-t-il appris votre liaison ? répéta Caroline d'une voix douce.

– Quelqu'un… quelqu'un a dû lui en parler, murmura Joan. Je ne sais pas. On prenait pourtant nos précautions. Un client de l'Animal Locker, je suppose. Tout à coup, il était au courant et…

– Et quoi ?

– Il ne l'a pas supporté. Il a menacé de me tuer et je sais que ce sadique en est capable. Il a dit qu'il me tuerait si j'allais voir la police après m'avoir… après m'avoir fait ça sur le crâne. Comme s'il valait mieux que moi, à baiser je ne sais qui, là-bas… au Groenland.

Joan regardait Caroline, les yeux plein de larmes.

– Il n'a pas supporté que je le trompe avec un Islandais, reprit-elle. Je crois que, pour lui, c'était le pire. D'être fait cocu par un Islandais. Il se fichait de l'argent qu'il lui devait. Krissi lui devait du fric pour de l'herbe, ça l'agaçait, mais sans plus. Quand il a appris qu'on était…

– Que vous étiez ?

– Il m'a dit qu'il le tuerait. Mon Dieu, je ne peux pas…

Joan se remit à pleurer de plus belle. Caroline attendit patiemment qu'elle reprenne ses esprits.

– Que s'est-il passé ? demanda-t-elle au bout d'un moment.

– Je ne veux pas… Ce n'est pas ma faute…

– Tout ça ?

– Earl m'a… Il m'a obligée à téléphoner à Kristvin pour le faire venir ici. Il me menaçait avec un couteau. Mon Dieu, je… je n'ai pas eu le cran de refuser. J'ai prévenu Krissi dès son arrivée et il est reparti immédiatement, mais Earl l'attendait en bas avec ses copains.

Joan s'interrompit.

– Je n'ai aucune raison de protéger Earl. Je ne vois pas pourquoi je protégerais cette ordure.

– Ils s'en sont pris à Krissi ? Lui et ses amis, vous dites ?

– Je ne sais rien… je ne sais pas du tout comment il a appris notre liaison, répéta Joan en se remettant à sangloter bruyamment.

Dans un sursaut elle regarda Caroline d'un air affolé.

– Il ne faut pas lui dire que c'est moi qui vous ai raconté tout ça !

– Tout ira…

– Il ne faut pas ! Ne le faites surtout pas ! Il me tuera ! Il… Vous avez vu ce qu'il m'a fait…

– Tout ira bien, assura Caroline en serrant Joan dans ses bras pour la consoler. Ne vous inquiétez pas, tout se passera bien.

– Earl dit que tout est ma faute, reprit Joan en serrant sa perruque blonde entre ses doigts comme si c'était sa seule planche de salut. Il le répète tout le temps. Il m'a forcée à appeler Krissi… en me disant qu'il voulait seulement discuter avec lui. Il m'avait promis de ne lui faire aucun mal. Il me l'avait promis. Je regrette tellement mais qu'est-ce que… qu'est-ce que je pouvais faire ? Je ne pouvais pas savoir ce qu'Earl avait prévu. Il était absent quand Kristvin est arrivé. J'avais pensé qu'il serait à la maison, mais il n'est pas venu. J'ai dit à Krissi de rentrer chez lui et je l'ai prévenu qu'Earl le cherchait. Je vous ai raconté qu'il avait passé deux heures chez moi, mais c'est complètement faux. Il est parti immédiatement. Je lui ai dit que tout était fini entre nous et qu'il était en danger… le pauvre garçon s'est enfui en courant et là… ils avaient déjà eu le temps de crever ses pneus…

47

Caroline et Joan sortirent en premier de l'immeuble, suivies par Marion. Elles s'apprêtaient à rejoindre la voiture que Marion avait garée à distance respectable quand elles aperçurent trois hommes qui marchaient dans leur direction.

– Qui sont ces gens ? chuchota Marion, immobile derrière elles.

– Dieu seul le sait, soupira Caroline. Je ne les ai jamais vus.

Elle inspecta l'espace entre les immeubles à la recherche d'une échappatoire, mais comprit que c'était inutile.

– Qu'est-ce qu'il se passe ? s'enquit Joan, terrifiée.

Ils portaient l'uniforme de l'armée de l'air. Marion supposa que celui qui parlait au nom du groupe avait le grade de capitaine. C'était un petit homme râblé aux cheveux taillés en brosse et à l'air sévère. Les deux autres, l'air tout aussi austères, ne disaient pas un mot. Marion supposa que c'étaient de simples soldats. Ils avaient des fusils automatiques à la main. Les trois portaient une arme à la ceinture, tout comme Caroline.

– Puis-je vous demander où vous allez ? demanda l'homme aux cheveux en brosse.

Caroline envisagea de faire la maligne, de lui demander en quoi ça le concernait et à qui elle avait affaire. Préférant s'abstenir, elle déclina son identité et son grade dans la police de la base. Elle présenta également Marion et Joan en ajoutant que la police militaire collaborait avec la Criminelle islandaise dans le cadre d'un décès survenu à la base. Ça ne correspondait pas vraiment à la réalité, mais le moins qu'on puisse dire, c'était que Caroline faisait tout pour se montrer convaincante.

– Et vous, qu'est-ce que vous venez faire ici ? s'enquit l'homme aux cheveux en brosse.

– Nous pensons que cet homme est mort à la base, répondit Marion. Nous avions rendez-vous avec un témoin, Joan que voici. Nous pensons qu'elle est en danger. Elle connaît les coupables et…

– Joan veut porter plainte pour l'agression barbare dont elle a été victime, interrompit Caroline. Je la conduis à l'hôpital, il faut qu'elle soit examinée par un médecin.

– Vous enquêtez avec toutes les autorisations nécessaires du commandement de la base ? s'enquit-il, toujours aussi strict.

– Nous n'avons pas eu le temps d'obtenir toutes les autorisations dont vous parlez, répondit Caroline. Qui êtes-vous ?

– Commandant Roberts. Avez-vous l'autorisation d'interroger les gens qui vivent ici ? demanda-t-il à nouveau en regardant Joan.

– Non, je viens de vous dire que nous n'avons pas encore eu le temps de toutes les obtenir, répondit Caroline. Dans quelle division servez-vous, si je puis…

– 57e division de l'armée de l'air, répondit Roberts en s'approchant de Marion. Et vous, vous travaillez pour la police islandaise ?

– C'est exact.

– Si j'ai bien compris, vous avez demandé à enquêter ici, on ne vous y a pas autorisés. Par conséquent, vous n'attendez aucun feu vert contrairement à ce que raconte votre amie. Ce sont des foutaises. À quoi jouez-vous ?

– À quoi nous jouons ?

– Exactement, qu'est-ce que vous manigancez ?

– Nous avons tenté d'obtenir la coopération de l'armée, assura Marion, mais vous nous avez fermé toutes les portes.

– Je vous prie de me suivre, ordonna Roberts. Je dois vous demander de me remettre votre arme, demanda-t-il à Caroline avant de se tourner à nouveau vers Marion. Quant à la police islandaise, je sais qu'elle n'est pas armée.

Caroline regarda Marion qui haussa les épaules.

– Et Joan ? demanda Caroline. Il faut qu'elle voie un médecin et qu'on la protège de son mari. Je ne peux pas l'abandonner.

– Vous n'avez rien à dire. Ils l'emmèneront à l'hôpital, promit Roberts en désignant les deux hommes qui l'accompagnaient. Ils veilleront sur elle.

– Vraiment ?

– Oui, vous pouvez nous faire confiance.

– Je veux y aller pour vérifier que tout se passe bien, insista Caroline.

– Vous devez me suivre, répondit le commandant Roberts. Vous n'avez pas le choix. Elle ne court aucun danger. Elle n'a aucune raison d'avoir peur.

– Où devons-nous vous accompagner ? demanda Caroline. D'ailleurs, je ne suis pas sûre qu'on doive aller où que ce soit avec vous.

– Je vous prie de me suivre, répéta-t-il en tendant la main pour que Caroline lui remette son arme.

Elle hésita.

– Donnez-moi votre arme !

Caroline préféra ne pas résister et regarda Marion, qui hocha la tête. Elle sortit son arme de son étui et la remit à Roberts. Puis elle se tourna vers Joan et lui demanda de suivre les deux soldats à l'hôpital en ajoutant qu'elles se reverraient bientôt. Joan protesta, mais Caroline lui répondit qu'elle ne courait aucun danger. Les militaires conduisirent Joan dans une jeep garée à proximité des immeubles. Caroline l'accompagna jusqu'à la voiture en lui parlant pour la calmer, lui disant que tout se passerait bien, que rien ne lui arriverait et qu'elles se retrouveraient bientôt.

– Nous n'avons pas le choix, expliqua-t-elle, nous devons faire confiance à ces hommes.

– Mais vous alors, que va-t-il vous arriver ? s'inquiéta Joan.

– Tout se passera bien, répondit Caroline. Nous nous reverrons très bientôt. C'est promis.

Puis elle regarda la jeep s'éloigner.

– Suivez-moi, ordonna Roberts en se dirigeant vers l'autre véhicule.

– Où nous emmenez-vous ? s'inquiéta Caroline, voyant qu'il prenait la direction de l'ouest où se trouvaient les pistes d'atterrissage.

– Vous verrez bien, répondit Roberts, assis au volant.

– S'il arrive quoi que ce soit à Joan…

– Il ne lui arrivera rien. Pour qui vous nous prenez ?

– Comment avez-vous su que nous étions chez elle ?

– C'était facile de vous trouver, cette base n'est pas si grande que ça.

– Le domicile de Joan est surveillé ?

Roberts ne lui répondit pas.

– Pourquoi ? Vous surveillez Earl ?

Roberts continuait à garder le silence.

– Vous savez ce qui s'est passé dans le hangar ? s'entêta Caroline.

– Je vous conseille de vous taire, ma petite, répondit Roberts.

Caroline explosa.

– Vous n'êtes quand même pas de mèche avec Earl ?

Roberts se tourna vers elle.

– Vous trouvez ça bien d'agir dans le dos de vos amis et collègues de l'armée ? De travailler avec ces gens-là sans en informer votre hiérarchie ? demanda Roberts en désignant Marion d'un signe de tête. Vous ne trouvez pas ça anormal ? Qu'est-ce que vous cherchez ? J'espère que vous n'aviez pas envisagé une longue carrière dans l'armée car vous pouvez d'ores et déjà l'oublier. Et je vous conseille de la fermer jusqu'à nouvel ordre, ma petite.

Caroline bouillonnait et s'apprêtait à lui répondre. Marion le remarqua, lui prit discrètement la main et secoua la tête pour lui indiquer que ça ne servait à rien de protester ou de discuter avec cet homme. Caroline regardait droit devant elle, vexée et furieuse.

– Où nous emmenez-vous ? demanda Marion.

– Là, annonça Roberts.

Devant eux s'élevaient deux hangars en construction qui accueilleraient chacun d'ici peu un avion de combat F-16 flambant neuf. C'étaient des bâtiments à structure d'acier, on avait construit les murs, le toit, et installé les larges portes, mais l'intérieur était encore vide, les murs étaient encore nus et l'équipement technique absent. La jeep s'immobilisa à proximité d'un des hangars. Caroline et Marion descendirent. Roberts les pria de le suivre. Deux hommes en armes gardaient la porte. Roberts l'ouvrit, fit entrer Marion et Caroline, referma et resta à l'extérieur.

Le hangar était froid et inquiétant à l'intérieur. Deux puissants projecteurs fixés au plafond éclairaient le moindre recoin. Au centre se tenait un homme svelte et de taille imposante, vêtu d'un pantalon et d'une chemise de treillis, âgé d'une cinquantaine d'années, la barbe grisonnante. Il arborait l'expression de ceux que rien ne peut ébranler. Il les fixait de ses petits yeux fatigués, comme s'il avait d'autres chats à fouetter. Au lieu de les saluer ou de décliner son identité, il en vint droit au fait.

– Que faisiez-vous dans le hangar 885 ?

– Qui êtes-vous ? riposta Caroline, comme elle l'avait fait face à Roberts.

– Je suis le responsable de la sécurité au sein de cette base.

– Vous travaillez pour le renseignement militaire ?

– Que veniez-vous faire dans le hangar 885 ?

– En tant que membre de la police militaire, je peux aller où je veux, rétorqua Caroline. Que signifie tout ce cirque ? Pourquoi nous amener ici ? Qui êtes-vous ? Qui est le commandant Roberts ?

– Des hommes vont venir me chercher d'ici quelques minutes si je ne donne pas de nouvelles, mentit Marion. Je travaille pour la police criminelle islandaise. Mes collègues sont au courant de ma visite dans ce hangar. J'ignore si vous êtes Wilbur Cain ou simplement un de ses hommes. Ils connaissent son nom. Nous savons qu'il était en contact avec un Islandais nommé Kristvin. Quelqu'un les a vus à l'Animal Locker, un des bars de votre base. Nous pensons que Kristvin a été jeté dans le vide du sommet de l'échafaudage du hangar 885. Nous sommes certains qu'Earl Jones, un de vos hommes, est responsable de sa mort, et nous voulons qu'il soit livré à la police islandaise. Caroline nous a assistés. Je suppose que vous êtes au courant. Nous lui devons beaucoup. Si quelque chose venait à nous arriver, par exemple si on retrouvait nos corps mutilés sur les champs de lave qui entourent cette base, la Criminelle islandaise dispose de rapports concernant Kristvin, Cain, Earl et le hangar 885.

– Pourquoi vous me racontez tout ça ? s'étonna l'homme.

– Parce qu'il est souhaitable que vous soyez prévenu, observa Marion.

– Comment pouvez-vous imaginer que j'en aie quelque chose à faire ? Que diriez-vous si les fédéraux débarquaient et se mettaient à interroger la population locale dans la confusion sans demander l'autorisation à personne ? Ça vous plairait ? Vous trouveriez ça normal que le FBI vienne mener son enquête à Reykjavik ? Vous n'essaieriez pas de l'en empêcher ? Vous le laisseriez faire sans poser de questions ?

– Vous avez refusé toute coopération !

– Vous croyez que les menaces d'un petit flic local de votre espèce nous impressionnent ? Ce périmètre est sous contrôle américain et vos menaces n'ont aucun pouvoir. Ce que je ne comprends pas, poursuivit l'homme en s'adressant à Caroline, c'est la raison pour laquelle vous faites ça.

– La Criminelle islandaise a sollicité mon aide, répondit-elle. Personne n'a voulu coopérer avec elle. Je voulais… je voulais découvrir la vérité. Moi aussi, je suis dans la police. C'est mon travail.

– C'est aussi votre travail d'ignorer les ordres de vos supérieurs ? Des ordres précis ont pourtant été transmis à la police militaire, et pas seulement à elle. Toutes les requêtes concernant cette affaire particulière doivent être visées par le commandement de l'armée. Je sais que vous avez connaissance de ces obligations. Pourquoi avoir choisi de les ignorer ?

– Qu'est-ce que nous cachons dans ces hangars ? rétorqua Caroline. Pourquoi refuser de travailler avec eux ? Qu'avez-vous donc à cacher ?

– Pourquoi aller fouiner dans le hangar 885 ? insista l'homme. Que pensez-vous que nous cachions ? Que cherchez-vous au juste ?

– Je vous l'ai déjà dit, répondit Marion. Nous pensons qu'un Islandais employé par une compagnie aérienne y a été assassiné. Et nous pensons avoir découvert l'auteur du crime.

– Earl Jones ?

– Oui. Cet Islandais se trouvait à la base et nous savons qu'il a fait une chute vertigineuse. Le seul endroit possible est ce hangar. Il y travaillait parfois. Quant à Earl Jones, nous avons appris qu'il est chargé de la surveillance du bâtiment.

– Quel est le mobile du crime ?

– Jalousie. Vengeance. Coup de folie. Jones a découvert que sa femme le trompait avec Kristvin. Êtes-vous Wilbur Cain ?

– Cain ?

– Oui.

– Ce nom ne me dit rien. Je m'appelle Gates et je travaille pour le renseignement militaire. Est-ce la seule raison pour laquelle vous avez visité ce hangar ?

– La seule raison ? Comment ça ? Vous trouvez peut-être que ce n'est pas suffisant ? s'indigna Caroline.

– Pourquoi ne pas vous contenter de répondre à ma question ? demanda Gates.

– Vous voulez que je vous le dise ? glissa Marion.

– Ce n'est pas à vous que je parle !

– Vous voulez savoir ce que nous cherchions, oui ou non ?

– Marion ! s'écria simplement Caroline, craignant manifestement d'en dire trop.

L'homme fixa longuement Marion en se demandant sans doute comment se dépêtrer de cette calamité autochtone. Son air las exprimait clairement qu'il était confronté à un authentique fléau. La porte du hangar s'ouvrit, Roberts apparut dans l'embrasure et lui fit signe.

48

Les voiles de vapeur dansaient à la surface de la piscine de Vesturbaejarlaug avant de se dissoudre dans la nuit. Un autobus longeait la rue voisine avec à son bord quelques passagers somnolant derrière les vitres. Trois jeunes filles éclataient de rire en dépassant la voiture sans accorder la moindre attention aux deux hommes qui s'y trouvaient. Mensalder se taisait depuis un long moment. Il n'avait cessé de se tordre les mains. Erlendur préférait ne pas le cuisiner davantage pour l'instant. Il ignorait la nature de la bataille que cet homme livrait contre lui-même, mais comprenait combien il lui était difficile de parler de Dagbjört. Les minutes passaient. Enfin, Mensalder rassembla son courage. Il poussa un profond soupir, se redressa sur son siège et regarda Erlendur.

– C'est justement ça que je redoute depuis toujours, commença-t-il. Ce moment. Cet instant où les soupçons allaient porter sur moi. Depuis le début, j'ai craint que ça n'arrive un jour, que je me retrouve dans les embrouilles, incapable d'expliquer quoi que ce soit.

– Je ne comprends pas vraiment…

– Moi non plus. Vous savez, je ne me suis jamais marié. Est-ce que Rosanna vous en a parlé ? J'aurais bien voulu, mais je n'ai jamais été très entreprenant avec les femmes. Je… Puis, on vieillit et les rares occasions qui se présentent à nous sont des catastrophes ou bien on s'arrange pour les gâcher et on se retrouve tout seul. Sans parler des conséquences que cette histoire a eues pour moi. Cette histoire. Elle était tellement… adorable. Pure et droite. Je l'ai tout de suite senti en lui parlant. Elle s'est intéressée à moi. Elle était fascinée par le fait que je pouvais lui procurer toutes sortes de choses introuvables en ville, des choses venues d'ailleurs, des choses différentes et…

Mensalder marqua une pause.

– En fait, j'en avais rencontré une autre, voilà pourquoi j'ai gardé tout ça pour moi sans jamais rien dire à personne pendant des années. J'ai eu peur qu'elle se manifeste et qu'elle m'accuse si je parlais de cette histoire… Il y avait aussi cette satanée contrebande. J'étais devenu un vrai professionnel. La police aurait tout découvert et ça m'aurait mis dans une situation très embarrassante.

– Une autre ? De quelle autre parlez-vous ? Essayez d'être un peu plus clair.

– Une fille originaire de Keflavik, répondit Mensalder. On a eu quelques rendez-vous ensemble, elle me piquait mes dollars. Je… cette fille était une vraie saleté. C'était quelques mois avant le drame. Elle travaillait à la base et sortait avec des Amerloques. Parfois, on se disputait violemment, on avait de sacrées engueulades, et un jour on en est même venus aux mains. Elle a menacé d'aller voir la police, de dire que je l'avais frappée et violée. J'ai pensé que si mon nom était cité dans le cadre de l'enquête sur la disparition de Dagbjört, elle se manifesterait sans doute. Par conséquent…

– Que s'est-il passé exactement ce matin-là ? demanda Erlendur. Racontez-moi ce qui s'est réellement passé.

– C'était mon idée de la déposer à l'école. On avait discuté de la manière dont on allait se retrouver. J'ai proposé de passer la chercher chez ses parents et de la conduire à l'École ménagère, ce qui lui permettait de prendre les disques et de me les payer. De toute façon, je devais retourner travailler à la base. J'aurais pu m'arranger pour que Rosanna s'occupe de tout ça. Plus tard, j'ai souvent pensé que les choses auraient été nettement plus simples. Que ma vie aurait été différente. Mais bon… j'avais envie de faire un peu plus connaissance avec Dagbjört. Elle était tellement… il y avait chez elle quelque chose de si beau. De tellement adorable. Elle était chaleureuse. C'était une personne très chaleureuse et j'avais l'impression qu'elle s'intéressait à moi. À cause de… ce qu'elle m'avait dit et de la manière dont elle me l'avait dit. De la façon dont elle m'avait souri. Je ne l'ai rencontrée qu'une seule fois, le jour où je suis allé récupérer mes disques, et j'ai discuté avec elle au téléphone, mais j'ai tout de suite senti qu'il se passait quelque chose. Qu'il y avait une certaine connivence entre nous. Elle était comme ça. Généreuse. Souriante. Et elle s'intéressait aux gens.

– Cela dit, elle avait refusé que vous veniez la prendre chez elle, n'est-ce pas ?

– Oui, mais elle était tout à fait d'accord pour que je la dépose à l'école après m'avoir retrouvé ici. Peut-être qu'elle ne voulait pas que ses parents la voient en compagnie d'un type qui faisait de la contrebande. Et je le comprenais très bien. Elle aurait été forcée de leur fournir toute une série d'explications sur cet homme qui l'attendait en voiture devant la maison aux premières heures du jour. On a beaucoup ri en y pensant.

– C'est donc vous qui avez eu l'idée de la contacter ? s'enquit Erlendur. De lui proposer un rendez-vous secret ? Vous aviez tout bien préparé. Vous lui avez promis de la déposer à l'école, mais vous l'avez emmenée ailleurs. Où donc ? Que s'est-il passé ? Que diable lui avez-vous fait ?

– Je ne lui ai rien fait ! C'est justement ce que je me tue à vous dire ! s'écria Mensalder. Rien du tout ! Vous ne m'écoutez donc pas ?! Je viens de vous expliquer pourquoi je n'en ai jamais parlé à personne !

– Vous venez de me dire que c'était votre idée de la déposer à l'école. Je suppose donc que vous vous êtes arrangé pour la faire monter dans votre voiture.

– C'est exactement ce que je redoute depuis le début, s'affola Mensalder. J'ai toujours eu peur qu'on ne me croie pas ! C'est pour ça que j'ai gardé le silence tout ce temps. Tout le monde aurait pensé la même chose que vous. On aurait imaginé que je l'avais appâtée, qu'elle me devait de l'argent et que j'avais exigé qu'elle règle sa dette, peu importe comment. Les gens auraient dit que je l'avais frappée, gobant les accusations mensongères de cette fille de Keflavik qui avait menacé de me dénoncer à la police. On aurait imaginé que je l'avais violée, puis assassinée. On aurait imaginé tout ça.

– Et vous ne l'avez pas fait ?

– Quoi donc ?

– Vous ne l'avez pas agressée ?

– Je ne lui ai rien fait du tout ! hurla Mensalder. Je me tue à vous le dire. Ma seule erreur a été de me taire. De ne parler à personne de ce rendez-vous auquel elle n'est jamais venue.

– Parce que vous aviez peur qu'on vous accuse d'être à l'origine de sa disparition ?

– Exactement, j'avais peur qu'on me mette tout ça sur le dos ! Vous ne comprenez donc pas ?!

– Vous n'avez pas osé prendre ce risque ?

– Non, je ne voulais pas qu'on m'accuse. Je n'avais rien à voir avec cette histoire. Je ne lui avais rien fait. Tout ce que je regrette, c'est de n'avoir pas agi pour aider la police quand elle a disparu et que le temps a passé sans qu'on la retrouve. Je le regrette amèrement. Tous les jours.

– Ce ne sont pourtant pas les occasions qui vous ont manqué toutes ces années, observa Erlendur.

– Je le sais bien, convint Mensalder, épuisé. Vous croyez peut-être que je ne le sais pas. Vous croyez que je n'y ai pas réfléchi ? Je me justifie à mes propres yeux en me disant que ce rendez-vous n'a rien changé à la manière dont les choses se sont passées. Ça n'a rien changé. J'ignorais tout autant que les autres ce qu'elle était devenue.

– Et pour quelle raison la police vous croirait-elle plus aujourd'hui qu'à l'époque ? Vous n'avez fait que renforcer les soupçons qui pèsent sur vous par votre silence. Votre interminable silence.

– Je le sais parfaitement ! s'exclama Mensalder. Vous ne m'apprenez rien. C'est un enfer dont je n'ai pas réussi à me libérer. J'étais désemparé. Je ne voyais pas quoi faire. Si je m'étais manifesté, je me serais retrouvé à jamais associé à sa disparition dans l'esprit des gens. Je ne supportais pas cette idée. Je ne la supportais simplement pas. On m'aurait soupçonné à jamais de l'avoir tuée. Vous ne savez pas ce que j'ai enduré ! Je n'arrivais pas à supporter cette idée. Vous penserez peut-être que je ne suis qu'un lâche, mais c'est comme ça.

– Si ce n'est pas vous le responsable de sa disparition, si elle n'est jamais venue à votre rendez-vous, alors quelque chose lui est arrivé entre ici et son domicile, sur le court trajet qui sépare cet endroit de la maison de ses parents.

– Je n'arrive pas à imaginer ce qui a pu se passer, répondit Mensalder. J'ai pensé qu'elle avait disparu volontairement, qu'elle avait mis fin à ses jours pour je ne sais quelle raison. C'est une chose que je… une chose qui…

Mensalder garda un long moment le silence, perdu dans ses pensées.

– À moins qu'on ne l'ait empêchée de venir à ce rendez-vous, ajouta-t-il.

– Quelqu'un d'autre était au courant ?

– Non. Personne. Enfin, pas que je sache. J'ignore à qui elle aurait pu en parler, mais moi, je n'avais rien dit à personne.

– Vous en êtes sûr ?

– Oui.

– Même pas à Rosanna ?

– Non.

– Vous me certifiez que vous n'avez dit à personne que vous aviez rendez-vous avec elle ?

– Oui. D'ailleurs, si je l'avais fait, la police l'aurait appris pendant son enquête.

– Je suppose, répondit Erlendur, pensif. Par conséquent, si vous me dites la vérité, il se peut qu'elle n'ait pas changé d'avis et qu'il lui soit simplement arrivé quelque chose en chemin.

– Sans doute. Je ne vois pas d'autre possibilité.

– Ce trajet n'est pourtant pas…

– Pardon ?

– Ce trajet n'est pas très long, observa Erlendur d'un air absent en regardant les volutes de vapeur dessiner toutes sortes de formes à la surface de la piscine avant de se diluer dans la nuit. Une image qui s'était esquissée en lui ces derniers jours apparut clairement : un jardin laissé à l'abandon pendant des dizaines d'années et deux grands yeux scrutateurs qui observaient en cachette les faits et gestes de la jeune voisine.

49

Marion se demandait à quoi s'attendre. Roberts disparut à nouveau de l'embrasure et l'homme qui tirait manifestement les ficelles fit quelques pas en avant.

– Vous n'avez pas l'impression de trahir votre camp ? demanda-t-il à Caroline.

– J'attends que vous m'en apportiez la preuve, Gates. S'il s'agit bien là de votre vrai nom.

– Je m'appelle Oliver Gates, je suis colonel dans la 57e division de l'armée de l'air, répondit-il avec un sourire. Et c'est mon vrai nom. Je suis responsable du renseignement militaire dans cette base.

La porte du hangar s'ouvrit. Roberts apparut à nouveau dans l'embrasure, poussant devant lui un soldat avec si peu de ménagement qu'il le fit trébucher et tomber à terre. Élancé, maigre, les membres longilignes et les cheveux en brosse, le jeune homme se releva avec lenteur, lançant autour de lui des regards affolés.

– Approchez, n'ayez pas peur, commanda Gates. Je vous présente Matthew Pratt, simple soldat, affecté à la surveillance du hangar 885, ajouta-t-il en s'adressant à Caroline. J'ai appris que vous cherchez cet homme un peu partout. Pratt a reconnu son implication dans cette affaire. Il a fait ça avec deux amis, également affectés à la surveillance du hangar. L'un d'eux est d'ores et déjà aux arrêts et sous notre garde. Il s'appelle Thomas Le Roy, simple soldat aussi, vingt-cinq ans. Nous attendons le troisième homme qui sera de retour en Islande d'un moment à l'autre. C'est lui qui a tué cet Islandais, aux dires de ses complices. Et qui a planifié son enlèvement et son assassinat. Nous n'avons aucune raison de mettre leur témoignage en doute car ils vont dans le sens de ce que vous savez déjà.

Le soldat restait les bras ballants au milieu du hangar.

– Donnez-nous le nom du coupable, ordonna Gates en se tournant vers Pratt qui sursauta. Répétez-leur ce que vous nous avez dit.

Pratt regarda Gates et Marion tour à tour. Il jeta un œil en direction de la porte, gardée par Roberts, puis fixa Caroline. Il dit une phrase en bégayant tellement que les mots étaient incompréhensibles. Il se racla la gorge et déclara d'une voix forte et claire.

– C'est Jones. Earl Jones.

– Très bien, poursuivez, commanda Gates.

Le soldat se racla à nouveau la gorge et raconta que son ami, Earl Jones, fournissait de la drogue à cet Islandais depuis quelque temps. L'Islandais lui devait pas mal d'argent et, pour ne rien arranger, il couchait avec Joan, la femme d'Earl. Ce dernier avait appris qu'elle recevait des visites en son absence et qu'il s'agissait d'un autochtone. Il avait immédiatement interrogé sa femme, l'avait forcée à avouer et à appeler cet homme le soir où il devait s'envoler pour le Groenland. L'Islandais était passé chez Joan, mais n'y était resté que très peu de temps, soupçonnant sans doute que quelque chose ne tournait pas rond. Earl et Pratt l'attendaient en bas de l'immeuble. Ils lui avaient crevé ses pneus, l'avaient rattrapé alors qu'il courait vers le grand portique surveillé à l'entrée de la base et l'avaient emmené en voiture jusqu'au 885 où Thomas, le troisième complice, leur avait ouvert la porte. Thomas Le Roy et Matthew Pratt pensaient qu'Earl voulait juste frapper cet homme et lui faire peur. L'Islandais était parvenu à leur échapper, mais ils l'avaient acculé au pied de l'échafaudage qu'il avait escaladé. Les trois hommes l'avaient poursuivi, la victime avait tenté d'enjamber le garde-corps au sommet de la plateforme, ils l'en avaient empêché. Ils s'étaient battus. Earl avait asséné à l'Islandais un coup à la tête à l'aide d'un tuyau d'acier qu'il avait trouvé sur le sol. L'homme avait été assommé et il y avait eu un étrange silence jusqu'au moment où Earl avait jeté le tuyau dans le vide. Avant que Matthew Pratt et Thomas Le Roy aient pu réagir, Earl avait soulevé l'Islandais par-dessus le garde-corps et l'avait jeté du haut de l'échafaudage.

Pratt fit une pause dans son récit. Apparemment, il n'avait subi aucune violence. Il portait son uniforme, ses rangers noires en cuir, et se massait les poignets en parlant, comme si on lui avait passé une paire de menottes trop petites.

– On ne savait pas quoi faire et, après avoir un peu hésité, on a décidé d'effacer nos traces, de nettoyer le sol là où le corps était tombé et de le sortir de la base avec le pick-up d'Earl. On ne voulait pas qu'on le retrouve ici. Earl nous a demandé de nous en occuper. Il devait s'envoler pour le Groenland. On a vu les gros nuages de cette usine sur le champ de lave et on a pensé que le mieux était de cacher le corps dans une source chaude. Je me demande ce qui nous est passé par la tête. On a cherché une profonde crevasse dans la lave, mais on n'en a trouvé aucune de suffisamment large et là, on a eu l'idée de mettre le corps dans ce lac. On ne pensait pas qu'il serait retrouvé. On pensait que… on pensait que c'était l'endroit idéal pour…

Le soldat s'interrompit.

– Vous avez quelque chose à ajouter ? demanda Oliver Gates.

Pratt secoua la tête.

– Je n'entends pas ce que vous dites.

– Non, monsieur, je n'ai rien à ajouter, répondit Pratt, les yeux baissés.

– Qu'est-ce qui vous a mis sur la piste ? demanda Caroline, le regard inquisiteur.

– Nous avons ouvert notre propre enquête, répondit Gates. Cette base est un tout petit monde. Un peu comme l'Islande, je suppose, ajouta-t-il en regardant Marion. Nous savions que vous vous intéressiez au hangar 885, nous avons vérifié qui était de garde la semaine concernée. Earl Jones figurait parmi les hommes en faction. Nous avons entendu dire que sa femme s'était liée d'amitié avec un Islandais. Nous avons interrogé un des collègues de Jones et il n'a pas tardé à craquer. C'est notre ami Pratt que voici. Jones se trouvait alors au Groenland. Ensuite, nous avons aussi mis aux arrêts le troisième homme affecté au hangar. Leurs témoignages sont très convaincants et ils se recoupent dans les grandes lignes. Je suis tenté d'y ajouter foi. Ces trois hommes sont tous au 885 et j'ai du mal à croire qu'ils soient assez bêtes pour envisager de tuer cet Islandais de sang-froid sur leur lieu de travail. Ils sont idiots, mais pas à ce point. Ils ont juste voulu le secouer un peu, puis la situation leur a échappé et ce Jones a vraiment disjoncté, à en croire ses collègues. On nous l'a décrit comme un individu colérique.

Caroline s'avança vers Pratt qui fixait le sol. Elle lui attrapa le menton et le força à redresser la tête pour le regarder dans les yeux.

– C'est bien la vérité, tout ça ?

– Earl l'a jeté par-dessus le garde-corps, répéta Pratt. Je… je croyais qu'on allait seulement lui faire peur, mais Earl… Earl était hors de lui. Il voulait… il voulait le faire payer pour… pour ce qu'il avait fait avec Joan. Il en avait rien à foutre de l'argent qu'il lui devait. Earl ne supportait pas qu'elle ait couché avec… avec cet homme.

– Parce que c'était un Islandais ?

Pratt garda le silence, jetant des regards à la dérobée en direction d'Oliver Gates.

– Répondez ! tonna Gates.

– Oui, il ne supportait pas qu'elle l'ait trompé avec un Islandais. Cette idée le rendait malade.

– Qui a informé Earl de la liaison que Joan avait avec Krissi ?

– Je ne sais pas.

– Est-ce Wilbur Cain ?

– Je ne comprends pas.

– Ce nom ne vous dit rien ?

– Non.

– Vous en êtes sûr ?

– Oui.

Au signal de Gates, on emmena Matthew Pratt.

– Où est Jones ? s'enquit Marion. Où se trouve Earl Jones en ce moment ? Vous l'avez aussi arrêté ?

Gates hocha la tête.

– Nous souhaitons qu'il nous soit livré, annonça Marion. Nous voulons que ces trois hommes soient remis à la police islandaise.

Gates consulta sa montre.

– L'avion devrait atterrir d'ici une heure, déclara-t-il. Jones a été mis aux arrêts ce matin au Groenland. Nous ne vous livrerons pas ces hommes, c'est exclu. Nous ne livrons nos soldats à aucun pays étranger. Vous détenez maintenant les informations que vous vouliez et l'enquête est désormais entre nos mains. Je crains que votre rôle ne s'arrête là.

– Ils ont assassiné un Islandais, plaida Marion. Et Jones a torturé sa femme.

– Nous réglerons également cette affaire.

Gates tourna les talons et s'apprêta à quitter les lieux.

– Vous nous avez demandé ce que nous cherchions dans le hangar 885, cria Marion. Vous n'avez pas envie de le savoir ?

Gates ne réagissait pas et continuait de s'éloigner.

– C'est bien à cet endroit que vous entreposez vos armes nucléaires ? poursuivit Marion.

Gates ouvrit la porte.

– Nous savons tout sur la Northern Cargo Transport !

Gates se retourna dans l'embrasure, fixa Marion un long moment, puis referma la porte.

– La Northern Cargo Transport ? De quoi parlez-vous donc ? demanda-t-il.

– Nous savons que vous utilisez des compagnies d'aviation fictives pour transporter ces armes d'un pays à l'autre, s'enhardit Marion.

– Et ?

– Nous sommes au courant de ces vols vers la base de Thulé.

Gates regardait tour à tour Marion et Caroline comme pour évaluer le crédit qu'il devait accorder à ces propos. Marion s'efforçait de demeurer impassible, sachant que rien n'interdisait de jouer au poker sans aucun atout en main.

– Je crois que vous bluffez, assura Gates.

– Où est Wilbur Cain ? Pour quelle raison était-il en contact avec Kristvin ?

– Je vous ai déjà dit que nous ne connaissons pas ce Wilbur Cain.

– Il a…

– Pourquoi passez-vous votre temps à me parler de cet homme ? interrompit Gates. Puisque je vous affirme que nous ne le connaissons pas.

– Dites plutôt que vous niez le connaître.

– Non, nous ne le connaissons pas, un point c'est tout.

– Que faisait Cain en compagnie de Kristvin à l'Animal Locker ?

Gates s'avança à pas lents vers Marion et Caroline.

– Tout ce que je sais, c'est que nous avons entendu dire qu'un Islandais employé dans notre base tournait autour de nos appareils en cherchant des informations qui ne le concernaient pas. Après vérification, nous avons compris qu'il ne savait rien du tout et qu'il avait la tête farcie de théories du complot qui, dans le meilleur des cas, prêtent à rire.

– Eh bien, nous n'avons pas entendu le même son de cloches.

– Vous vous mêlez de choses qui ne vous regardent pas, répondit Gates.

– Nous voulons ces hommes. Nous voulons qu'on nous confie l'enquête. Nous voulons les interroger et les juger, s'entêta Marion.

– C'est tout à fait exclu.

– D'accord. Dans ce cas, je vous conseille de vous préparer à recevoir la visite d'un comité chargé de surveiller vos activités ici. Ils ouvriront tous les hangars. Inspecteront les avions. Fouilleront vos entrepôts. Je pense détenir assez d'informations sur la Northern Cargo, Thulé, les escales en Islande et les armes de destruction massive pour retourner mes compatriotes contre vous.

Gates fixa longuement Marion sans un mot.

– Vous ne trouverez rien, rétorqua-t-il.

– Je ne crois pas que nous ayons besoin de trouver quoi que ce soit pour retourner l'opinion publique.

Gates secoua la tête.

– Je vous déconseille de jouer à ça.

– Il nous suffirait de faire assez de battage, assura Marion. Vous devriez comprendre que cette situation ne peut plus durer. Vous ne pouvez courir le risque d'avoir des Islandais qui viennent fouiner ici en s'adjoignant la collaboration de vos hommes comme nous l'avons fait avec Caroline. Des Islandais qui interrogent les militaires sans autorisation, s'introduisent dans des périmètres dont vous interdisez l'accès. Ce n'est sans doute pas très agréable de savoir que nous sommes susceptibles de perturber vos activités par des tas de procédures administratives, de requêtes et de désagréments de tout poil. Je suppose que vous souhaitez en finir au plus vite.

Gates hésitait encore.

– Nous voulons ces hommes, conclut Marion.

Gates fixait Caroline qui, sans dire un mot, manifestait son soutien à la police islandaise.

– D'accord, concéda-t-il après un instant de réflexion. Je suis prêt à vous aider dans votre enquête sur le décès de cet homme. Cela nous permettra-t-il de gagner votre confiance ?

– Je ne sais pas, répondit Marion. Nous aider, oui, mais de quelle manière ?

– Le fait que nous acceptions cette collaboration ne sous-entend en aucune façon que nous reconnaissons comme fondées vos insinuations sur la présence d'armes nucléaires dans cette base militaire. Que ce soit bien clair.

– Donc… ?

– Vous les arrêtez, vous les interrogez et bouclez l'enquête. Ensuite, nous les jugeons.

Marion regarda Caroline.

– Ça vous dirait de coffrer Jones ?

Environ trois quarts d'heure plus tard, un avion-cargo militaire en provenance du Groenland se posa sur la base de Keflavik. Marion et Caroline observaient le géant tandis qu'il approchait du hangar dans un bruit assourdissant qui cessa soudain lorsque ses hélices s'immobilisèrent. Oliver Gates et ses hommes avaient quitté les lieux. Caroline avait appelé des renforts. Elle ouvrait la marche, suivie par quelques collègues. On amena la passerelle jusqu'à l'appareil. La porte s'ouvrit. Quelques instants plus tard, un homme apparut en haut de la passerelle et regarda d'un air hésitant la piste où la police de la base l'attendait pour le mettre aux arrêts. Menotté, il était de taille moyenne, vêtu d'un pantalon et d'une veste de treillis. Il avait assisté au ballet des policiers par le hublot lorsque l'avion avait rejoint sa place de stationnement. En ce moment, il descendait les marches d'un pas incertain. Il arriva au niveau de Caroline qui le regarda dans les yeux.

– Earl Jones ? s'enquit-elle.

– Oui, répondit l'homme au visage creusé. Sa barbe de vingt-quatre heures était sombre. Ses sourcils noirs se rejoignaient presque. Malgré sa constitution robuste, il avait le dos légèrement voûté et l'œil hagard.

Caroline lui asséna une gifle d'une telle violence que sa main la brûla un long moment.

– Je vous transmets le bonjour de Joan !

50

En se garant devant la maison, Erlendur s'étonna une fois encore de la manière dont son propriétaire l'avait laissée se détériorer et du manque criant d'entretien dont souffrait le jardin en friche. Personne ne prenait soin de rien. Partout, ce n'était que négligence, laisser-aller et ruine. La mort elle-même paraissait avoir élu domicile en ces lieux. Il alluma une cigarette. Mensalder n'était plus là. Il avait déposé le pompiste à la station-service pour qu'il puisse reprendre sa voiture, puis les deux hommes avaient pris congé l'un de l'autre. Mensalder était tellement abattu qu'Erlendur avait à peine entendu son au revoir. Ils n'avaient pas beaucoup discuté pendant le trajet. Mensalder lui avait dit ce qui comptait le plus avant de replonger dans ses pensées, ses doutes et ses remords. Erlendur supposait que ses vieux ennemis reviendraient l'assaillir, plus pressants que jamais, au cours des prochains jours.

Revenu en ville, il était resté un long moment dans sa voiture devant la bâtisse. À la radio, un bulletin spécial avait annoncé que les deux hommes recherchés sur la lande d'Eyvindarstadaheidi avaient été retrouvés morts. L'un d'eux était passé à travers la glace en marchant sur un lac et n'avait pas réussi à remonter à la surface. Son compagnon avait vainement tenté de le secourir. Les sauveteurs avaient retrouvé son corps gelé, allongé tout près de ce trou dans la glace. Il s'était manifestement obstiné à ne pas abandonner son ami.

Erlendur pensait à ces deux hommes égarés sur la lande. Il maudissait le destin, maudissait les périls des tempêtes et le froid assassin. Il alluma une autre cigarette en réfléchissant à ce que Mensalder venait de lui dire et à ce rendez-vous auquel Dagbjört n'était jamais venue. Il ne discernait aucune présence dans la maison. On n'apercevait même pas un rai de lumière derrière les rideaux tirés. L'ancien domicile de Dagbjört était également plongé dans les ténèbres, désert et silencieux, attendant de revenir à la vie, l'enseigne *"À vendre"* toujours collée à la fenêtre de la cuisine. Deux maisons côte à côte et une jeune fille qui partait pour l'école. Dagbjört n'avait-elle effectué que ce trajet si court ce matin-là ? Elle n'était donc pas allée plus loin que chez son voisin ?

Erlendur écrasa sa cigarette, descendit de voiture et scruta la maison avant d'avancer jusqu'à la porte. Il frappa une première fois, puis une seconde, plus fort. Personne ne venait ouvrir. Il se rendit dans le jardin, à peine éclairé par le lampadaire à proximité. Au bout de quelques instants, habitué à la pénombre, debout dans les herbes hautes desséchées par le gel, il s'efforçait de distinguer une présence à l'intérieur en se demandant si Rasmus était déjà couché.

Il atteignit la porte de service. Cette dernière était fermée à clef, mais par une serrure si vieille et usée qu'il lui suffit de donner un coup sec dans le bois pour l'ouvrir. Il appela Rasmus et, n'obtenant aucune réponse, décida d'entrer.

Désormais accoutumé à la pénombre. Il avança dans la pièce qu'il supposait être la salle à manger et qui donnait sur le jardin, à ce qu'il avait vu lors de sa dernière visite. Il appela à nouveau Rasmus en haussant la voix, puis resta un long moment immobile, tendant l'oreille, mais il n'obtint en guise de réponse qu'un profond silence. Il rejoignit l'escalier et le vestibule et s'apprêtait à monter à l'étage quand il entendit sur sa gauche le claquement discret de la porte du garage accolé à la maison. Tout à coup, une des portes s'ouvrit dans le vestibule et Rasmus apparut. Plongé dans ses pensées, il alluma la lumière, referma doucement la porte et avança vers l'escalier sans remarquer Erlendur qui l'entendit marmonner quelque chose, s'adressant à lui-même.

– Rasmus, chuchota-t-il en s'efforçant de ne pas trop l'effrayer. L'occupant des lieux sursauta violemment, poussa un cri strident et se cogna à l'un des murs.

– Vous n'êtes pas venu m'ouvrir, ajouta Erlendur.

– Qui… qui est là ? Qu'est-ce que… Au voleur ! Vous êtes un voleur ?!

– C'est moi, Erlendur.

– Vous… C'est vous… ?

Rasmus avait du mal à reprendre ses esprits tant il suffoquait.

– Qu'est-ce que… qu'est-ce que ça signifie de venir chez moi et de me faire peur comme ça ? Qu'est-ce qui vous prend de faire une chose pareille ?

– Excusez-moi, mais la porte de service était ouverte, répondit Erlendur. Je ne voulais pas vous jouer un vilain tour.

– Un vilain tour ? répéta Rasmus, un peu plus calme. Comment ça, ouverte ? Cette porte est toujours verrouillée. Vous êtes entré par effraction ? Je vous prie de quitter mon domicile. Je ne veux pas vous voir chez moi. Combien de fois je vais devoir vous le répéter ? Quand je pense que vous avez osé faire ça ! Je n'ai jamais… je n'ai jamais eu aussi peur de toute ma vie ! Vous n'avez pas le droit d'entrer ici à votre guise. Je veux que vous partiez ! Allez, ouste !

– Où étiez-vous ? Dans le garage ? Vous ne m'avez pas entendu frapper ?

– Non, je n'ai rien entendu, répondit Rasmus. S'efforçant de retrouver un peu de dignité, il lissa ses cheveux gras d'un revers de la main et fit de son mieux pour se tenir droit malgré son dos voûté et ses épaules tombantes. Pourquoi vous n'écoutez jamais ce que je vous dis ? Allez, sortez d'ici !

Il haussa le ton. Sa voix dérailla, transformant sa phrase en un cri strident. Erlendur regardait Rasmus, cet homme pitoyable, isolé, reclus et apeuré. Il éprouvait pour lui une étrange compassion.

– Je voudrais vous parler encore un peu de Dagbjört, déclara-t-il. Nous savons maintenant où elle se rendait le matin de sa disparition et…

– Je ne veux plus entendre un mot de cette histoire, coupa Rasmus, et j'exige que vous partiez.

– … et nous savons aussi le chemin qu'elle a pris, poursuivit Erlendur. Le trajet qu'elle a emprunté n'est pas très long, il ne comporte aucun obstacle particulier et il y a toutes les chances pour qu'elle soit passée devant votre maison.

– Je refuse d'écouter vos bêtises ! Partez ! Je monte me coucher et j'espère qu'à l'avenir vous me laisserez tranquille. Bien le bonsoir !

Il s'engagea dans l'escalier dont il avait gravi deux marches quand Erlendur lui attrapa le bras pour le forcer à redescendre.

– Arrêtez votre cirque ! s'agaça le policier. Essayez d'être raisonnable. C'est terminé. C'est fini. Dites-moi juste où elle est.

– Non, hurla Rasmus. Je vous interdis de me harceler ! Je n'ai rien à vous dire ! Rien du tout !

– Elle venait vous demander d'arrêter de l'épier ? C'est pour ça qu'elle s'est arrêtée chez vous ? Elle a menacé de vous dénoncer ? Elle vous a vu devant la maison ? Vous lui avez fait un signe de la main ? Vous l'avez appelée tandis qu'elle passait dans la rue ? Vous l'avez invitée à entrer ? À moins que vous ne l'ayez attirée ici ?

Erlendur serrait toujours le bras de Rasmus qui s'était détourné, refusant d'écouter ses questions insistantes ou de le regarder dans les yeux. Recroquevillé sur lui-même, il essayait de se dégager, d'échapper à la poigne d'Erlendur et à ses questions impitoyables, mais le policier ne le lâchait pas. Il constata que Rasmus s'était mis à pleurer. Son corps était secoué de sanglots silencieux, il avait porté sa main libre à son visage pour s'y cacher, humilié. Au bout d'un moment, il sembla plus ou moins retrouver son calme et baissa les yeux sur la main d'Erlendur qui continuait de le retenir par le bras.

– Personne ne m'a touché depuis que maman est morte, murmura-t-il.

– Pardon ?

– Personne, répéta Rasmus, personne ne m'a touché pendant toutes ces années.

– Excusez-moi, s'excusa Erlendur. Je ne voulais pas vous faire mal.

– Ne vous inquiétez pas, vous ne me faites pas mal.

– Vous vous sentez mieux ?

– Oui, ça va mieux, répondit Rasmus. Je me sens beaucoup mieux. Merci d'être passé me voir, mais vous auriez dû me prévenir. Je n'ai rien à vous offrir.

– Ce n'est pas grave, ne vous inquiétez pas pour ça, rassura Erlendur, pensant que Rasmus disait vrai puisqu'il avançait à nouveau ces étranges excuses et s'alarmait de ne rien avoir à lui offrir.

– Je pourrais quand même vous faire un petit café, ce serait la moindre des choses.

– Ce n'est vraiment pas…

– Non, continuez à me tenir le bras, déclara Rasmus, en sentant la main d'Erlendur se desserrer. Ne me lâchez pas. Je… je veux que vous continuiez à me tenir.

– Vous ne voulez pas que nous allions nous asseoir ? Vous voulez un verre d'eau ? Je peux vous apporter quelque chose ?

– Non, merci, répondit Rasmus. Je veux que vous sachiez que je ne suis pas un salaud. C'est ce que vous pensez, mais c'est faux. Vous n'avez pas le droit de me parler comme ça. Je suis un être humain comme tout le monde. Vous comprenez ? Vous comprenez ce que je vous dis ? Je n'ai pas toujours été comme ça…

– Bien sûr, assura Erlendur. Je sais que vous souffrez, je ne vous demande pas de tout me raconter. Il faut juste que vous me parliez de Dagbjört et ce sera terminé. Je suis sûr que vous vous sentirez mieux si vous me parlez d'elle. Je crois qu'au fond, vous avez toujours eu envie de vous confier. Envie de voir quelqu'un venir ici pour vous écouter et comprendre votre geste.

– Personne ne me comprend, il n'y a personne qui me comprenne. Jamais. Et personne ne sera jamais capable de comprendre qui je suis, l'homme que je suis réellement. Il n'y a personne qui puisse me comprendre. Personne.

Rasmus caressait du bout de ses doigts décharnés le dos de la main d'Erlendur, faisant bientôt remonter ses ongles longs et jaunis sur le bras et jusqu'à la joue du policier qui n'osait pas bouger. Rasmus lui caressait tendrement la joue de ses doigts osseux, les yeux pleins de larmes.

– Je l'aimais, murmura-t-il d'une voix douce, le visage blotti contre la poitrine d'Erlendur. Je l'aimais si fort. Elle était mienne. Elle a toujours été mienne et vous ne me l'enlèverez pas. Vous n'en avez pas le pouvoir. Personne n'a le pouvoir de me l'enlever.

Immobile, la tête de Rasmus blottie contre sa poitrine, Erlendur ne savait pas quoi penser et se contentait d'écouter cet homme lui parler de l'amour qu'il nourrissait pour cette jeune fille. Rasmus le désarçonnait tellement qu'il ne le vit pas tendre le bras vers la grosse paire de ciseaux posée sur l'étagère juste à côté. Il les attrapa et, levant la main, les lui enfonça dans le ventre.

51

Dagbjört se prépara en toute hâte dans sa chambre. Elle s'habilla, rangea dans son cartable ses affaires d'école, ses livres et ses crayons, plongea une main dans sa poche, vérifiant qu'elle avait l'argent qui servirait à payer les merveilles que le cousin de Rosanna lui apportait de la base, puis descendit l'escalier. Elle avala une tartine dans la cuisine, enfila son manteau et salua sa mère plongée dans le journal *Timinn*, puis passa la porte. Elle ne voulait pas être en retard au rendez-vous qu'elle avait donné au cousin de Rosanna, qui portait cet étrange prénom. Ce jeune homme devait non seulement lui vendre des disques, mais aussi la déposer à l'école.

Elle ralentit en passant devant chez Rasmus qui lui faisait signe depuis le pas de sa porte et avait manifestement besoin d'aide.

Ne pouvant l'ignorer, elle le rejoignit et lui demanda s'il avait un problème. Elle désapprouvait le comportement de Rasmus et avait la ferme intention de lui ordonner de cesser de l'épier le soir. Certes, elle était en colère, mais il avait perdu sa mère dont il était très proche, il n'avait pas d'amis et elle éprouvait de la compassion pour lui. Ainsi, elle n'avait dit à personne qu'elle l'avait surpris en train de l'espionner. Il lui était arrivé de croiser Rasmus dans la rue ou à la boutique et d'échanger quelques mots avec lui, mais elle le trouvait désagréablement mielleux.

– Je peux te demander de l'aide ? demanda Rasmus. J'ai un gros problème.

Il ne tarda pas à refermer la porte derrière elle. Rasmus piétinait dans le vestibule, hésitant. Elle lui demanda ce qui n'allait pas et en quoi elle pouvait l'aider, ajoutant qu'elle ne pouvait pas rester longtemps car elle ne voulait pas arriver en retard à l'école.

– Je voulais te parler de ce que tu as vu, annonça-t-il en avançant avec elle vers l'escalier. Quand tu… quand j'étais à la fenêtre. Ce n'est peut-être pas exactement ce que tu… ce que tu imagines.

– Ah bon ?

– Non, je… je peux te dire que… que c'est juste tombé comme ça. Ce n'est pas mon habitude.

– Pourquoi est-ce que tu m'espionnes ? demanda Dagbjört.

– En fait, je ne t'espionne pas vraiment, répondit Rasmus. Je veux que nous soyons amis, de bons amis. Je n'ai rien fait, ça ne me viendrait jamais à l'esprit de faire quelque chose de mal. Tu dois me croire. Je ne veux pas que tu imagines que je suis en train de… je tiens à ce que tu saches que…

– Bon, je dois partir à l'école, coupa Dagbjört dès qu'elle eut compris que Rasmus ne savait pas ce qu'il voulait dire ni comment le dire. Tu as besoin de mon aide pour quelque chose de précis ?

– Oui, ou plutôt non, je… je me disais qu'on pourrait devenir bons amis. Je me sens un peu seul depuis que maman est morte et j'espérais qu'on pourrait… puisque nous sommes voisins, enfin, tu comprends, et tu es tellement jolie et gentille, alors pourquoi ne pas être amis ?

– Je dois partir.

– Bon, eh bien…

– Et je veux que tu arrêtes de m'espionner, déclara Dagbjört d'un ton sec. Ça me dégoûte. Je vois bien comment les rideaux bougent. Je trouve ça dégoûtant et sale et si tu n'arrêtes pas, si je te vois encore une fois le faire, je préviendrai mon père et tu en discuteras avec lui.

– Ton père ? Tu… tu n'as dit à personne que tu m'as vu ?

– Non, mais je le ferai, je n'hésiterai pas. Je veux que tu arrêtes. Si je te revois me regarder à ta fenêtre, j'en parlerai à mon père.

– Ma chère Dagbjört, répondit Rasmus, je ne voudrais pas que tu partes fâchée. Je suis désolé de t'avoir mise en colère.

– Je dois y aller, répéta Dagbjört, laisse-moi sortir d'ici !

– Ne te mets pas en colère, ma chérie. Mon amour. Je ne le supporte pas.

– Je ne suis pas ton amour… Je cours raconter tout ça à mon père… je vais lui dire ce que tu…

Dagbjört voulut retourner dans le vestibule. Rasmus lui barra la route.

– Tu n'en as pas le droit.

– Laisse-moi tranquille ! s'écria-t-elle.

– Je ne voudrais pas que tu partes fâchée, répéta Rasmus en la regardant d'un air grave. Tu ne dois en parler à personne. Tu n'as pas le droit…

Elle le repoussa, il accusa le coup en la poussant à son tour. La jeune fille perdit l'équilibre, tomba à la renverse et sa tête heurta la première marche. Le choc l'avait assommée. Il l'attrapa alors qu'elle gisait à terre et la secoua, lui frappant à plusieurs reprises la tête contre l'escalier.

– Tu ne partiras pas… tu n'as pas le droit… tu ne partiras pas…

– Je pensais qu'on m'avait vu lui faire signe et j'ai attendu, terrifié, la visite de la police, mais elle n'est jamais venue. Personne ne l'avait vue entrer. Les policiers m'ont harcelé de questions comme ils l'ont fait avec tous ceux qui vivaient dans notre rue. Je leur ai répondu que je ne savais rien et que je ne pouvais malheureusement pas les aider, en expliquant que ce jour-là j'avais fait la grasse matinée jusqu'à midi. Il m'a suffi de leur raconter ça pour qu'ils me laissent tranquille. J'ai même participé aux recherches. Et puis plus rien. Il ne s'est plus rien passé jusqu'au moment où vous êtes venu frapper à ma porte en m'importunant avec vos questions sans que je parvienne à me débarrasser de vous. Vous avez débarqué ici sans y avoir été invité et vous avez tout mis sens dessus dessous en m'insultant. Il n'y a pas d'autre manière de le dire. Vous m'avez insulté comme ces mauvais garçons qui m'ont agressé.

Erlendur s'était effondré sur le sol quand Rasmus l'avait frappé avec les ciseaux. Il avait perdu connaissance. N'ayant pas vu venir cette attaque subite, il n'avait pas eu le temps de se défendre. Il avait porté ses mains à son ventre avant de tomber à genoux, puis de s'effondrer, évanoui. Dès qu'il avait repris conscience, Rasmus était venu s'asseoir à ses côtés pour lui parler de cette journée où il avait appelé Dagbjört et lui relater la discussion qui s'était achevée par la mort de la jeune fille. Les ciseaux avaient perforé l'abdomen d'Erlendur. Ses vêtements étaient imbibés de sang, une douleur cuisante lui envahissait tout le côté droit, son épuisement était total. Il entendait Rasmus qui, sur un ton apaisant, lui parlait de son amour pour Dagbjört et regrettait que les choses se soient achevées de manière si dramatique, jurant qu'il n'avait jamais eu l'intention d'aller aussi loin.

– Je ne sais pas ce qui m'a pris, poursuivit Rasmus. Une chose immonde m'a envahi. J'ignore ce que c'était. Une chose immonde m'a envahi et je l'ai poussée. Je l'ai poussée bien trop fort. Bien trop violemment, vous voyez. J'ai perdu mon sang-froid, je me suis jeté sur elle et je l'ai secouée en lui frappant la tête contre les marches. Je ne voulais pas qu'elle parle de moi à son père ou à ses fichues copines. À ces traînées. Je ne sais pas ce qui m'a pris… je l'ai secouée… secouée… et, tout à coup, elle était morte… quand je suis revenu à la réalité, elle était morte entre mes bras. Alors, je l'ai prise et je l'ai emmenée… je me demande… je me demande ce que je vais faire de vous.

– Vous devez m'aider, répondit Erlendur, sentant que ses forces s'amenuisaient encore. Je me vide de mon sang. Nous pouvons vous aider, Rasmus. Vous êtes malade. Vous avez besoin d'aide. Laissez-moi…

– Je n'ai pas besoin d'aide, rétorqua Rasmus. Vous dites n'importe quoi. Comme si j'avais besoin d'aide ! J'ai juste besoin qu'on me laisse tranquille. C'est tout ce que je veux. C'est trop demander ?

– Rasmus…

Erlendur sentait qu'il allait à nouveau s'évanouir.

– Heureusement, je m'occupe bien d'elle. Toute chose subit les ravages du temps. Tout change. Sauf nous. Entre elle et moi, tout est pareil. Entre nous, rien n'a changé.

– Rasmus…

Erlendur perdit connaissance. Rasmus lui caressa doucement la tête.

– Attendez-moi ici, mon petit, il faut que j'aille un peu m'occuper d'elle, expliqua-t-il en se relevant.

Erlendur ignorait combien de temps il était resté évanoui. Il ouvrit les yeux et observa les lieux. Au bout d'un certain temps, il se souvint qu'il était allongé par terre chez Rasmus qui l'avait gravement blessé. Il se rappela avoir compressé la plaie pour stopper l'hémorragie. Maintenant qu'il était réveillé, il recommença, posant une main sur son flanc en appuyant fortement. Rasmus avait disparu, mais il ne devait pas être bien loin. Il tenta de se redresser et s'adossa à grand-peine au mur du vestibule où il attendit quelques instants dans l'espoir de reprendre des forces. Il aperçut les ciseaux ensanglantés sur le sol, les prit puis, le dos plaqué au mur, parvint à se remettre debout.

Il tendit l'oreille afin de repérer Rasmus, mais n'entendit aucun bruit dans toute la maison à l'exception de son propre souffle, court et haletant. Il envisagea de sortir dans la rue au plus vite pour appeler à l'aide, mais se souvint que Rasmus était entré dans la maison par une porte qui devait être celle du garage. Il hésita un moment. Bientôt, sa curiosité l'emporta sur la raison. Il inspira profondément et serra un peu plus fort les ciseaux.

Il s'avança vers la porte par laquelle Rasmus était arrivé et l'ouvrit en douceur. Elle n'était pas verrouillée et donnait sur la buanderie équipée d'un vieux lave-linge accolé à un mur. Une odeur de crasse emplissait la pièce. Il entra. Ses cheveux frôlèrent les cordes fixées en haut des murs. Sur l'un d'eux, on voyait un tableau électrique et plusieurs compteurs. À l'autre extrémité de la buanderie, on apercevait par une porte entrouverte un rai de lumière.

Erlendur avança avec précaution et inspecta le garage. Une ampoule faiblarde pendait au plafond. Une masse imposante prenait presque toute la place, cachée sous une épaisse bâche de toile marine. Erlendur tira sur la toile qu'il parvint à ôter entièrement malgré la douleur, dévoilant une vieille voiture américaine garée là depuis une éternité. C'était une Chevrolet Deluxe, à deux portes, modèle 1948 et de couleur verte, si bien entretenue qu'elle semblait presque neuve. La peinture était impeccable, les vitres propres et les chromes scintillants. Les enjoliveurs brillaient comme autant de miroirs. Les pneus étaient dégonflés et leurs chambres à air avaient éclaté, mais hormis ce détail le véhicule était d'une telle splendeur qu'on aurait cru qu'il roulait encore tous les jours.

En regardant par la vitre Erlendur constata l'état déplorable de l'habitacle. Si l'extérieur était beau et rutilant, l'intérieur de la voiture était plein de poussière et de saletés que personne n'avait nettoyées depuis des années. Sur la banquette arrière, derrière le siège du passager, une masse informe appuyée contre la vitre et recouverte d'une couverture jaunie piqua sa curiosité. Il ouvrit péniblement la lourde portière qui grinçait sur ses gonds, intouchée depuis des années. Il avança le siège du conducteur, s'installa sur la banquette arrière où tombèrent quelques gouttes de son sang et tendit le bras vers la couverture. Il dut tirer trois coups secs et vigoureux avant de la voir tomber sur le plancher du véhicule dans un nuage de poussière. Il avait face à lui un squelette vêtu de vêtements moisis. Le crâne penchait vers lui avec ses quelques mèches de cheveux secs et poussiéreux, les orbites vides et la mâchoire ouverte en une angoisse muette.

Empli de tristesse et d'effroi devant cette découverte, Erlendur ne vit pas Rasmus arriver derrière lui. Il l'entendit seulement pousser un cri strident. Rasmus fit un bond et l'attrapa par la gorge pour le traîner hors de l'habitacle. Erlendur avait toujours les ciseaux à la main. Il les enfonça dans la cuisse de son assaillant qui hurla de douleur. Agrippé à son dos, Rasmus continuait de l'étrangler. Erlendur parvint à se retourner et rassembla ses dernières forces pour le cogner contre le haut de la portière en lui assénant un second coup de ciseaux. Rasmus hurla, lui lâcha la gorge et son torse retomba dans la voiture. Erlendur prit ses jambes, le poussa sur le siège du conducteur et l'enferma dans l'habitacle. Rasmus frappait comme un fou sur la vitre. Épuisé après sa lutte, Erlendur se demandait combien de temps il parviendrait à le maîtriser. Il chercha désespérément un objet qui pourrait lui être utile et trouva, contre le mur, une pelle qu'il bloqua à l'horizontale entre la portière et le mur du garage. Rasmus tenta de baisser sa vitre, mais la poignée céda aussitôt. Il la jeta d'un geste rageur dans l'habitacle, puis se jeta sur l'autre portière, mais cette dernière était bloquée par l'autre mur. Il se débattit comme un animal en cage, puis comprit qu'il était prisonnier. Terrifié, il frappa la vitre du conducteur à poings nus, suppliant et pleurant, jusqu'à ce que ses doigts frêles se retrouvent à vif, mais rien n'y faisait. Il ramassa la poignée qu'il avait jetée, la frappa contre la vitre : il n'avait aucune prise, ses coups étaient trop faibles et le verre ne céda pas.

52

Les obsèques eurent lieu dans l'intimité et la discrétion à l'église de Frikirkja. Seuls les proches et les amis de Dagbjört étaient venus y assister. La révélation du sort qu'elle avait connu avait fait grand bruit, mais les journalistes s'étaient, pour la plupart, tenus à l'écart de la cérémonie. Le pasteur avait parlé d'une jeune vie, écourtée d'une manière incompréhensible, mais s'était gardé d'évoquer le crime affreux et la scène d'horreur découverts par les policiers dans le garage de Rasmus. Une petite chorale constituée de femmes interprétait *Tout comme la première fleur*. Les anciennes camarades de classe de Dagbjört portaient le cercueil tandis que l'assistance versait des larmes sur cette vie gâchée et la douleur causée par la perte d'un être cher.

Svava avait demandé à Erlendur d'être présent. Il avait finalement trouvé secours dans la maison voisine. Ayant perdu beaucoup de sang, il s'était à nouveau évanoui, peu de temps après avoir lancé l'alerte et dénoncé Rasmus. Il ne s'était réveillé que le lendemain vers midi. Marion lui avait expliqué qu'on avait retrouvé Rasmus enfermé dans la voiture où Erlendur l'avait laissé. Il n'avait opposé aucune résistance et demandé si le policier se remettrait de ses blessures. La Chevrolet appartenait à la mère de Rasmus, mais n'ayant pas le permis de conduire, ce dernier ne s'en était jamais servi. Cette voiture, mise hors circulation au décès de Mme Kruse, n'était pas sortie du garage depuis cette époque. Les analyses de la Scientifique avaient conclu que, selon toute probabilité, le corps était resté sur la banquette arrière depuis le jour du crime.

Dès qu'il avait commencé à se remettre, enveloppé dans ses bandages et malgré sa douleur au côté droit, Erlendur avait demandé à l'hôpital d'appeler Svava pour qu'il puisse lui relater les événements des jours précédents. Les médecins avaient dû l'opérer pour réparer les dégâts causés par les ciseaux, mais Erlendur se remettait vite et bien, il reprenait des forces chaque jour. Il devait encore boucler l'enquête concernant la disparition de Dagbjört. Rasmus avait été placé en détention provisoire à la prison de Sidumuli où il subissait une expertise psychiatrique. On l'avait inculpé du meurtre de Dagbjört, commis un quart de siècle plus tôt. Il était passé aux aveux, sa version correspondait dans les grandes lignes à celle qu'il avait fournie à Erlendur.

Erlendur avait raconté tout cela à Svava. Il lui avait expliqué comment, en interrogeant pas mal de gens, il avait fini par trouver une piste. Il lui avait parlé de sa rencontre avec Mensalder qui, toutes ces années, avait gardé le silence sur son rendez-vous avec Dagbjört parce qu'il craignait qu'on ne l'accuse. Certes, il n'aurait pas pu lui sauver la vie en fournissant immédiatement cette information à la police, mais cela aurait peut-être permis de retrouver le corps un peu plus vite. À l'époque, l'enquête s'était concentrée sur les voisins les plus proches, dont Rasmus. Mais ce dernier n'avait pas semblé suspect. D'ailleurs, comment imaginer que Dagbjört se trouvait simplement dans la maison voisine ? Rasmus était considéré comme un ermite un peu bizarre, mais inoffensif, qui ne s'occupait pas des affaires des autres, pas plus que les autres ne s'occupaient des siennes et c'était bien comme ça.

– C'est quel genre d'homme ? avait interrogé Svava.

– Je ne sais pas, avait répondu Erlendur. Il est détraqué, mais il inspire aussi une certaine pitié. Il m'a confié qu'il n'a pas toujours été comme ça. Le secret qu'il cachait dans son garage a peut-être fait de lui l'homme qu'il est devenu.

– Excusez-moi, mais il ne m'inspire aucune compassion. À mes yeux, c'est un monstre.

– Évidemment, je comprends.

– Comment est-ce possible ? Comment a-t-il pu cacher ça aussi facilement ? Leur plus proche voisin !

– Je ne sais pas…

– Pourquoi on n'a jamais enquêté sur cet homme ?

– Ce n'est pas un crime d'habiter seul et à l'écart du monde.

– Peut-être qu'il vivait trop près de chez elle, avait répondu Svava. Personne n'imaginait que Dagbjört puisse être juste à côté. L'idée qu'elle pouvait être à quelques mètres n'a même pas effleuré l'esprit de ceux qui dirigeaient les recherches.

– Effectivement.

– Comment voulez-vous qu'on imagine une chose pareille ?

– Évidemment, cela semblait sans doute extrêmement improbable. Il… il m'a dit qu'il l'aimait et je crois qu'il y a un fond de vérité là-dedans. Il l'a aimée à sa manière très particulière.

– Je ne donne pas cher de cela, avait rétorqué Svava. Et quand je pense à cette voiture… Qui donc irait faire ce genre de chose ? Pourquoi l'a-t-il gardée… ?

– Il est manifeste que Rasmus est gravement atteint, avait répondu Erlendur, et je ne sais pas s'il faut croire ce qu'il nous raconte, mais il affirme qu'il l'a fait parce qu'il n'a pas eu d'autre idée. Il ne pouvait pas envisager de l'enterrer dans son jardin. Il est fier de la manière dont il a entretenu cette voiture. Il m'a dit qu'il briquait entièrement l'extérieur au moins une fois par mois. – Le cercueil de Dagbjört, avait commenté Svava.

– Il dit qu'il a fait ça pour elle. En revanche, pendant toutes ces années, il n'est jamais entré dans l'habitacle. Il ne s'est jamais risqué à franchir ce qui était pour lui une frontière.

– La pauvre petite, avait soupiré Svava. J'ai essayé de comprendre ce qui lui est arrivé, comment une chose pareille a pu se passer, mais je… je n'y arrive pas.

– Non, c'est normal.

– Et qu'en est-il de ce garçon de Kamp Knox ? En fin de compte, elle n'avait pas de petit ami dans le quartier des baraquements ?

– Nous n'avons toujours aucune trace de lui, avait répondu Erlendur, il y a peu de chance que nous le retrouvions. Personne ne s'est manifesté et ça m'étonnerait que quelqu'un le fasse maintenant. La presse a beaucoup parlé de cette histoire depuis l'arrestation de Rasmus, tout comme elle l'a fait à l'époque où Dagbjört a disparu. Et elle a justement évoqué ce mystérieux garçon, mais personne… Enfin, je ne dis pas que Silja a menti. Peut-être que Dagbjört a réellement rencontré un garçon de Kamp Knox.

– Vous n'excluez donc pas cette hypothèse ?

– Non, je ne vois aucune raison de le faire.

– J'en suis vraiment soulagée. J'ai toujours… j'ai toujours espéré qu'elle avait connu un gentil garçon, avait confié Svava, qu'elle avait su ce que c'était que… que Dagbjört avait connu l'amour, connu le sentiment amoureux ne serait-ce que quelques instants.

– Il est possible que ce garçon n'ait vécu à Kamp Knox que brièvement et qu'il souhaite l'oublier. Il y a des endroits que les gens veulent parfois oublier. Des lieux dont ils refusent de se souvenir. Il me semble que Kamp Knox était justement ce genre d'endroit. On n'a pas envie qu'il nous poursuive tout au long de notre existence, mais il est difficile de s'en débarrasser vraiment.

– Vous parlez comme si vous y aviez vécu, avait remarqué Svava.

– Je crois que ce genre d'endroit existe pour chacun d'entre nous, avait observé Erlendur. Nous avons tous notre Kamp Knox.

– Mais qu'en est-il de… ?

Svava avait posé sans relâche des questions auxquelles Erlendur s'était efforcé de répondre de son mieux même s'il ne détenait aucune véritable réponse, mais seulement des paroles apaisantes avec lesquelles il tentait de comprendre et d'apporter un peu de consolation à cette femme tout en se consolant lui-même.

Nanna écoutait Marion lui exposer le sort qu'avait connu son frère, sa liaison avec Joan et la manière dont cette relation avait conduit Earl à se venger de lui. Earl et ses deux complices avaient avoué le crime et l'enquête était achevée. Dans l'esprit de Marion, il fallait avant tout en être reconnaissant à Caroline. Sans elle, la police islandaise n'aurait jamais arrêté ces trois hommes, désormais placés en détention provisoire à la prison de Sidumuli où ils étaient interrogés. Les autorités islandaises et américaines s'étaient mises d'accord sur les modalités du procès. Caroline avait échappé au blâme pour s'être dérobée aux ordres de ses supérieurs. Elle faisait toujours partie de la police militaire et avait conduit les interrogatoires des trois hommes en collaboration avec ses collègues islandais. Elle avait confié à Marion qu'elle était en contact avec Joan et qu'elle s'efforçait de la soutenir au cours de l'enquête. Joan, témoin clef, s'en était tenue à sa version des faits, accusant Earl et ses deux complices. Earl avait déclaré ne pas se rappeler comment il avait appris la liaison entre sa femme et Kristvin. Caroline était certaine qu'il mentait. Pour elle, Wilbur Cain était partie prenante dans cette affaire et il avait sans doute encouragé Earl à mettre un terme définitif à la curiosité de Kristvin.

– Mon frère ne m'a jamais parlé de cette Joan, observa Nanna. Je ne sais rien d'elle. Rien du tout. Je suis tout de même un peu surprise qu'il ne m'ait rien dit…

– Ils ne se connaissaient pas depuis longtemps, il aurait fini par vous en parler, rassura Marion.

Également présent, Erlendur était des plus discrets. Debout à la fenêtre, il gardait le silence et observait la cour de récréation. Les deux policiers s'étaient mis à l'écart pour discuter avec Nanna dans l'école maternelle.

– En tout cas, je suis vraiment surprise qu'il ait fréquenté une femme mariée.

– Elle ne le lui a pas dit tout de suite. Elle avait peur de son mari. Sans doute était-ce également pour elle une manière de le provoquer, elle n'est pas très claire en la matière. Earl a déjà eu affaire à la police quand il vivait aux États-Unis, avant de s'engager dans l'armée. Deux personnes ont porté plainte contre lui pour agression, mais il n'a jamais été inculpé. Il s'est montré d'une cruauté sans borne avec Joan quand il a découvert son infidélité, puis l'a forcée à contacter votre frère pour qu'il vienne lui rendre visite. Elle ne l'a fait que sous la menace.

– Et lui et ses complices l'attendaient là-bas ?

– Oui.

– Je n'arrête pas de penser à lui entre les mains de ces hommes, seul et sans défense contre ces types bien plus forts que lui.

– Évidemment.

– Il ne méritait pas ce qu'ils lui ont fait. Lui faire ça, surtout à lui.

– Bien sûr, convint Erlendur, personne ne mérite une chose pareille.

– Je croyais que tout était ma faute, reprit Nanna. Je m'étais persuadée qu'il avait eu des problèmes à cause de cette herbe. Je me disais qu'il s'était mis en danger.

– Cela n'a rien à voir avec ça. Vous pouvez être rassurée là-dessus.

– Et cette Joan, qui c'est ? Dites-m'en un peu plus sur cette femme, demanda Nanna.

– En fait, répondit Marion, je ne vois pas vraiment ce que je pourrais vous dire. Mais je peux vous mettre en contact avec elle si vous le désirez. Votre frère lui avait parlé de vous. Elle sait que vous êtes malade et a même demandé de vos nouvelles.

– Eh bien, pourquoi pas ? On verra.

Les cris des enfants leur parvenaient depuis l'extérieur. Nanna s'approcha de la fenêtre par laquelle Erlendur observait les petits en pensant à une gamine dans une autre cour de récréation de cette ville, vêtue d'un pantalon imperméable rouge et d'un bonnet en laine, une gamine qui jouait seule dans le bac à sable.

– Il me manque, avoua Nanna. Je m'attends toujours à ce qu'il me téléphone… C'est… c'est tellement douloureux de le perdre.

– Et votre santé ? interrogea Marion. Comment ça va ?

– Ils pensent que je vais survivre, mais finalement, qu'est-ce qu'ils en savent ?

53

Un soir, quelques semaines plus tard, Erlendur quitta pour la dernière fois la rue où Dagbjört avait vécu et rencontré son destin. Il se dirigea vers l'ancien emplacement de Kamp Knox, souvenir de l'occupation étrangère et de la pauvreté islandaise. Pendant des années, l'histoire de cette jeune fille, sa disparition inexplicable et ce destin entouré de mystère l'avaient hanté. Il s'était plongé dans son histoire, avait opiniâtrement suivi sa trace, passé de longues heures devant l'ancienne maison de sa famille pour finalement découvrir ce qui lui était arrivé, si près, si affreusement près de chez elle.

Il faisait froid. Le vent du nord balayait la poudreuse le long de la rue. Erlendur resserra son manteau. Il continua de marcher le visage au vent, comprenant que l'histoire de Dagbjört ne ferait qu'aiguiser encore un peu plus son intérêt pour ceux qui jamais ne revenaient. Le répit que lui apporterait la résolution de cette enquête ne serait que de courte durée. Depuis quelques jours, une vieille chanson de variété résonnait dans sa tête, suscitant l'image d'une fête où quelques camarades de classe se retrouvaient, chantaient le plaisir et la joie de l'existence sur une mélodie mélancolique qui lui rappellerait à jamais Dagbjört. Certes, il était satisfait d'avoir trouvé les réponses aux questions qui l'avaient obsédé si longtemps, mais il savait aussi que ce n'était en rien une véritable fin. La chanson de Dagbjört l'accompagnerait toujours.

DU MÊME AUTEUR

La Cité des Jarres
prix Clé de verre du roman noir scandinave 2002
prix Mystère de la critique 2006
prix Cœur noir 2006
Métailié, 2005
et « Points Policier », nº P1494

La Femme en vert
prix Clé de verre du roman noir scandinave 2003
prix CWA Gold Dagger 2005
prix Fiction du livre insulaire d'Ouessant 2006
Grand Prix des lectrices de « Elle » 2007
Métailié, 2006
et « Points Policier », nº P1598

La Voix
Grand Prix de littérature policière 2007
Trophée 813 2007
Métailié, 2007
et « Points Policier », nº P1831

L'Homme du lac
Prix du polar européen du « Point » 2008
Métailié, 2008
et « Points Policier », nº P2169

Hiver arctique
Métailié, 2009
et « Points Policier », nº P2407

Hypothermie
Métailié, 2010
et « Points Policier », nº P2632

La Rivière noire
Métailié, 2011
et « Points Policier », nº P2828

Betty
Métailié, 2011
et « Points Roman noir », nº P2924

La Muraille de lave
Métailié, 2012
et « Points Policier », n° P3028

Étranges Rivages
Métailié, 2013
et « Points Policier », n° P3251

Le Livre du roi
Métailié, 2013
et « Points », n° P3388

Le Duel
Métailié, 2014
et « Points Policier », n° P4093

Les Nuits de Reykjavik
Métailié, 2015
et « Points Policier », n° P4224

Opération Napoléon
Métailié, 2015
et « Points Policier », n° P4430

RÉALISATION : IGS-CP À L'ISLE-D'ESPAGNAC
IMPRESSION : CPI FRANCE
DÉPÔT LÉGAL : MAI 2017. N° 133295-2 (3024046)
IMPRIMÉ EN FRANCE